KB172501

클래식음악 에세이

들리는 음악, 들리지 않는 생각

클래식음악 에세이
들리는 음악, 들리지 않는 생각

1판 1쇄 발행 2020년 6월 19일 펴냄
신혜승 지음

펴낸곳 모노폴리
발행인 강정미
대 표 배상연
편 집 신동욱
마케팅 김민수

출판등록 2005년 8월 9일 제2005-48호
주 소 서울시 용산구 만리재로 198-1, 2층
대표전화 02-3272-6692
팩시밀리 02-3272-6693
홈페이지 www.mpmusic.co.kr
ⓒ 신혜승
삽화: 홍성찬(그림쟁이 홍군)
ISBN 978-89-91952-54-6 (03670)

책 값은 뒤표지에 표기되어 있습니다.
파본은 구입하신 서점에서 교환해 드립니다.

* 이 저서는 2016년 정부(교육부)의 재원으로 한국연구재단의 지원을 받아 수행된 연구임(NRF-2016S1A6A4A01019245).

클래식음악 에세이

들리는 음악, 들리지 않는 생각

신혜승 지음

모노폴리

Prelude

음악이 생성된 '생의 자리'를 찾아서

독일 개신교의 구약학자인 헤르만 궁켈(Hermann Gunkel, 1862-1932)은 어느 특정한 성경구절이 원래의 맥락을 제거할 경우 그 구절이 지녔던 본래의 의미를 상실하게 되기 때문에, 어떤 상황에서 그 구절이 기록되었는지 그 정황을 알아야 한다는 의미로 '생의 자리'(Sitz im Leben)라는 용어를 제안했다. '삶의 자리' 혹은 '삶의 정황'이라고도 번역되고 있는 이 개념은 신학 영역 이외에도, 특정한 텍스트의 사회학적인 상황을 규명하려는 관점을 지닐 때 사용된다.

그렇다면, 음악이 생성된 '생의 자리'는 어디일까? 누군가에겐 할머니의 무릎일 수도, 또 어느 누군가에겐 엄마의 품일 수도 있다. 또 그 어느 누군가에겐 아빠의 팔베개일 수도 있다. 그 생의 자리에서 음악은 평안이며 행복이었다.

할머니의 무릎이 사라진 어느 날, 음악은 갑자기 올라가야 할 높은 산처럼 느껴졌다. 정복해야 하는, 그래서 인정받아야 하는 목표로 다가왔다. 오르기가 힘들었다. 의지가 있다고 오를 수 있는 것이 아니라는 생각이 들면서는 슬퍼지기도 했다. 음악이 주었던 평안과 안식은 어느새 두려움과 고통으로 바뀌었다. 끝을 모른 채 오르고, 오르고 또 올라야 했기 때문이다.

그런데 문득, 할머니의 무릎이 떠올랐다. 눈물이 났다. 할머니의 무릎에서 듣던 그 노래들…. 음악은 이런 것이었는데…. 그 노래를 따라 잔잔히 이러저러한 것이 전해져 왔는데…. 그리고 그것이 내 심장을 두들이고 있었는데…. 이 감동을, 이 공명을 잊고 있었구나.

이제 다시, 음악이 생성된 생의 자리를 찾아 떠나보려 한다. 가다가 길을 잃으면 할머니의 무릎을, 엄마의 품속을, 아빠의 팔베개를 떠올리면 되는 것이다. 그때 그 경험으로 음악이 생성된 곳, 음악의 본연이 무엇인지 찾아보려 한다. 그 곳에서 음악을 통해 소통, 공감, 치유, 창조, 구원, 위로를 만끽하리라.

생의 자리를 찾아가는 길이, 그것에 주목하는 길이 이 책을 써가는 과정이며, 이 길에서 많은 사람과 그들의 이야기와 그들이 주는 감동을 만나게 될 것이다.

2020년 5월

신혜승

차례

일러두기

- 신문 · 잡지 · 도서명은 『 』로 표기하였다.
- 음악작품 중 오페라나 극음악, 모음곡은 《 》로,
  그 안의 개별곡은 < >로 표기하였다.
- 영화명은 《 》로, 음반명은 『 』로 표기하였다.

01

음악적 진심

슬픔에 비할 만한 진실은 하나도 없다. 나에겐 슬픔만이 유일무이한
진실인 것처럼 보이는 때가 종종 있다. 다른 것들은 한쪽을 속이면 다른
한쪽을 싫증나게 하는 눈이나 욕망에 의한 환영(幻影)에 불과한 것처럼
보인다. 어쨌든 슬픔으로부터 여러 세계가 건설되었으며,
아기가 태어나든가 별이 생기는 곳에는 항상 고통이 따르는 법이다.
뿐만 아니라 슬픔에는 강렬하고도 이상한 진실함이 있다.

- 오스카 와일드의 『옥중기』 중에서

•

•

•

1. 새야 새야

"새야 새야 파랑새야…" 어린 시절 무심코 이 노래를 흥얼거리다 보면 나도 모르는 사이에 이상한 여운이 떠돌아 그 감정을 말로 표현하지 못한 채 그저 그렇게 막연히 느끼고 지나버린 일이 많았다. '그래서 그 녹두밭에 허수아비라도 세워놓았을까…?' 노래의 다음 상황이 궁금해졌었다. 청포장수의 돈벌이에 타격을 줄 만큼 파랑새의 횡포가 심했던 것인가 하는 의구심과 함께, 그 시절 가난한 장사꾼의 애환 같은 것이 느껴졌었던 모양이다.

새야 새야 파랑새야 녹두밭에 앉지 마라
녹두 꽃이 떨어지면 청포장수 울고 간다

가사만 적었음에도 이것을 읽을 땐 선율까지 자연스레 첨가된다. 선율이 떠오르면서 울적한 감정이 생겨난다. 선율은 단지 3개의 음의 몇 가지 조합으로만 이루어져 있을 뿐인데, 이토록 애절하게 느껴지는 이유는 무엇일까? 가사 때문인지, 선율 때문인지, 아니면 이 노래에 담겨 전해지고 있는 누군가의 삶의 실체가 은연중에 전달되었기 때문인지 궁금해졌다. 노래가 작곡되고 불려진 생의 자리로 돌아가 이 노래에 내포된 숨은 의미를 포착해 보아야 했다. 때는 동학혁명이 일어난 1894년.

이 노래가 불리기 시작한 때는 1894년 갑오년으로, 당시 우리 농민들은 평등한 사회 건설, 부정부패 척결, 외국 침략세력의 타파를 실현하기 위해 목숨을 걸고 봉기했다. 그러나 지속적인 항쟁을 통해 혁명을 성공으로 이끌고자 했던 강한 의지에도 불구하고 결국 우리 농민들은 관군과 일본군에 의해 무참히 희생되었고, 동학접주로 혁명을 이끈 전봉준이 체포되면서 이 혁명은 끝내 좌절되고 말았다. 혁명의 실패로 우리 선조들이 겪어야 했던 참담함은 이루 말로 표현할 길이 없다. 자유롭고 평등한 사회에 대한 기대와 희망은 물거품이 되어버리고 말았다.

동학농민혁명은 일제 강점기를 지나는 동안 크게 축소 왜곡되어 '난'(亂)의 개념으로 정리된 채 평가절하 되어 버렸다. 반봉건, 반외세의 기치를 높이 세운 자주적 국권 수호운동이었음에도 불구하고, 오랜 동안 이 혁명은 '동학란'이라는 오명아래 놓이게 되면서 농민군에 대한 기억과 그들이 행한 역사적 실제와 그 가치, 공동체가 느꼈을 고통과 슬픔 등은 수면 아래로 깊이 가라앉아 버리게 되었다. 일제에 대한 저항세력이었던 동학농민군은 반란군으로 명명되었고, 우리 민중들이 겪었던 고통과 좌절, 상실의 아픔은 위로는커녕 표현조차 허락되지 않았다.

그들에 대한 기억과 기록이 일제의 정책에 의해 한동안 억압되었지만, 그들이 겪었을 고통과 슬픔만은 <새야 새야>와 같은 노래의 감성으로 남아서 전국 방방곡곡으로 전해지고 있었다. <새야 새야>에는 동학혁명 당시 우리 농민들이 느껴야 했던 비애, 실의, 좌절과 같은 감성이 진하게 내포되어 있었다. 그렇다면 구체적으로 어떤 의미를 담고 있는 노래인지, 다음의 상상을 가미한 이야기를 통해 노래에 담긴 숨은 뜻을 살펴보려 한다. 자, 이제 1910년대의 상황으로 들어가 보자.

최초의 금지곡, 〈새야 새야 파랑새야〉

아이 (벽에 가사를 적으며, <새야 새야 파랑새야>를 부르고 있다)

일본순사 이 녀석! 딱 걸렸어! 경찰서로 따라와!

아이 (옥에 갇힌다)

신영순 (먼저 잡혀와 옥에 갇혀있는 한영서원의 교사. 아이를 딱하게 지켜보다가 안쓰러운 얼굴로) 쪼그만 녀석이…. 너는 어쩐 일로 여길 들어왔냐?

아이 노래 좀 불렀다고…. 벽에 낙서를 좀 하긴 했지만…. (손을 불끈 쥐며) 아니 우리말 교과서도 다 빼앗아가더니, 우리말 노래도 못 부르게 하다니요.

신영순 대체 무슨 노래를 불렀기에?

아이 <새야 새야 파랑새야>요. 할아버지께서 즐겨 부르셨었죠.

신영순 아이쿠 녀석. 그 때문이구나. 앞으로 그 노래를 부를 땐 조심하거라. 특히 일본군 앞에선.

아이 왜요? 파랑새가 어때서요? 우리 할아버지는 매일같이 부르셨어요. 제 자장가였죠.

신영순 그 노래는 이제 부를 수 없게 되었어. 금지곡이 되었지. 어떤 가수 양반도 그 곡으로 음반을 내려다 감옥에 갇힐 뻔 했단다. 그런데 너 같은 꼬마가 그 노래를 대낮에 가사까지 써대며 불렀으니, 휴우….

아이 아니 대체 그 노래에 무슨 의미가 있어서 그러지요?

신영순 그 노래는 단순한 자장가가 아니야. 더 큰 의미가 담겨 있어. 동학농민운동의 진혼곡이라고 할 수 있지. 가사에 '새'는 마당쇠 등에 붙은 '쇠'를 뜻하고, 파랑은 '팔한'과 비슷한 소리가 나는 발음인데, '팔한'은 지옥이라는

뜻이란다. 여기 팔한에 쇠가 붙어 팔한쇠[파랑새], 즉 지옥쇠가 되는데, 이건 아주 흉측한 놈을 일컫는 말이야. 그러니까 파랑새는 동학군의 적인 일본군을 놀려 부르는 거란다.

아이 (놀라며) 그럼 가사에 '녹두밭'은 무슨 의미인가요?

신영순 그건 동학군의 진영을 상징하고, 녹두장군은 전봉준의 별명이었어. 녹두꽃이 떨어진다는 건 동학혁명군들의 죽음을 걱정하는 가사란다. 이건 당시 세금과 고역으로 착취당한 농민들의 슬픔을 담은 노래이자, 당시 농민혁명을 실패로 몰고 간 일본군에 대한 저항의 노래이지. 그때를 생각하면……. (잠시 생각에 잠기다가) 혁명 이후 이 노래는 일본에 대한 저항의 노래로 국민들 사이에서 더 불려왔던 게야. 넌 아무것도 모르고 이 노래를 부르다 잡혀 온 거고.

아이 아아, 그런 의미를 담은 노래군요. 그러고 보니 저희 할아버지도 동학농민혁명에 참여하셨다고 들었어요.

신영순 그랬구나. 이 노래는 일본군들도 다 외울 정도로 아주 유명하단다. 앞으론 조심하는 게 좋을 게야!

아이 네에, 근데 아저씨는 누구세요?

신영순 나는 한영서원 선생이란다. 여기서 풀려나면 한영서원으로 한번 오너라. 거기서 우리나라 말로 된 많은 애국창가들을 배우자꾸나.

아이 네에, 선생님!

아이엄마 (급하게 아이를 찾으며) 봉철아! 여기에 있었구나. 이제 집에 가자!

아이 엄마! (와락 안기며) 죄송해요. 부르면 안 되는 노래인 줄 모르고 <새야 새야>를 부르다 잡혀왔어요.

아이엄마 죄송하긴…. 노래하나 맘껏 부르지도 못하는 세상이라니…. (한숨 쉬며) 그런 세상을 물려주게 되어 오히려 이 엄마가 미안하구나. 이제 얼른 가자 집으로!

아이 네, 엄마. (선생님을 바라보고 인사하며) 아! 선생님, 정말 감사합니다. 이제 정말 진정한 의미를 알았으니…. 맘속으로 부르고 부르며 동학혁명의 정신을 이어 갈 거예요. 선생님, 한영서원으로 꼭 찾아갈게요! 더 많은 노래 가르쳐 주세요!

이 노래가 위의 이야기에서처럼 일제에 의해 금지되었다는 것은 1916년 창가독립운동사건의 주모자로 2년 6개월의 옥고를 치른 바 있었던 한영서원 교사 신영순의 증언으로 처음 밝혀졌다. 그는 경술국치 얼마 후 한영서원 아이들이 <새야 새야> 노래를 화장실 벽에 낙서했다가 일본 순사들이 찾아와 학교가 발칵 뒤집힌 적이 있었다고 전하였다. 그때 파랑새 노래는 일본 순사들도 알고 있을 정도였다고도 했다. 이 노래가 엄중하게 취급된 흔적은 레코드 음반의 진척 과정에서도 발견된다. <아리랑> 등은 엄격한 심의를 거쳐 제한적이나마 몇 장의 레코드로 출반된 것을 볼 수 있지만, <새야 새야>는 취입한 흔적을 전혀 찾아볼 수 없는 것이다(김지평, 2000; 정경량,

2012). <새야 새야> 노래는 그 탄생 배경 자체가 외세 배척이었기 때문에, 일제는 가사의 내용과 상관없이 철저하게 금지시켰던 것이다.

억지로 만들어진 것이 아니라 자연스럽게 존재하게 된 이 민중의 노래는 널리 전파되면서 지역 환경에 따라 가사가 다르게 불리기도 했다.

새야새야 파랑새야 녹두잎에 앉은새야
녹두잎이 깐닥하면 너죽을줄 왜모르니

- 평북 지방

새야새야 우는새야 어미없어 슬피우나
젖이없어 슬피우나 서리아침 찬바람에
발발떨며 슬피우네

- 경기 지방

새야새야 파랑새야 대궐안에 들어가서
은행껍질 몰어다가 바우밑에 모았다가
네오라비 장가갈때 청실홍실 늘어주렴

- 경기 지방

새야새야 파랑새야 전주고부 녹두새야
어서바삐 날아가라 댓잎솔잎 푸르다고
봄철인줄 휘날리면 먹을것이 없어진다

- 전북 지방

악보 1-1. <새야 새야>

『보통학교창가집 제1학년용』에 실린 〈새야 새야〉를 사보한 것. 우리가 알고 있는 〈새야 새야 파랑새야〉 노래의 박자와는 조금 다르다.

이 노래는 경술국치 직후에 일제에 의해 가장 먼저 금지곡 리스트에 오르게 되었음에도 불구하고 암암리에 입에서 입으로 전해져 오다가 20여년이 지난 1934년 무렵 작곡가 김성태(1910-2012)에 의해 오선지에 채보되었고, 1936년에는 『보통학교창가집 제1학년용』(경성: 명문당)에, 이어 1938년에는 『아동교육가곡집』(경성: 명문당)에 수록된다. 말하자면 음악 교과서에 실리게 된 것이다. 1930년대는 일제의 민족말살정책이 한창이던 때였다.

그렇다. 1930년대는 일제의 간악한 민족말살정책이 감행됐던 시기였다. 이 시기는 조선어 교육 금지, 조선어 신문과 잡지 폐간, 창씨개명 등의 획책들이 기승을 부리던 가슴 아픈 시기였다. 그런데 이러한 상황 하에서 아이러니하게도 음악교재에 이 노래가 등장한다. 아마도 세월이 흐르면서 일제는 이 노래에 담겨있는 진정한 의미를 잊은 듯 보인다. 이 노래가 불리고 불리어 오늘날까지 전해져 오면서 우리도 이 노래에 담긴 우리 선조들의 투쟁과 저항, 이에 따른 고통과 희생을 잊었다. 그러나 혁명을 성공으로 이끌고 싶었던 그 애타는 심정이 슬픔의 감성으로 남아 노래에 젖어들면서 우리에게 은연중에 전해짐을 느낀다. 우리 선조들이 느꼈을 현실의 고단함과 삶의 절박함도 느껴진다.

비록 동학혁명이 남긴 크나큰 의의는 일제에 의해 폄하되면서 기억에서 잊혀져 갔지만, 1894년 전주에서부터 퍼지기 시작한 이 노래만큼은 생명력 있게 널리 전파되어 짧은 기간 내에 전국적인 노래가 되었으며, 채보되어 교재에 실리게 되면서 오늘날까지 전해지게 된 것이다. 이 노래를 부를 때마다, 아니 이 노래를 생각하기만 해도 막연히 느껴졌던 이상한 여운은 가사에 내포되어 있었던 민중의 진심이 노래를 통해 나에게까지 전달되고 있었기 때문이었다. 노래를 부름으로 선조들의 감성에 공감하게 된다는 것은 어찌 보면 큰 사건이다. 노래를 통해 시공간을 초월해 당시의 슬픔에 공감하게 되고, 이것이 공명되면서 슬픔을 딛고 일어서야 함을 느끼게 해 주기 때문이다.

그런데, <새야 새야>가 항상 느리고 애절하게 노래되어 온 것만은 아니었다. 작곡가 안기영(1900-1980)은 자신의 세 번째 『안기영작곡집』(1936)에 <새야 새야>를 발표했는데, 이 곡은 구전된 노래와는 달리 새로운 선율과 리듬으로 작곡되었다. 자유와 평등을 염원했던 농민들의 노력이 성공하지 못한 탓에 가사와 선율이 애절하게 표현되었던 당시 전주에서의 노래와는 달리, 안기영은 밝은 느낌으로 표현했다. 즉, 이 노래는 D장조 주요 3화음 위주의 화성반주를 갖춘 곡으로 새롭게 작곡되었으며, 2절과 3절 가사도 새롭게 등장한다. 이제 이 노래에는 동학혁명 당시의 의미보다는 전래 가사에 곡을 입힌 동요로서의 의미가 부각된다.

1940년대에는 채동선(1901-1953)의 <새야 새야>가 발표된다. 이 곡은 구전되어 온 선율을 바탕으로 한 편곡 작품인데, 30여 년간 세상에 알려지지 않다가 1976년에야 국립합창단에 의해 초연된다. 오늘날 이 노래는 여러 성악가들이 자신의 주요 레퍼토리로 삼을 만큼 많이 불리고 있다. 특히

악보 1-2. 안기영의 <새야 새야>

조수미는 1994년 국내 첫 음반을 발매하면서 음반타이틀을 『새야 새야』로 정하였고, 국내 데뷔곡으로 <새야 새야>를 선보였다. 그녀가 음반 타이틀과 데뷔곡으로 <새야 새야>를 선택한 뚜렷한 이유를 우리는 알 수 없지만, 왜 그녀가 우리에게 사랑받는 최고의 디바가 되었는지는 알 수 있을 것 같다.

억눌린 신분으로부터 해방되어 자유롭고자 했던 농민들의 염원은 비록 성공하지 못했지만, 만가로서, 애가로서, 진혼곡으로서 불린 <새야 새야>는 그들에 대한 아련한 기억으로 남아 오늘날에도 우리 삶 곳곳에서 자장가로, 동요로, 일할 때 무심코 흥얼거려지는 가락으로 여전히 불리고 있다. 가사에 담겨 있는 사회적 의미는 희석되었지만, 슬픔의 감성과 함께 농민들의 자유롭고 평등한 사회에 대한 염원은 지금도 현재진행형으로 은연중에 공감되고 있다.

악보 1-3. 채동선의 <새야 새야>

2. 별과 달

밤하늘을 바라 볼 시간이나 여유가 없는 요즘 이 시대. 하늘의 수많은 별들을 그냥 막연하게 바라보는 일은 이제 무의미한 일일 뿐 아니라 시간 낭비가 되어 버렸다. 하늘을 볼 일이 있다면 기왕이면 맨 눈으로는 바라보지 않고 고기능 천체 망원경으로 관찰한다. 레이저 포인터로 밤하늘의 별들을 가리켜가며 별자리를 설명해 주는 프로그램을 신청한다. 별에 대한 지식을 듣는다. 계절마다의 별자리의 위치, 누가 목성의 위성을 발견했는지, 저 별은 몇 만 광년 떨어져 있는지, 우리 눈에 보이는 별은 이미 사라진 별일 수도 있다는 것 등에 대한 정보를 얻는다. 물리적 거리, 색깔, 크기 등에 대한 이야기에 몰두하며 감동한다. 달도 수퍼문 정도는 되어야, 별도 유성 쇼가 벌어진다는 정보를 들어야 한번 쳐다볼 마음이 생긴다. 현대는 그런 시대다. 지식과 정보에 매료되는 시대이다. 넘쳐나는 정보를 잘 엮어 이야기로 만들고 그 이야기 속에서 지식을 얻게 하는 프로그램이 인기를 끄는 시대이다. 이것이 오늘 날 별과 달에 대한 우리의 일반적인 태도이다. 밤하늘이 뿜어내는 그 자체의 신비로움에 경탄하거나 별똥별을 기다리는 간절한 마음, 별과 달에 얽혀 있는 전설 등은 이제 중요하지 않다.

도시의 불빛, 높은 빌딩들에 의해서만이 아니라 우리의 무관심에 의해 그만 밤하늘의 별빛과 달빛은 그 빛을 잃었다. 별을 보며 꿈꾸던 우리의 이상향도 사라졌다. 현실의 아파트 평수와 좋은 직장이 이상향이 된 지 오래다. 1989년에 발표된 여행스케치의 <별이 진다네>를 들으면, 별이 지고 난 세상에서 더 이상 별에 기대어 꿈꿀 수 없는 현실의 슬픔이 잔잔히 몰려온다. 곡의 전주(前奏) 부분에는 개 짖는 소리, 풀벌레 소리 등이 삽입되어 있는데, 이를 통해 노래의 주인공이 도시를 떠나 시골에서 하늘을 바라보고 있는 모습이 연상된다. 더불어 꿈을 접는 안타까운 마음을 별을 보며 달래고 있는 듯한 장면도 연상된다. 슬프다. 마지막 후주(後奏)는 다시 힘차게 기타로 여전히 전주의 멜로디가 연주된다. 슬프지만 삶은 계속된다는 뜻으로 들린다.

어제는 별이 졌다네 나의 가슴이 무너졌네
별은 그저 별일뿐이야 모두들 내게 말하지만
오늘도 별이 진다네 아름다운 나의 별 하나
별이 지면 하늘도 슬퍼 이렇게 비만 내리는 거야
나의 가슴 속에 젖어오는 그대 그리움만이
이 밤도 저 비되어 나를 또 울리고
아름다웠던 우리 옛일을 생각해보면
나의 애타는 사랑 돌아 올 것 같은데
나의 꿈은 사라져가고 어둠만이 깊어가는데
나의 별은 사라지고 어둠만이 짙어가는데

– 여행스케치(남준봉 노래, 조병석 작사·작곡)의 〈별이 진다네〉(1989)

이 노래에서 별과 꿈은 동의어이다. 나의 세상에서 어제도 오늘도 별이 져 버렸다. 꿈이 사라졌다. 어둠만이 남았다. 가사만 보면 너무도 처절한 절망이 느껴지지만, 노래는 담담하게 불린다. 전주에서 흘러나오는 풀벌레 소리들, 어쿠스틱 기타소리, 빗소리 등도 슬픔을 잔잔하게 만드는 역할을 한다.

별이 졌다는 것은 꿈이 사라졌다는 의미이기도 하지만, 현실의 가치관이 그만큼 바뀌었다는 것을 표현한 것이기도 하다. 별에 기대어 희망을 노래하는 일은 이제 쓸데없어 보이는 시대이다. 이 노래는 정작은 그것을 슬퍼하고 있는 것인지도 모른다.

시간을 과거로 돌려 일제 강점기, 별은 우리 선조들에게 어떤 의미였을까?

악보 2-1. 방정환·정순철의 〈형제별〉

이 노래는 방정환(1899-1931)의 동시(童詩)에 정순철(1901-?)이 곡을 붙인 것으로 1923년에 창간된 아동잡지 『어린이』에 발표된 곡이다. 일본의 동요를 번안한 것이라는 견해도 있긴 하지만, 우리나라 최초의 동요 중 한 곡으로 여겨지는 노래이다. 어린이들이 부를만한 우리말 노래가 없었던 시절이었다.

〈형제별〉이 실린 잡지 『어린이』(1923) 1권 8호의 표지 및 악보와 가사

이 노래는 무심코 부르기 시작했다가 노래가 끝나갈 무렵엔 이내 가슴이 먹먹해 진다. 주권을 빼앗긴 현실에서 벌어질 수 있는 원치 않는 형제간의 이별이 연상되면서 무언가 아픔으로 다가오기 때문이다. 동요에 슬픔이라니! "남은 별이 둘이서 눈물 흘린다"로 노래가 그냥 끝나버리다니! 어릴 적 이 노래를 부를 때마다 멜로디도 그렇고 가사도 그렇고 뭔가 끝나지 않은 느낌이 들면서 안타깝고 아쉬운 마음, 그러니까 어떤 막연한 슬픔이 맴돌면서 개운치 않은 마음이 들었었다. 왜 우리나라의 동요에는 아이들이 감당하기에는 어려워 보이는 슬픔의 감성이 묻어나 있는 것일까? 역시 이 노래도 작곡 당시의 상황으로 들어가 보아야 했다. 다음의 이야기는 윤극영(1903-1988)이 쓴 "인간 소파상"이라는 글에 실려 있는 내용을 바탕으로 각색한 것이다(윤극영, "인간 소파상," 『소파방정환문집』, 65-67).

하늘의 별을 노래하다, 동요의 탄생

1923년 3월, 날이 좋은 어느 봄날, 일본 동경의 변두리, 정순철과 윤극영이 함께 자취하며 동경음악학교를 다니고 있다. 하루는 그 자취방으로 방정환이 찾아오는데….

순철 (부엌으로 들어가며) 오늘 밥 당번은 나일세.

극영 (마루 끝에 앉아 오솔길을 바라보고 있다) 그려. 수고 좀 해 주이.

정환 (오솔길을 따라 걸어 들어와서 마치 자기 집인 것처럼 무작정 방으로 들어가다가 마루 끝에 앉아 있는 극영을 쳐다보며) 당신이 윤 아무개신가요?

극영 네 그렇습니다만…….

순철 (부엌에서 반가이 뛰어나오며) 이게 웬일이야 소파 선생이... (극영에게 소개한다) 이 분이 바로 언젠가 이야기 했던 방정환씨야.

정환 (다짜고짜 순철을 피아노실로 끌고 들어가며) 이 집에 피아노 있지?

순철 (어느새 피아노 반주를 하며 노래한다) "날 저무는 하늘에 별이 삼형제 반짝 반짝 정답게 지내이더니…… 눈물 흘린다"

극영 (어느덧 피아노 옆으로 다가가 같이 노래를 부른다)

정환 독창으로 한번 옮겨 보지. 나는 빼고…….

순철과 극영 (번갈아 가며 이 노래를 부른다)

정환 (깊은 생각에 잠겨 있다가) …….

정환 이것 봐 윤! 동요 작곡을 좀 부탁하네. 우리에겐 아이들이 부를만한 우리말 노래가 없다네. 학교에서는 일본말, 일본 노래만 가르치고, 사회라는 데서는 어른들이 부르는 방아타령, 흥타령 등이 얼떨결에 아이들을 구슬리고, 가정에서는 '창가가 무슨 창가냐? 공부를 해야지'하며 골방에다 꿇어앉히는 등 이것들을 다 어떻게 하면 좋지? 생각할수록 암담해져. 그렇다고 맞지 않는 일에 머리를 숙일 수는 없는 거 아냐. 우리는 싸워야겠어. 이겨야겠어. 나는 우리네 아이들을 한참 쳐다보다가 눈시울을 적실 적이 많았어. 마치 그 아이들이 가시밭길을 걷는 것 같아서…. 윤! 동요곡 하나 만들어봐 줘. 정서를 표현할 줄 모르는 우리 아이들에게 꽃다운 선물을 보내 주지 않을 테야? 윤! 사양할 건 없어. 노력하면 되는 거야.

극영 (정환의 손을 잡고 눈물을 글썽이며) 알겠네. 나도 어린이를 위해 힘쓰겠어. 지금 공부하는 것을 기초로 어린이 노래를 짓겠네. 우리 함께 어린이 운동을 일으켜 보세. 자넨 연설로, 나는 노래로. 우리 아이들이 우리말 노랠 부르며 즐거워하는 모습을 꼭 보고 싶네. (순철을 바라보며) 순철! 우리의 재능을 조국의 어린이들을 위해 바치세. 우리 같이 힘써 보세.

이렇게 우리나라에 동요가 탄생했다! 방정환, 정순철, 윤극영은 색동회의 창립멤버들로 동화, 동시, 동요, 동극 등을 통해 어린이의 감성해방에 이바지하고자 했다. 그러니까 <형제별> 노래를 부르며 느꼈던 서글픈 마음은 슬픔을 느끼고 표출하도록 의도한 우리 선각자들의 애정 어린 노력의 결과였던 것이다. '이제 슬픔을 피하지 말고 당당히 받아들여! 그래야 슬픔에서 비로소 벗어날 수 있고, 다른 사람의 슬픔도 이해할 수 있게 돼.' 그들이 이 노래를 통해 이렇게 이야기해 주는 것만 같다.

이후 정순철은 『갈잎피리』, 『참새의 노래』 등의 동요집을 출판하였으며 동요 동극 단체인 '녹양회'를 이끌었다. 윤극영은 아동잡지 『어린이』(1924)에 <반달>을 발표한 이후 수많은 동요집과 레코드집을 출판하고 동요를 부르는 합창단을 만들어 동요를 널리 전파하였다.

윤극영이 죽은 누이에 대한 슬픔으로 작곡하게 되었다는 <반달> 역시 우리 민족이 처한 슬픔을 대변해 주는 동요라고도 볼 수 있다. 즉 "돛대도 아니달고 삿대도 없이"에서는 나라를 잃고 방황하는 모습이 투영되어 있는 듯하다. 그러나 "샛별이 등대란다," "길을 찾아라"에서는 일제의 시선을 피해 토로한 행복한 생활에 대한 '기대'와 '갈망'이 내재되어 있는 것처럼 느껴진다. 이러한 기대로 인해 이 노래는 조국이 처한 슬픔을 그린 노래로 짐작되지 않을 만큼 밝은 정서로 노래되어 진다.

「반달」

『어린이』(1924) 2권 11호에 실린 윤극영의 〈반달〉 가사와 악보이 시기 동요에 등장하는 별과 달은 슬픔의 정서를 상징하는 결정체로서의 의미로 줄곧 사용되었다. 당시 동요는 단순히 어린이들이 부를 수 있는 우리말 노래라는 것 이상으로, 아이들의 감성을 표출해 내는 역할을 충실히 해내었던 것이다.

동요가 창작되고 보급되기 시작한 1920년대는 3.1운동을 목격한 일제가 통치전략을 바꾸어 문화정책이라는 명목 하에 기만적 통치를 펼치던 시기였다. 식민 지배라는 억압구조 속에서 우리 선조들은 내면의 모습을 있는 그대로 자유롭게 드러내지 못했다. 식민지로 전락한 일제 강점기를 살아낸 우리 조상들은 보이지 않는 정서적 억압의 상황까지도 견뎌내야 했던 것이다. 이러한 시대 상황 속에서 슬픔과 비애는 쏟아내는 것이라기보다는 삭혀지거나 삼켜지는 것에 가깝다고, 한이라고 표현되는 경우가 많았고 지금도 그렇게 인식되고 있다.

그러나 슬픔과 한의 민족이라는 표현은 우리 민족의 주된 정서라기보다는, 그렇게 규정함으로써 슬픔의 한이 대물림 되도록 기획되었다고 보는 것이 더 정확할 것이다. 즉 일제는 각종 매체를 통해 '슬픈 조선'이라는 담론을 구성해 나가면서, 이 시기의 조선인들을 슬픈 민족, 한이 있는 민족으로 만들어 무기력한 민족임을 강조하려고 하였다. 그런데 아이러니하게도 일제의 정책에 의해 이렇게 구성된 민족적 감정은, 슬픔의 감정을 통해 자신들이 한 민족이라는 사실을 공유할 수 있게 만드는 역할도 한 셈이 되었다. 더욱이 이 슬픔의 감정은 불가능한 현실을 역설적으로 드러내는 긍정의 효과도 발휘하게 된다. 왜냐하면 슬픔에는 다음의 글처럼 창조를 위한 삶의 동력이 내재되어 있기 때문이다.

. . . 슬픔에 비할 만한 진실은 하나도 없다. 나에겐 슬픔만이 유일무이한 진실인 것처럼 보이는 때가 종종 있다. 다른 것들은 한쪽을 속이면 다른 한쪽을 싫증나게 하는 눈이나 욕망에 의한 환영(幻影)에 불과한 것처럼 보인다. 어쨌든 슬픔으로부터 여러 세계가 건설되었으며, 아기가 태어나든가 별이 생기는 곳에는 항상 고통이 따르는 법이다. 뿐만 아니라 슬픔에는 강렬하고도 이상한 진실함이 있다.

– 오스카 와일드의 『옥중기』 중에서

<형제별>을 부르다보면 애통한 마음으로 하늘을 보고 노래하고 있는 모습이 연상된다. 그러나 조금 다르게 생각해 보면, 슬픔을 별처럼 반짝이고 빛나며 찬란한 것으로 인식하고 있음을, 이를 통해 슬픔을 정화시키고 있음을 느낄 수 있다. 그러나 아무리 슬픔이 슬픔을 극복하게 하는 힘으로 전유되었다 하더라도 이 노래가 너무 슬프게 끝나서인지 1930년대에 발매된 유성기 음반에는 다음과 같은 가사가 아예 3절로 추가되어 노래된다.

날 저무는 하늘에 별이 삼형제
반짝반짝 정답게 지내이더니

웬일인지 별 하나 보이지 않고
남은 별이 둘이서 눈물 흘린다.

얼마 후에 저 별이 다시 나타나
찬란한 밤 되어 반짝 거린다.

– 1930년대 유성기음반(이정숙 노래)

민족말살정책이 한창이던 1930년대, 어떻게든 별에게 희망과 소망의 힘을 불어넣어 자유와 이상향에 대한 기대감을 표현하려고 했던 우리 선조들의 애달픈 노력이 이 추가된 3절의 가사에 응축되어 나타난 듯 보인다. 별은 다시 솟아나 반짝인다. 우리의 희망이 다시 솟아오른다. 동요는 일제의 감시를 피해 비교적 자유롭게 부를 수 있었기 때문에, 동요를 통한 자아의 감성 인식과 타인에 대한 공감은 이 시기 동요가 가졌던 중요한 정서적 기능이었다고 볼 수 있다. 우리의 선각자들은 일제치하의 암울한 시기에 어린이들이 감성을 마음대로 표현할 수 있도록 하고자 동요를 중요한 민족운동의 일환으로 삼았고, 이를 통해 웃을 줄 알고 울 줄 아는 어린이의 감성해방을 이뤄냈다. 감정과잉의 시대, 표현은 자유라고 자신 있게 말하는 오늘날의 입장에서 보면 소박한 동요하나가 뭐 그리 울고 웃게 했을까하는 의구심도 들지만, 오히려 담담하고 차분하게 불리는 노래 속에 잠재해 있는 감성의 힘이 은은히 다가오면서 감정에 압도당하지 않고 자신을 차분히 들여다 볼 수 있게 만들고 있다. 가사에 미사여구를 더 붙이지 않아도, 선율에 꾸밈음을 넣거나 여러 기교를 넣어 노래 부르지 않아도, 아무 것도 붙이지 않은 '그립다', '외롭다', '보고 싶다', '기다리다', '바라보다'라는 표현만으로도 여러 감성이 밀려옴을 느끼게 해준다.

별과 달에 관한 동요 이야기를 좀 더 해보려 한다. 앞서 이야기한 것처럼 우리나라에 동요가 등장한 시기는 1920년대이다. <형제별>, <반달> 이외에도 <오빠생각>, <고향의 봄>, <낮에 나온 반달> 등 제목만 들어도 멜로디가 생각나는 매우 친숙한 동요들이 바로 1920년대의 작품들이다. 이 시기 동요에는 하늘의 별과 달이 자주 등장한다. 1920년대엔 별과 달이 지금처럼 우리의 무관심 속에 놓여 진, 거리가 먼 빛나는 어떤 것이 아니었다. 그 이상의 의미를 가지고 있었다.

악보 2-2. 이정구·박태준의 〈가을밤〉

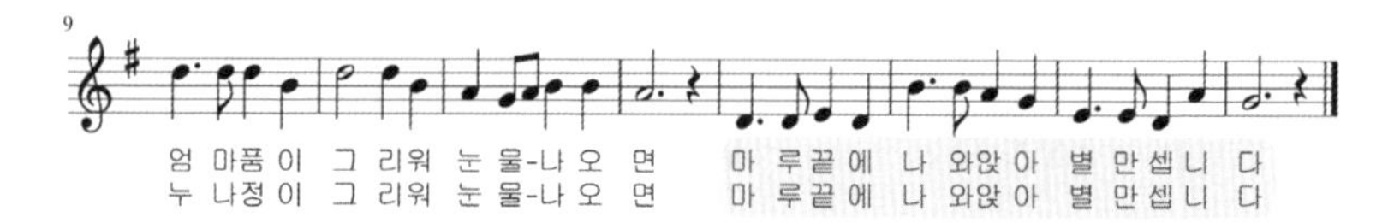

이정구 시에 의한 <가을밤>은 작가의 월북으로 인해 금지곡이 되면서 한 때 이태선이라는 이름으로 알려져 왔었다. 이 곡의 멜로디는 윤복진의 <기러기>라는 시로도 노래되었는데, 윤복진의 월북을 이유로 또 금지곡이 되었다. 우리나라 근현대사의 복잡한 양상이 이 노래에 얽혀있는 듯하다. 마루 끝에 나와 앉아 별만 세고 있는 아이의 애달픈 심정이 담담한 선율에 실려 노래된다. 그리움과 보고픔으로 눈물이 나올 때 별을 세는 이유가 무엇일까?

악보 2-3. 심수향·홍난파의 〈은행나무 아래에서〉

심수향 작사, 홍난파 작곡의 <은행나무 아래에서>라는 곡에서 화자는 10월의 달 밝은 어느 날, 문득 과거를 회상하며 헤어진 엄마와 누나를 그리워하고 있다. 달을 보며 엄마와 누나를 떠올리게 되는 건 왜일까?

악보 2-4. 이정진·정순철의 〈길 잃은 까마귀〉

이정진 작사, 정순철 작곡의 <길 잃은 까마귀>에서는, 날은 추워지고 어두워져 가는데, 까마귀 한 마리가 엄마를 찾아 날아가는 모습에 그만 마음이 울컥한다. 그래도 달은 밝고 하늘은 푸르다고 표현하고 있는 이유는 무엇일까?

위의 노래들에서 시적 화자들이 그토록 별과 달에 기대어 그리워하며 슬퍼하고 있는 대상은 엄마, 고향, 어린 시절 등이다. 고향을 떠나온 자들이 느끼는 그리움의 정서는 나라를 빼앗긴 일제 강점기를 살아낸 한국인의 삶에 스며있는 정서와 다름 아닐 것이다. 따라서 일제의 간악한 통치에 대한 분노와 잃어버린 조국에 대한 애달픈 마음은 고향, 어린 시절, 엄마를 그리워하는 마음으로 치환되어 노래되었다고도 볼 수 있다.

즉 1920년대에 나온 동요 속에는 유독 별과 달이 자주 주요 소재로 등장하고 있는데, 그 이유는 은유, 상징과 같은 문학적 수법으로 형상화되어 이상향, 그리움의 결정체로서의 의미를 가지고 있기 때문이다. 망국의 한과 실의, 비애가 지금 이 땅에 가득 차 있다고 직접적으로 말하지 않고, 여기보다 서러움과 질곡이 덜한 먼 나라에서의 희망을 노래하고 있었던 것이다. 별은 환희에 찬 영원의 세계를 연상케 하며, 달은 낮에는 잘 보이지 않다가 밤이 되서야 은은한 빛으로 그 존재를 나타낸다. 이런 점에서 별과 달은 여전히 지속되고 있는 세계를 경험하게 하는 존재로서 사유되고 있다. 따라서 이 시기 가곡과 동요에 등장하는 별과 달은 슬픔의 감정이 투영되는 대상으로, 슬픔이 궁극적으로는 긍정의 힘으로 빛나게 될 것임을, 또한 단절이 아니라 연속과 순환으로 이어질 것임을 상징하고 있다.

다시 우리 시대의 <별이 진다네>로 돌아와 보자. 이 노래가 "어둠만이 짙어가는데"로 끝나버린다면 매우 회의적이다. 그러나 우리 선조들이 지혜롭게 표출해 낸 슬픔의 의미를 우리의 시대의 노래에 적용해 해석해 보면, "어둠만이 짙어가는데"로 끝나버린 이 노래는 어찌 보면 어둠이 지나면 밝은 내일이 올 것이라는 것을 알고 있지만 지금은 어둠속에서 슬퍼하겠다, 그리고 내일 밤 다시 떠오를 별을 기대하겠다는 희망을 역설적으로 내포하고 있는 것으로 해석할 수 있다. 아니나 다를까 <형제별>에 3절이 추가된 것과 마찬가지로, 여행스케치는 <별이 진다네> 이후 20여 년이 지난 2008년에 <별이 뜬다네>라는 패러디 반전 버전의 노래를 내놓았다. 중간 중간 원곡의 선율이 등장한다. 원곡이 내포하고 있던 슬픔의 역설이 구체적으로 가사화되어 불려진다. 그런데 이 노래에선 <별이 진다네>에서 느꼈던 긍정의 힘보다는 현실의 즐거움만을 가볍게 노래하고 있다는 느낌이 강하게 든다. <별이 진다네>의 진정한 의미를 밝혀주는데 그 주된 의의가 있어 보인다. 그러니 이 곡은 <별이 진다네>의 해독버전 정도인 셈. 즉 형제별의 3절인 셈.

어제는 별이 져도 오늘은 별이 뜬다네

oh oh my shining star

사람들은 누구나 가슴에 별 하나가 있다네

oh my oh my shining star

별이란 별이란 늘 사막 속에 낙타 한 무리 yo

또 오아시스 oh oh

어제도 꿈을 꾸고

우린 매일 오늘 내일 모래 글피도 꾼다네

oh oh my dream on yeh …

저 바다가 꿈을 꾸면

내 꿈도 파랗게 물드네

– 여행스케치의 〈별이 뜬다네〉(2008) 중에서

이 곡도 후주에서 기타선율과 풀벌레 소리가 원곡과 같이 변함없이 울려 나온다. 별이 지는 것과 별이 뜨는 것은 어찌 보면 생각하기 나름이라는 결론에 이른다. 별은 항상 그 자리에 있지만, 우리는 우리의 상황을 이입해 별이 지고 뜬다고 표현한다. 결국 별은 우리가 보기에 따라 꿈이자 이상향일 수도, 슬픔이자 절망일 수도 있다. 무엇을 선택할 것인가.

필자의 별에 대한 강한 기억은 1970년대 말로 거슬러 올라간다. 1970~80년대 우리나라엔 등화관제 훈련이라는 것이 있었다. 야간 공격에 대비에 지상의 목표물을 확인하지 못하도록 모든 불빛이 새어나가지 못하게 소등을 하는 훈련이었다. 어린 시절, 훈련이 있는 날이면 오빠들, 이웃집 언니들과 함께 어김없이 옥상에 올라가 밤하늘을 바라보았다. 그때만큼 하늘에 별들이 그렇게나 많은 것을 본 적이 없다. 은하수도 흘러넘치고,

별들은 쏟아져 내린다. 당시 초등학생이었던 나는 마치 소보로 빵 겉면에 붙어 있는 소보로처럼 별이 온통 뿌려져 있었다고 생각했다. 그리고 '서울에도 이렇게 별이 많았구나'라는 생각을 했다. 옥상에서 바라본 그 수많은, 아니 수없이 많은 별들. 그 이후로는 그때처럼 그렇게나 많은 별들을 본 기억이 없다. 늘 있었던 별인데, 보이지 않았을 뿐인데 말이다. 등화관제 훈련이 끝나자마자 켜지는 불빛들, 그리고 사라지는 별빛들 ……. 우리는 별과 이렇게 공존하고 있다. 별은 언제나 우리 곁에 있다. 별을 노래하는 마음으로 살아야겠다. 그것이 슬픔이던, 그것이 기쁨이던 간에.

3. 진달래꽃

2015년 11월, 야구랭킹 상위 12개국이 참여하는 국가 대항전 'WBSC 프리미어12'에서 한국 팀이 우승을 거머쥐었다. 주최국이었던 일본의 편파적인 대회운영으로 순탄치 않은 여정 끝에 이뤄낸 것이어서 더욱 값진 우승이었다. 준결승전에서의 일본과의 경기는 이 리그의 하이라이트였는데, 0대 3으로 줄곧 지고 있다가 9회 초에 4대 3으로 역전을 이뤄냈고, 9회 말 방어에 성공하면서 최종 승리를 거두게 되었다. 마지막 아웃카운트 하나를 잡을 때까지의 조마조마했던 순간이 지금도 생생히 떠오른다.

극적인 역전승을 거둔 후, TV에서는 승리의 영상과 함께 마야의 <진달래꽃> 노래가 흘러 나왔다. 우승을 하기 위해 온갖 방해공작을 벌여왔던 일본과의 경기에서 승리했기 때문에 그런 것이었는지, 쌓여왔던 민족감정이 오버랩 되면서 그런 것이었는지는 모르겠지만, 이 <진달래꽃>이라는 노래가 담고 있는 역설의 정신이 이 경기를 역전승을 이끈 우리 한국 야구팀의 승리와 묘하게 겹쳐지면서 울컥하기까지 했다.

마야의 <진달래꽃>은 김소월(1902-1934)의 시를 가지고 1980년 무렵부터 대학가에서 응원가로 혹은 시위현장에서 민중가요로 불려 왔던 구전 가요를 편곡한 것이다.

진달래 오오오 진달래 오오오 진달래꽃 피었네.
나 보기가 역겨워 가실 때에는
말없이 고이 보내드리오리다.

구전가요의 멜로디는 단순히 네 음으로만 되어 있다. 네 음 중에서도 특히 세 개의 음이 반복적으로 쓰이고 있다. 선율이 이런 양상이라면 누구나 한번만 들어도 쉽게 따라 부를 수 있고 기억하기 쉽다.

악보 3-1. 응원가 〈진달래꽃〉

이렇게 1연을 노래하는 방식으로 2연, 3연, 4연을 다 똑같이 부른다. 물론 중간에 "진달래 오오오 진달래 오오오 진달래꽃 피었네"를 후렴구처럼 첨가하여 노래에 흥을 돋운다.

마야는 이 노래를 록(rock music)으로 재탄생시켰고, 2004년 이 노래가 포함된 음반 『진달래꽃』을 발표하면서 대중들에게 크게 각인되기 시작했다. 록으로 편곡되면서 이 시가 가지고 있었던 수동적인 이별의 정한이라는 정서가 역전이 되어 '갈 테면 가라'라는 강한 메시지로 바뀐다. 노래의 진행은 이렇다. 첫 소절 "나보기가 역겨워 가실 때에는 말없이 고이 보내드리오리다" 부분을 천천히 부른다. 공연 영상들을 살펴보면, 마야는 이 부분에서 대체로 눈을 감고 잔잔히 부른다. 이어 새로운 가사가 나온다.

날 떠나 행복한지
이젠 그대 아닌지
그댈 바라보며 살아온 내가
그녀 뒤에 가렸는지
사랑 그 아픔이 너무 커
숨을 쉴 수가 없어
그대 행복하게 빌어줄게요
내 영혼으로 빌어줄게요

김소월의 시 세계와는 너무도 다른 표현으로 마지막 가사 "빌어줄게요 오오"까지를 부르짖고는 이어서 다시 "나보기가 역겨워…"를 되풀이 한다. 이 때는 처음과 같은 선율과 리듬이긴 하지만 좀 더 강하게 부른다. 템포가 딱히 빨라지지는 않지만, 다이내믹이 강해지며 악기가 추가되고, 비트도 강화되면서 템포까지 빨라지는 듯한 느낌이 들게 한다. 마야도 대체로 첫 부분은 눈을 감고 차분하게 부르지만, 추가된 가사를 부르면서는 감정이 서서히 고조되는 듯 후반부로 갈수록 눈을 부릅뜨고 노래를 불러 젖힌다. 이후 "내가 떠나 바람 되어 그대를 맴돌아도 그댄 그녀 사랑하겠지"라는 새로운 가사가 등장하는데, 이때 노래가 더 다이내믹해진다. 가사로만은 느껴지지 않는 여인의 강인함이 노래를 통해 전달된다. 다짐하듯, 죽어도 눈물 흘리지 않겠다고 외치며 노래를 끝내버린다. 록의 정신으로, 그러니까 반항과 자유, 저항의 정신으로, 이별의 암울함을 노래로 외치고 날려버리겠다는 정신으로 말이다.

김소월의 시 <진달래꽃>에 대한 해석은 매우 다양하나, 이별의 정한을 노래한 것이라고 보는 것이 일반적이다. 즉 이 시에는 사랑하는 임의 부재를 운명으로 받아들이려는 이타적인 마음, 슬픔을 감내해 내려는 자기희생적인 인고의 마음이 진하게 내포되어 있다. 그런데 이 시를 마야는 이렇게 직설적이고 도전적으로 노래하다니! 그리고 김소월과 록을 매치시키다니! 속 시원히 불러 젖히는 록 버전으로 김소월의 <진달래꽃>을 듣고 있자니, 과연 소월이 이별의 정한을 감수하고자 하는 여인의 슬픔을 노래하려고 했던 것일까? 하는 의문이 생겨났다. 혹 슬픔이 갖는 역설의 힘, 즉 상실과 좌절을 딛고 일어설 수 있는 치유의 힘, 미래의 희망을 위한 밑거름이라는 긍정의 힘을 믿으며 슬픔을 노래한 것은 아닐까? 소월의 다소 길이가 긴 다른 시 한편에서 이에 대한 해답을 찾았다.

> 우리는 아기들, 어버이 없는 우리 아기들
> 누가 너희들더러, 부르라더냐
> 즐거운 노래만을, 용감한 노래만을
> 너희는 아직 자라지 못했다, 철없는 고아들이다.
>
> 철없는 고아들! 어디서 배웠느냐
> 「オレハ河原ノ枯ススキ」 혹은,
> 철없는 고아들, 부르기는 하지만,
> 「배달나라 건아야 나아가서 싸워라」

아직 어린 고아들! 너희는 주으린다,

학대와 빈곤에 너희들은 운다.

어쩌면 너희들에게 즐거운 노래 있을쏘냐?

억지로 「나아가 싸워라, 나아가 싸워라, 즐거워하라」 이는 억지다.

사람은 슬플 제 슬픈 노래 부르고,

즐거울 제 즐거운 노래 부른다.

우리는 괴로우니 슬픈 노래 부르자,

우리는 괴로우니 슬픈 노래 부르자. 그러나 조선의.

슬퍼도 즐거워도, 우리의 노래 건전하고

사뭇 우리의 정신이 있고

그 정신 가운데서야 우리 생존의 의의가 있다.

슬픈 우리 노래는 가장 슬프다.

「나아가 싸워라, 즐거워하라」가 우리에게 있을 법한 노랜가,

우리는 어버이 없는 아기거든.

부질없는 선동은, 우리에게 독이다,

부질없는 선동을 받아들임은

한갓 술에 취한 사람의 되지 못할 억지요,

제가 저를 상하는 몸부림이다.

그러하다고, 하마한들, 어버이 없는 우리 고아들

「オレハ河原ノ枯ススキ」지 마라,

이러한 노래를 부를 건가, 우리에게는
우리 조선의 노래가 있고야. 우리는 거지 맘은 아니 가졌다.

우리 노래는 가장 슬프다,
우리는 우리는 고아지만
어버이 없는 아기거든,
지금은 슬픈 노래 불러도 죄는 없지만,
즐거운 즐거울 제 노래 부른다.
슬픔을 누가 불건전하다고 말을 하느냐,
좋은 슬픔은 忍從[인종]이다.

다만 모든 치욕을 참아라, 굶어 죽지 않는다!
인종은 가장 큰 덕이다.
최선의 반항이다
아직 우리는 힘을 기를 뿐.
오직 배워서 알고 보자.
우리가 어른 되는 그날에는, 자연이 싸우게 되고,
싸우면 이길 줄 안다.

– 김소월의 〈忍從〉

위의 시 <인종>은 소월의 미발표 유고시로 대중들에게는 잘 알려져 있지 않은 시이다. 이 시의 전체 내용과 숨겨진 의도를 다음의 가상 인터뷰를 통해 살펴보자.

우리 조선의 슬픈 노래

2004년, 클래식 FM '노래의 날개 위에'라는 라디오 프로그램에 출연 중인 소월. 그동안 잘 알려지지 않은 시 <인종>에 대해 대담이 한창 진행 중이다.

진행자 <인종>에서, 철없는 고아들이란 누구를 의미하는 것인가요?

소월 나라를 잃은 우리 민족을 의미합니다.

진행자 왜 철없는 고아들이라고 표현하셨죠?

소월 나라도 빼앗기고, (작은 한숨을 내쉬며) 빼앗긴 나라에서 이처럼 아무 생각도 없이 살고 있는 듯 보여 그렇게 표현했습니다. 저 자신을 포함해서 요…….

진행자 철없는 고아들이 불러야 할 노래를 언급하고 계신데, 여기서 이 노래들은 무엇을 뜻하는 것인가요?

소월 우리 앞에 놓인 식민지 현실을 의미한다고 볼 수 있죠. 주권을 빼앗긴 이 현실에서 벌어지고 있는 상황을 우리들이 부르고 있는 세 가지의 노래의 유형으로 비유한 것입니다.

진행자 유행가, 투쟁가, 애가 이렇게 세 가지 인가요?

소월 네에. 아주 간략하게 요약하면 그렇게 구분할 수 있겠네요. 제가 시에서는 "オレハ河原ノ枯ススキ"(나는 냇가의 시들어 버린 갈대), "배달나라 건아야 나아가서 싸워라", "우리 조선의 노래"라고 표현해 두었죠. 이 세 가지 유형의 노래가 현재 우리 조선의 현실을 대변하고 있습니다. 즉 한창 유행하고 있는 염세적 분위기의 일본노래. 이것은 일제의 강점 이후 일제에 동화된 우리의 모습입니다. 나라와 민족을 위해 즐거운 마음으로 싸울 것을 선동하고 있는 노래. 이것은 일제에 대한 저항의 모습을 그린 것이구요. 세 번째 슬픈 우리 조선의 노래는…….

진행자 (가로채며) 왜 우리 조선의 노래를 슬프다고 하셨죠? 더군다나 우리 조선의 '슬픈' 노래를 부르라고 독려하고 계시던데…. 왜 하필 슬픈 노래를 부르라고 하시는 건가요? 두 번째 노래도 우리말 노래인데 왜 그 노래는 부르지 말라고 하신 건가요?

소월 두 번째 노래는 우리 민족이 만들어 부르고 있는 노래이긴 하지만 나라와 민족을 위해 즐거운 마음으로 싸울 것을 억지로 선동하고 있기 때문입니다.

진행자 세 번째 노래는요? 세 번째 노래를 강조하신 이유가 제일 궁금합니다.

소월 제가 조선의 슬픈 노래를 부르라고 권유하고 있죠? 그 이유는 우리 노래에 깃든 슬픔은 '좋은 슬픔'이기 때문입니다. 슬픔의 현실을, 부당하고 부조리한 현실을 묵묵히 참고 견디는 과정에서 생겨난 슬픔이기 때문입니다. 참고 견뎌야 함이 곧 시의 제목인 '인종' 이지요.

진행자 (반발하듯) 왜 참고 견뎌야 합니까?

소월 제가 시에서도 표현했듯이, 인종이 '최고의 덕'이기도 하지만 '최선의 반항'이기도 하기 때문입니다. 저는 감정이 사고나 인식까지도 지배한다고 생각하고 있습니다. 서구의 지성사에서 주로 나타나는 이성 중심의 관점과는 많이 다르죠. 우리 조선의 슬픔은 힘든 삶을 견디는 과정에서 만들어진 인고의 결과물입니다. 그 어디에도 유래가 없는 그런 슬픔이죠. 그런 슬픔의 힘을 인지하고 슬픔을 노래로 만들어 불러 왔습니다. 이런 민족이 어디 있겠습니까? 노래를 부르며 슬픔의 현실을 직시하고, 식민지 현실을 넘어서려고 하는 민족 말입니다.

진행자 동의합니다. 슬픔의 노래로 슬픔을 극복하는 민족이지요. 선생님의 <진달래꽃>도 그런 의미이지 않겠습니까? 헤어짐의 슬픔을 노래한 듯 보이지만 다시 만날 때의 기쁨이 진달래꽃으로 상징된 것 아니겠습니까? 꽃은 순환의 의미를 갖고 있으니까요.

소월 그렇게 해석해 주시니 정말 고맙군요. 대부분의 사람들은 이별을 감내하는 여인의 한 맺힌 정한의 시 정도로만 보고 있는데. 참! 마야라는 친구가 록 버전으로 얼마 전 <진달래꽃> 음반을 냈더군요. 뭐 이미 응원가로, 민중가요로 불리고는 있지만 록으로 표현해 내다니…. 내 속이 다 시원하더이다. 조금 과한 것 같기도 하지만, 하하하.

진행자 슬픈 현실에 대한 저항이 필요한 상황에선 항상 이 노래가 불릴 것 같습니다. 그런데 저항 정신 하면 힙합이라는 장르를 또 빼놓을 수 없는데요. 다음 세대엔 랩으로도 나오지 않을까요? 선생님의 작품들은 1920년대 이후로 꾸준히 노래로 작곡되어 왔습니다. 그것도 다양한 장르로 말입니다. 가곡, 가요, 록, 이제 거기에 힙합까지 더하면 시대를 초월한 가사가 되겠군요.

소월 하하하 랩 버전도 벌써 기대가 되는군요. 시대에 따라 노래하는 방식도 이리 달라지니……. 어떤 비트가 어울릴지, 정말 궁금합니다.

진행자 그러나 시에 내포된 '좋은 슬픔'의 정신만은 변함없는 것 같습니다.

소월 랩 가사 하나 써야 할 것 같습니다. 라임엔 자신이 있거든요. 허허.

진행자 하하하. 그럼 오늘 들어 볼 노래는 어떤 곡으로 추천해 주시겠습니까? 선생님께서 가장 좋아하시는 <진달래꽃> 노래는 누구의 곡일지 매우 궁금합니다.

소월 저는……. (잠시 생각에 잠겼다가) 뭐, 독일의 괴테 선생은 작곡가들이 자신의 시를 고치거나 그 분위기를 바꾸는 것을 불쾌하게 생각했다고 합니다만, 저는 제 시가 음악으로 발표될 때마다 놓치지 않고 한곡 한곡 다 들으면서, 제 시가 이렇게 한사람 한사람에게 다르게 다가가고 있었구나라는 생각을 하게 됐습니다. 생각지도 않은 곳이 음악적으로 강조되어 표현될 땐 당황스럽기도 했고, 어떤 작품은 내 속마음을 어떻게 그렇게 잘 알아 그리 표현했는지 갑자기 부끄러워지기도 했고…….

진행자 그렇군요. 그렇다면 곡을 추천해 주시기가…….

소월 (가로채며) 제 시 <진달래꽃>을 처음 노래로 작곡한 안기영 선생의 곡과 민요풍이 진하게 가미된 김순남 선생의 곡을 같이 듣고 싶군요. 한동안 안기영 선생과 김순남 선생의 곡을 들을 수 없어서 매우 안타까웠습니다. 월북 작곡가라는 이유로 금지곡이 되었기 때문이죠. 이제는 맘껏 부를 수 있으니, 오늘 같은 날 한번 다시 들어보면 좋을 것 같습니다.

진행자 네에, 그럼 안기영과 김순남의 <진달래꽃>을 차례로 듣도록 하겠습니다. (소월을 바라보며) 오늘 함께 해 주셔서 대단히 감사합니다.

소월 네에, 초대해 주셔서 감사합니다.

안기영의 〈진달래꽃〉

위의 이야기에서 소월이 추천하고 있는 안기영(1900-1980)의 <진달래꽃>을 한번 살펴보자. 안기영은 자신의 첫 번째 작곡집 『안기영작곡집』(1929)을 통해 <진달래꽃>을 발표했다. 가사와의 관계에 따라 진행되는 음악의 구성을 한눈에 이해하기 쉽게 다음과 같이 표로 정리하였다.

안기영의 〈진달래꽃〉 구조

연	가사	형식	마디	조성
1	나 보기가 역겨워 가실 때에는 말없이 고이 보내 드리오리다	A	1-10	Fm
2	영변에 약산 진달래꽃 아름 따다 가실 길에 뿌리오리다	B	11-15	FM
3	가시는 걸음걸음 놓인 그 꽃을 사뿐히 즈려밟고 가시옵소서	C	16-20	Fm
4	나보기가 역겨워 가실 때에는 죽어도 아니 눈물 흘리오리다	A′	21-30	

음악적 구성을 표로 정리하고 나니, 2연과 3연은 1연과 4연에 비해 길이가 ½임이, 전체적으로 단조 조성인 곡에서 2연만 장조로 되어 있음이 한눈에 보인다. 또한 노래로 전환되는 과정에서 시구를 반복하거나 생략하는 일이 일어나지 않았음도 확인해 볼 수 있다. 시에서는 4개의 연이 비슷한 길이로 되어 있어서, 낭송을 할 때는 같은 속도로 읽혀지지만 음악에서는 1연과 4연에 비해 2연과 3연이 짧게 노래된다. 특히 2연, 이별을 위해 꽃을 따다 뿌리는 행위를 할 때에는 긍정의 마음으로 승화시키며 얼른 준비하는 모습이 연상된다. 이 부분의 길이와 조성이 다른 부분과 다르기 때문에 이렇게 해석을 할 수 있는 것이다. 그러나 막상 그 꽃을 밟고 가실 임을 생각하니 갑자기 슬픔이 북받쳐 온다. 3연은 짧기는 해도 페르마타, 즉 늘임

악보 3-2. 안기영의 <진달래꽃> 3연 "가시는 걸음걸음 놓인 그 꽃을 사뿐히 즈려밟고 가시옵소서" 중 늘임표가 사용된 부분

표가 사용되고 있어서 길게 시간을 끌고 있을 수 있다. “가시는 걸음걸음 놓인 그 꽃을”에서 “꽃을”에 표시되어 있는 늘임표를 적용해서 부를 때, 그 음의 길이는 음악적으로는 원래 음 길이의 2~3배 정도로 부르도록 관습화되어 있지만, 이 시의 화자만큼은 이별의 순간을 늦추고 싶은 만큼 늘려서 부르고 싶지 않을까? 호흡이 다하는 한 그렇게 늘려서 노래를 끝내고 싶지 않을 수도 있다. 그러나 결국 즈려밟고 가라고 그를 체념하듯 놓아준다.

한편, 이 곡은 당시의 유행가 선율과 비슷한 방식으로 전개되어 나간다. 즉 몇몇 음절들을 단음절적으로 처리하지 않고 2~3음으로 늘려 부르도록 하고 있는데, 이는 노래할 때 꺾는 목의 효과를 연상케 하면서 진한 애상감을 느끼게 해준다. 1연과 4연에 이러한 수법을 쓰고 있다.

악보 3-3. 안기영의 <진달래꽃> 1연 “나 보기가 역겨워 가실 때에는 말없이 고이 보내 드리오리다”에서 2~3음으로 늘려 부르는 부분

앞서 애기한 것처럼, 2연의 “영변의 약산 진달래꽃 아름 따다 가실 길에 뿌리 오리다”는 갑작스레 장조로 전조되며, 선율도 장식되는 부분 없이 단음절적으로 노래된다. 더욱이 이 부분의 피아노 반주는 3도 병진행 화음으로 진행되고 있는데, 이는 떠나는 임에 대한 원망과 정한이라기보다는 이별의 상황을 서로 이해하고 있음을 음악적으로 표현해 놓고 있는 것이라 볼 수 있다. 서양음악의 음악수사학적 전통에서 바라본다면 부정의 상황에서는 반음계 진행, 감7화음 등이 주로 나오며, 진행도 3도 병진행이라는 협화적 화음보다는 2도, 7도 등의 불협화음이 거칠게 등장한다. 따라서 순차적으로 병진행하고 있는 이 모습은 이별의 아픔보다는 이해의 차원으로 해석할 수 있는 여지를 준다.

악보 3-4. 안기영의 <진달래꽃> 2연 “영변에 약산 진달래꽃 아름 따다 가실 길에 뿌리오리다” 중 피아노 반주에서 나타나는 3도 병진행 화음

더욱이 단조 조성의 작품에서 이 부분이 장조를 쓰였다는 것은 진달래꽃을 따다 뿌림으로 펼쳐지고 있는 곳이 다른 공간, 다른 시간대임을 암시해 주고 있는 것이기도 하다. 음악에서는 음계를 달리하여 시간이나 공간을 구분하기도 하기 때문이다.

한편, 3연의 ‘걸음’, ‘놓인’, ‘사뿐’에 짧은 부점 리듬이 사용되면서, 임의 떠나는 발걸음이 망설이는 발걸음이었으면 하는 마음이 암시된다.

악보 3-5. 안기영의 <진달래꽃> 3연 "가시는 걸음걸음 놓인 그 꽃을 사뿐히 즈려밟고 가시옵소서" 중 '걸음', '놓인', '사뿐' 에 사용된 부점리듬

전체적인 곡의 분위기는 길게 늘이거나 여러 음으로 장식된 음절들을 사용하면서 애통함을 표현하고 있는데, 아이러니하게도 이 곡의 노래 방식은 *Animato*이다.

악보 3-6. 안기영의 <진달래꽃>의 노래하는 방식 *Animato*

선율의 양상, 조성, 화성진행 등은 슬픔을 드러내는 데 익숙한 방식으로 짜여 있을지언정, 노래는 생기 있고 활발하게 부르라고 되어 있는 것이다. 겉과 속이 다르다. 즉 이 곡은 언뜻 들으면 허무주의적이고 무기력한 슬픔이 느껴지는 것 같지만, *Animato*라는 노래 부르는 방식에 '좋은 슬픔', '최선의 반항으로서의 슬픔'이라는 의미를 숨겨 놓았다.

김순남의 〈진달래꽃〉

김순남(1917-c1983)은 진정한 민족음악이란 어떤 것인가에 대해 깊게 고민하고 몸소 실천하고자 했던 작곡가였다. 그는 노래가 사람들의 마음을 가장 잘 표현하고, 하나로 모을 수 있다고 믿었다. 노래로는 13곡의 가곡과 50여 곡의 해방가요를 남겼는데, 1948년에 『자장가』라는 작품집을 통해 <진달래꽃>을 발표했다. 그는 자신의 가곡 중 절반가량을 김소월의 시에 곡을 붙였다. 김순남의 <진달래꽃>은 안기영의 작품과 달리, 시구가 반복되는 부분이 자주 등장한다.

김순남의 〈진달래꽃〉 구조

연	가사	형식	마디	조성
1	나 보기가 역겨워 가실 때에는 말없이 고이 보내 드리오리다	A	1-10	Fm
	반복		11-18	
2	영변에 약산 진달래꽃 아름 따다 가실 길에 뿌리오리다	B	19-28	A♭M
3	가시는 걸음걸음 놓인 그 꽃을 사뿐히 즈려밟고 가시옵소서		29-36	A♭m
4	나보기가 역겨워 가실 때에는 죽어도 아니 눈물 흘리오리다	A′	37-51	Fm

밑줄은 가사가 반복되는 부분

악보 3-7. 김순남의 <진달래꽃> 1연 “나 보기가 역겨워 가실 때에는 말없이 고이 보내 드리우리다”와 그 반복

안기영의 작품과 같은 조성이지만 조성의 운용방식은 많이 다르다. 2연은 장조로 시작하지만 조성의 불안함을 보이다가 결국 단조로 바뀌어 간다. 형식을 살펴보면, 2연과 3연이 음악적으로는 비슷한 진행을 보이고 있어서 형식상 한데 묶을 수 있다. 따라서 이 곡의 전체 형식은 ABA′의 3부분 형식이다.

이 작품은 서양 작곡기법에 민요풍의 가락과 장단이 융합된 새로운 형

악보 3-8. 김순남의 <진달래꽃> 2연과 3연에서 시구의 반복이 나타난 부분

태의 가곡이라 할 수 있다. 그래서인지 계면조로 노래되는 민요의 가락인 것도 같고, 시김새처럼 들리는 부분도 있는 것 같다. 반주에서 느껴지는 민요 장단은 곡의 분위기를 이끌어 가면서 결코 슬픔 속에 탄식하고 있는 것으로 만들지 않는다. 더욱이 짧은 전주, 간주, 후주에는 셋잇단음표 음형이 등장하는데, 음계에 포함되어 있지 않은 G♭음을 통해 묘한 분위기를 연출해 내고 있다.

악보 3-9. 김순남의 <진달래꽃> 4연 "나보기가 역겨워 가실 때에는 죽어도 아니 눈물 흘리오리다"에서 시구의 반복이 나타난 부분과 후주에 다시 나타난 $G^{\flat}$음

<인종>에 사용된 '좋은 슬픔', '최고의 덕', '최선의 반항'이라는 시어들을 통해, 소월이 사유한 슬픔은 허무주의적이고 무기력한 슬픔이 아니라 긍정적이며 능동적인 슬픔이었다는 것을 알 수 있었다. 그러나 소월의 <진달래꽃>은 시대상황과 개인이 처한 환경 등에 따라 다르게 읽힌다. 특히나 이 시는 시가 나온 1920년대부터 오늘날에 이르기까지 많은 작곡가들에 의해 꾸준히 작곡되어 왔는데, 예를 들면 안기영에 의해 1929년에 가곡으로 처

음 작곡된 이후 김성태(1947), 김순남(1948), 김동진(1954), 하대응(1954), 김달성(1960), 박재열(1975) 등 일일이 열거할 수 없을 만큼 많은 작곡가들에 의해 지속적으로 창작되어 왔다. 이들은 소월의 시가 가지고 있는 어떤 면을 포착하여 작곡을 하였을까? 작품을 들어본다면 각 세대의 음악가들이 당대의 시대상황을 어떻게 성찰하고 있었는지를 역으로 유추해 볼 수 있을 것이다. 슬픔의 현실에 지혜롭게 저항하고 있는지, 아니면 왜곡된 한의 정서 속에서 무기력하고 나약한 채 세월만 보내고 있는지를 느껴볼 수 있을 것이다. 물론 음악을 향유하는 방법이 정해져 있는 것은 아니다. 음악에 아무 의미를 부여하지 않고 순수하게 음들의 움직임을 통한 유희를 맛보는 일도 중요하다. 그러나 시인과 음악가들의 시대상에 대한 성찰은 끊임없이 작품을 통해 우리에게 전달되고 있다. 우리가 그것을 인식하든, 인식하지 못하든 간에 말이다. 여기서 필자는 일률적으로 이별의 정한이라는 틀 속에 <진달래꽃>을 남겨두고 싶지 않았다. 소월이 <인종>에서 이야기한 '좋은 슬픔'의 의미를 <진달래꽃>과 연결하여 이해하고 싶었고, 그것을 음악적으로 증명하고 싶었다.

이제 진달래꽃을 소재로 한 다른 노래 한편을 살펴보려 한다. 사랑하는 옛 임을 그리워하는 마음을 노래한 이흥렬(1909-1980)의 <바위고개>이다. 이 노래에는 진달래꽃이 주요 시어로 등장한다.

1934년에 발표된 이 곡은 가사의 표면적인 내용으로만 보면, 떠난 임에 대한 그리움, 임의 부재로 인한 슬픔이 담담하게 표현되어 있는 것으로 보인다. 그러나 이흥렬은 이 곡에 대해서 "그 무렵의 모든 젊은이들이 다 그러했듯이 나도 조국을 빼앗은 일제에 대한 적개심으로 두 눈에 독기가 서려 있었습니다. 내 마음의 불길 같은 저항심이 우리의 삼천리금수강산을 <바위고개>로 표현했던 것입니다"(박찬호, 2011: 123)라고 술회한 바 있다.

악보 3-10. 이서향·이흥렬의 <바위고개>

이 곡은 헤어진 연인에 대한 그리움 이상의 의미를 가지고 있는 것이다.

이 곡에서 바위고개에 핀 꽃은 진달래꽃이라고 표현되어 있으나 본래는 민족의 상징인 무궁화를 암시하고 있었다고 한다(박찬호, 2011: 123). 당시 일제는 무궁화조차 감시의 대상으로 삼았기 때문에, 무궁화를 무궁화라 부르지 못하고, 그만 진달래로 바꾸어 불러야만 했던 것이다. 그렇다면 이 노래에서 나오는 임은 조국임을, 진달래꽃은 조국의 꽃임을, 머슴살이

는 일제의 탄압에 고통 받는 우리 민족의 현실임을 유추해 볼 수 있다.

이 곡은 이를 테면 민족적 울분의 표현이었던 것이다. 그러나 그 울분을 한없이 서정적이고 부드럽게 표현하고 있다. 이로 인해 오히려 슬픔이 더욱 장엄해지는 듯하다. 그래서 이 노래는 우리 민족, 내 고향, 사랑하는 임을 만날 수 없는 안타까움에 마음 아파 울게도 하는 반면, 진달래꽃이 주는 순환성에 한 가닥 희망을 두고 위로를 얻게도 한다.

진달래꽃은 슬픔의 감정이 투영되는 대상으로 슬픔이 궁극적으로는 긍정의 힘으로 빛나게 될 것임을, 또한 단절이 아니라 연속과 순환으로 이어질 것임을 상징하고 있다. 진달래꽃은 상실, 아픔, 절망, 좌절에 대한 반어

적 표현이자 우리 선조들의 근대적 심성을 고양시킨 자각의 요소였던 것이다. 봄이면 진달래가 만발하는 우리 강산이, 꺾이지 않고 꽃을 피워 온 우리 강산이 이 노래들의 결실이다.

애니메이션 《인사이드 아웃》(Inside Out, 2015)에는 인간감정을 컨트롤하는 '기쁨', '슬픔', '버럭', '까칠', '소심'이라는 다섯 가지 감정들이 의인화되어 등장한다. 그 가운데 '기쁨'이가 주인공 소녀 라일리의 유년 시절 감정을 주도적으로 컨트롤한다. 그러나 소녀가 성숙해 가는 과정 속에서 '슬픔'이가 자주 등장하게 된다. 라일리의 어린 시절을 표현했던 영화의 중반까지는 '기쁨'이의 활약에 응원을 했다. 가끔 '슬픔'이가 등장해서 사고를 치는 장면이 나오면 짜증이 나기도 했다. '가만히 좀 있지. 왜 자꾸 나서서 라일리를 슬프게 하지?' 그러나 라일리가 성장하면서 기쁠 수만은 없는 여러 상황들이 점점 많아진다. 갑작스런 이사, 친구와의 이별, 초라한 새집, 낯선 학교, 낯선 사람들의 시선 …. 이 모든 것이 라일리에게는 슬픔이자 두려움이었고, 이런 상황마다 '슬픔'이가 등장한다.

우리는 흔히 기쁨, 즐거움, 긍정과 같은 감정만이 좋은 감정이며 이렇게 삶을 추구하고 살아가야 한다고 생각한다. 그래서 슬픔, 두려움, 외로움 등의 감정들을 일부러 외면하며 살아간다. 어려운 상황 속에서도 기쁘고 강하고 씩씩한 척해야 그런 삶이 펼쳐진다는 논리 속에 우리를 적응시키고 있는 것이다. 그래서였는지 이 영화를 보면서, 슬픔이가 자꾸 돌출행동을 해서 주인공을 슬픈 마음으로 이끌 때마다 자꾸 화가 났다.

그러나 슬프고 부정적인 감정을 외면했을 때, 우리는 결국 라일리처럼 정서적 혼돈상태에 놓이게 되는 것은 아닐까? 부정적이고 불편한 감정들을 인정하고 그것을 노래할 수 있게 될 때, 우리는 비로소 온전한 감정으로 위기를 극복할 수 있게 되는 것은 아닐까? 진정한 행복은 실의에 빠져 있을

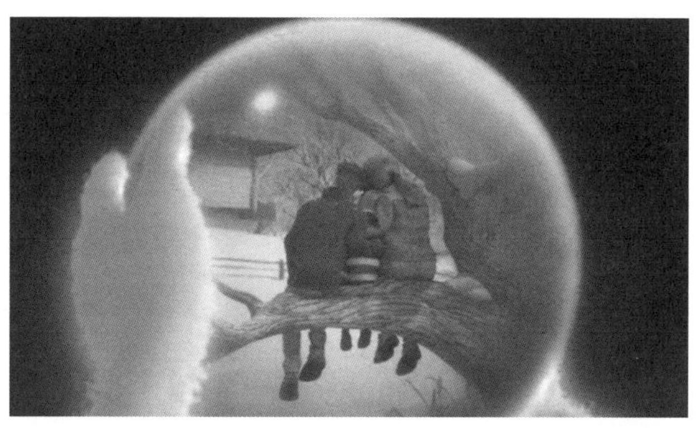

《인사이드 아웃》의 한 장면. 하키 경기의 패배로 인해 겪은 라일리의 슬픔이, 라일리가 행복을 느끼게 된 계기가 되었음을 기쁨이가 기쁜 기억을 되돌아보면서 알게 된다.

때 오롯이 슬픈 채로 존재할 수 있게 해 줌으로 만들어 질 수 있는 것은 아닐까? 슬픔은 행복을 느끼게 되는 계기가 될 수 있다고 믿고 있다. 역설적이게도 말이다.

기쁨만이 행복하고 좋은 것이 아니라, 부정적이라 여기며 모른척해 왔던 감정들과 마주하는 것이야말로 진정 건강하고 좋은 것이다. 외면해왔던 감정들을 통해 외부의 막강하고 다양한 힘을 받아들이고 그 상황을 이해할 수 있게 된다는 것과 같은 뜻이기 때문이다. 오스카 와일드(Oscar Wilde, 1854-1900)의 말처럼 슬픔에는 강렬하고도 이상한 진실함이 있다. 우리 선조들은 시와 노래로 우리에게 그런 '좋은 슬픔'을 알려주려 하셨나보다. <진달래꽃> 노래가 더욱 소중하게 느껴진다.

Codetta: 1장을 마무리하며

일제 강점기, 우리 선조들이 노래했던 것은 무엇인가? 바로 별과 달과 꽃들. 반짝이고 찬란하고 화려한 것들이다. 우리의 선조들은 슬픔과 설움을 여기에 담아 노래하면서 현실은 비록 비참하다 하더라도 꿈과 희망이 곧 현실이 될 것이라 믿으며 슬픔의 정서를 갈무리해 왔다.

우리의 근대는 일제의 잔혹한 통치 하에서, 별과 달에 기대어 희망을 꿈꿀 수밖에 없었던 시대였다. 감시와 검열이라는 사회문화적 통제 속에서 지혜롭게 이상향을 그리워하는 마음으로 슬픔을 대신하며 식민지 현실을 달래야 했다. 현실 도피적이고 시대감각이 없는 비현실적인 노래가 아니라, 슬픔의 극한에서 극복의 길을 찾게 해주는 노래였다.

이처럼 우리나라 근대 시기의 노래에 등장하는 별과 달과 꽃은 슬픔이 삶의 동력으로 전환될 것이라는 믿음의 결정체들이었다. 우리의 이 노래들은 현실감각이 없는 병적이고 죽은 예술이 아니라 현실이 너무 참담하여 반짝이는 현실이 어디선가 지속될 것임을 노래한 살아있는 예술이었다.

우리의 근대가 그래서 너무 가슴 아프다. 풍자와 비유로라도 마음 놓고 표현할 수 없어 감정마저도 숨겨야만 했던 우리의 근대. 외면할 수 있을 만큼 외면하고 싶은 역사. 그러나 이 별과 달과 꽃의 노래들을 부르면서 이 노래들이 가져다주는 생생한 역사의 숨결과 함께 일제 강점기 식민 시기의 우리 역사를 정면으로 바라볼 수 있게 되었다. 더불어 미래를 살아갈 동력이 되고 있음도 느낀다. 노래는 살아서 오늘도 불리고 있다.

Now and Forever!

02

음악의 상투적 주제

“난 이래서 음악이 좋다. 지극히 따분한 일상의 순간까지도 의미를 갖게 되잖아. 이런 평범함도 어느 순간 갑자기 아름답게 빛나는 진주처럼 변하거든. 그게 음악이야”

- 영화 《비긴 어게인》 중에서

•

•

•

4. 사랑예찬

수많은 노래의 주제로 사용되는 사랑하는 이의 아름다움을 예찬하는 노래들은 과거에는 어떤 가사로, 어디에서, 어떻게 불려 졌을까? 서양의 중세시기 음악에서부터 현재의 팝음악에 이르기까지 사랑을 예찬하는 노래들은 수없이 많다. 이 가운데 사랑하는 이의 아름다움을 예찬하고 있는 노래들을 추출하여 사랑과 아름다움에 대한 인식과 표현이 시대와 지역에 따라 어떻게 다르게 나타나는지를 가사와 음악을 통해 살펴보려고 한다. 더불어, 시대마다 지역마다 다르게 나타나는 표현의 차이에도 불구하고 사랑 예찬가에는 어떠한 공통의 진리가 내포되어 있는지도 함께 유추해 보려고 한다. 시대에 따라, 지역에 따라, 상황에 따라 같은 주제이지만 다른 장르로 불려지기도 하고, 같은 감성을 주는 노래이지만 다른 의미를 전하고 있기도 하다. 이 노래들을 통해 우리 시대 사랑의 자화상을 그려볼 수 있지 않을까?

사랑을 예찬하는 노래들에 대한 기록은 고대부터 있어왔지만 사랑하는 이의 아름다움을 예찬하는 노래에 대한 정보는 성경의 아가서 내용을 바탕으로 한 '모테트'라는 장르에서 구체적으로 등장하고 있다. 그럼, 이야기를 15세기 모테트로부터 시작해 보자. 15세기 중반은 서양음악사 시기 구분으로는 중세에서 르네상스로 넘어가는 시대이다. 이 시기 모테트라는 장르는 미사 통상문을 제외하고 라틴어로 된 종교적인 내용의 노래들을 총칭한다. 아가서 7장의 내용을 바탕으로 한 15세기 모테트 <어찌 그리 아름다운지>(Quam purchra es)는 사랑하는 이의 아름다움에 대한 예찬의 시를 노래한 것으로 가톨릭 미사의 입당송으로 종종 사용되었다.

사랑의 노래를 담고 있는 아가서(雅歌書)는 솔로몬 왕이 예루살렘 왕국에서의 재위시절(BC 973-933) 중에 작성한 것으로 알려져 있다. 아가서는 '아름다운 노래책'이라는 의미이지만, 히브리어로는 '쉬르 하쉬림'(שיר השירים), 즉 '노래 중의 노래'(Song of Songs)라는 뜻이며, 총 8장 안에 10여 개의 송시와 단편들이 수록되어 있다. 주된 내용은 솔로몬 왕과 술람미 여인 간의 사랑 이야기로, 성서 구절이라 하기엔 상당히 관능적이고 파격적인 내용도 포함되어 있다. 특히 아가서 7장은 솔로몬이 중심화자로 등장하여 사랑하는 여인의 외적인 아름다움을 예찬하고 있으며, 함께 가서 사랑을 나누자고 제안하고 있다. 아가서는 단지 남녀 간의 사랑만이 아니라 하나님과 이스라엘 간의, 그리고 예수 그리스도와 교회와의 관계를 묘사하는 것으로 해석되기도 한다. 즉 남녀 간의 사랑에 대한 다양한 종교적 해석을 통해 그리스도와 더 친밀한 교제와 연합을 갈망하도록 하고 있는 것이기도 하다.

Quam pulchra es (어찌 그리 아름다운지)

15세기 영국의 작곡가 던스터블(John Dunstable, 1390-1453)은 아가서 7장의 내용 중에서 6, 7, 5, 4, 11, 12절을 가사로 채택하여 3성부 모테트를 만들었다.

Quam purchra es quam decora	어찌 그리 아름답고 귀여운지
carissima in delicis	기쁨을 주는 그대 내 사랑이여
Statura tua assimilata est Palmae	그대의 몸매는 종려나무와 같고
et ubera tua botris	그대의 가슴은 포도송이와 같네
Caput tuum ut Carmelus	머리는 카르멜 봉우리처럼 오똑하고
Collum tuum sicut turris eburnea	목은 상아탑 같이 희구나
Veni, dilecte mi	오라, 내 사랑이여!
egrediamur in agrum	들로 나가세
et videamus	함께
si flores fructus parturiunt	그 부드러운 포도송이가,
si floruerunt mala Punica	석류나무 봉우리가 피었는지
ibi dabo tibi ubera mea	거기서 내 사랑을 그대에게 바치리라
Alleluja	알렐루야

위의 가사 해석에서도 보여지듯이, 아가서의 노래들은 고대 중동 지역의 문화를 배경으로 한 것이기 때문에 오늘날 우리에게는 낯선 표현들이 많다. 즉 사랑하는 사람의 신체적 아름다움을 종려나무, 카르멜 봉우리, 상아탑 등에 비유하고 있는 것이다. 던스터블은 '기쁨', '종려나무', '카르멜 봉우리', '상아탑', '사랑', '들로'라는 단어를 강조하기 위해 이 단어들이 나오는 부분의 음악을 멜리스마틱하게 처리했다. 즉 한 음절에 여러 음이 배치되도록 하여 그 단어를 좀 더 강조하였다.

일찍이 성 아우구스티누스(Aurelius Augustinus, 354-430)는 『음악론』(De Musica, 387-391)에서 "음악은 청자의 영혼을 움직여 정화시키고 하나님의 사랑으로 이끄는 조화를 청자의 내면에서 일어나게 하는 성격을 가졌다"고 역설하였으며, 또한 "음악은 통일된 세계질서 속에 묵시되는 하나님

악보 4-1. 던스터블의 모테트 <어찌 그리 아름다운지>

3성부 호모포니 스타일

의 섭리를 그려내며, 천공 하모니를 드러내어 하늘의 영광을 깨닫게 한다" 고 하였다(홍정수 · 오희숙, 1999: 300). 이런 관점에서 볼 때, 아가서의 시는 던스터블의 음악을 통해 더욱 묵상되며 우리의 영혼을 정화시켜준다. 사랑하는 사람의 아름다움을 예찬하는 이 시는 하나님의 이스라엘에 대한 사랑, 예수님의 교회에 대한 사랑으로 치환되어 가톨릭 미사에서 거룩하게 울려 퍼진다.

던스터블 이외에도 <어찌 그리 아름다운지>로 시작하는 노래는 던스터블과 동시대인인 파워(Leonel Power, c1385-1445)를 비롯하여, 공베르(Nicolas Gombert, c1495-c1560), 팔레스트리나(Giovanni Pierluigi da Palestrina, 1525-1594), 라소(Orlando di Lasso, 1532-1594), 몬테베르디

(Claudio Monteverdi, 1567-1643), 그란디(Alessandro Grandi, 1586-1630), 카리시미(Giacomo Carissimi, 1605-1674), 쉬츠(Heinrich Schutz, 1585-1672) 등 르네상스와 바로크를 주도했던 작곡가들에 의해 지속적으로 작곡되었다. 이 가운데 3성부 호모포니 스타일로 작곡된 던스터블의 작품과 달리, 특히 사룸 전례에서 입당송으로 불렸던 라소의 작품은 6성부의 풍부하고 아름다운 화성으로 작곡되어 사랑하는 사람에 대한 찬사가 더욱 신비롭고 풍성하게 울려 퍼지도록 하였다.

17세기, 몬테베르디와 그란디 시대에 이르면 악기 반주가 없는 아카펠라 방식의 다성 음악이 아니라, 악기들의 반주가 함께 어우러진 독창양식으로 작곡된다. 음악 양식의 큰 변화가 나타난 시대로, 이 시기부터를 음악 양식사에서는 바로크 시대라 일컫는다. 교회 내에서 악기사용을 금지하던

악보 4-2. 라소의 모테트 <어찌 그리 아름다운지>
6성부 폴리포니 스타일

시대를 지나 기악 앙상블이 교회음악 영역에서 또 다른 몫을 하게 되는 새로운 시대가 열리게 된 것이다.

악보 4-3. 그란디의 모테트 <어찌 그리 아름다운지>
독창 선율과 바소 콘티누오

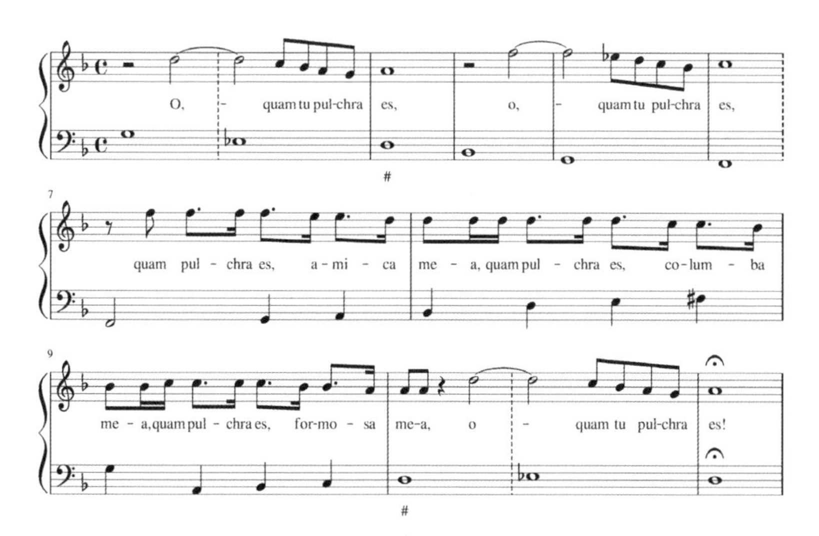

그란디의 모테트 〈어찌 그리 아름다운지〉 연주 형태의 한 예

그란디의 이 작품은 위의 연주 이미지에서 보이는 것처럼, 독창에 다양한 악기반주가 어우러지는 형태이다. 악보에는 독창선율과 숫자가 적혀 있는 베이스 라인(basso continuo)만이 제시되어 있지만, 이러한 악보를 보며 악기 연주자들은 다양한 화성과 대위 선율들을 즉흥적으로 채워 넣으면서 연주한다. 아가서에 나오는 연인간의 대화 분위기를 반영하면서 어떤 가사는 레치타티보풍으로, 어떤 가사는 아리아풍으로 노래된다. 사랑하는 사람에 대한 예찬의 시가 악기 반주와 함께 다양한 양식들로 표현되면서 한 편의 오페라처럼 들린다.

앞서 살펴본 것처럼, 15세기 던스터블의 음악으로부터 시작된 아가서 7장의 노래가 16세기에는 성부수가 확장되고 대위 양식이 첨가되면서 그 음향이 더욱 다채롭고 풍성해졌다. 그러나 그 시대까지는 여전히 무반주인 아카펠라 방식이었던 반면, 17세기에는 독창에 악기반주가 곁들여 지는 방식으로 크게 바뀌었다. 17세기에는 독창을 통해 가사가 나타내고자 하는 정서를 좀 더 명확하게 전달하려고 한 것이다. 악기 반주를 가지며 독창으로 노래되는 이런 방식을 모노디 방식이라 했으며, 이러한 방식의 출현으로 오페라가 탄생하기에 이른다. 이러한 양상은 극적인 성향을 선호하던 당대인, 즉 바로크인들의 문화적 성향이 반영된 결과라고도 할 수 있다. 독창자는 다양한 악기의 반주 위에서 가사가 나타내는 정서를 단순하지만 명확하게 표현해 낸다.

How Beautiful You Are! (당신은 어찌 그리 아름다운지요!)

그렇다면 서양의 르네상스 시대와 바로크 시대에 가톨릭교회의 성가로 불렸던 아가서 7장의 노래들이 오늘날에는 어떻게 불리고 있을까? 아가서 7장과 비슷한 내용을 가지고 있는 다양한 노래들을 추출하기 위해 "어찌 그리 아름다운지"의 라틴어 표현인 "Quam pulchra es"와 영어 표현인 "How Beautiful You Are"를 연결하여 사랑하는 이의 아름다움을 표현하는 현재의 노래들을 찾아보았다.

이 주제는 시대를 넘어오면서 팝과 클래식, 종교와 세속의 경계를 넘나

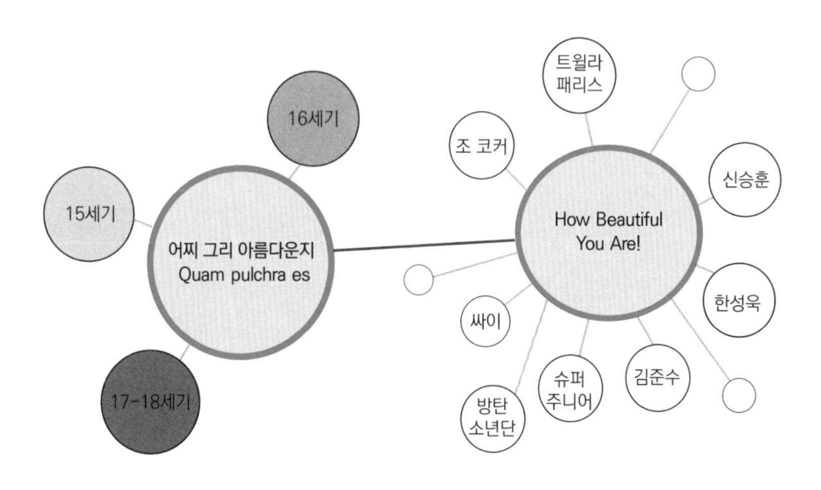

드는 광범위한 영역에서 노래로 불리고 있다. 먼저, 트윌라 패리스(Twila Paris, 1958-)의 <How Beautiful>에는 구원을 이루기 위해 예수님이 행하신 일 속에서, 그의 손과 발과 눈 등이 어떤 의미로 왜 아름다운지가 묘사되어 있다.

> How beautiful the hands that served
> The wine and the bread and the sons of the earth
> How beautiful the feet that walked
> The long dusty roads and the hill to the cross
> How beautiful, how beautiful, how beautiful is the body of Christ

이 작품은 대중음악의 형태를 취하면서도 종교적 내용을 담고 있는 CCM(Contemporary Christian Music)이라는 장르로, 트윌라 패리스는 교회음악 싱어송라이터로 활발한 활동을 펼치고 있는 뮤지션이다. 거칠고 아프고 가난한 예수님의 모습이지만, 즉 아름답지 않지만 그를 아름답다고 말하고 있다. 예수님의 공생애가 현대의 악기와 여성의 목소리로 잔잔히 노래되면서 이 가사의 내용이 더욱 감동 깊게 전해진다.

오늘날의 교회음악에서는 아가서의 내용을 통한 비유적 해석보다는 직접적으로 예수님이 행하신 일을 아름답다고 고백하는 이 가사가 훨씬 더 선명하게 다가올지도 모른다. 물론 15~16세기의 악기 반주 없이 아카펠라로 노래하는 사랑의 예찬이 더 의미 있다고 생각될 수도 있다. 시대에 따라 음악의 표현방식이 바뀌고는 있지만, 그럼에도 불구하고 바뀌지 않고 옛 양식을 선호하는 사람들 또한 여전히 존재하고 있기 때문이다. 음악 표현방식의 다양성이 있어야 하는 이유이다. 또 다른 표현방식으로 넘어가보자.

사랑하는 이에 대한 찬사를 표현하는 수많은 대중음악 작품 중에서 영국의 가수 조 코커(Joe Cocker, 1944-2014)가 쓴 <You are So Beautiful>(1974)을 들어 보면, 이 곡 역시 아가서의 내용처럼 사랑하는 이의 모습이 너무나 아름답다고 반복적으로 표현하고 있음을 알 수 있다.

You are so beautiful to me	당신은 내게 너무 아름다워요
You are so beautiful to me	당신은 내게 너무 아름다워요
Can't you see you're everything	당신이 나의 전부라는 걸 모르세요
That I hope for and what's more	나의 희망과 그 이상의 모든 것이라는 것을
You're every thing I need	당신은 나의 전부예요
You are so beautiful baby to me	당신은 내게 너무 아름다워요
Such joy and happiness you bring	당신은 큰 기쁨과 행복을 가져왔어요
(I wanna thank you babe)	(당신에게 감사 드려요, 그대)
Such joy and happiness you bring	당신이 가져온 그 큰 기쁨과
just like a dream	행복은 마치 꿈만 같아요
You're like a guiding light shining	당신은 밤에 빛나는
in the night	안내등 같아요
You're heaven still to me	당신은 내게 천국이지요
You are so beautiful	당신은 너무 아름다워요
You are so beautiful	당신은 너무 아름다워요

17세기와 마찬가지로 편성은 악기반주를 갖는 독창으로 구성되어 있다. 그러나 노래를 부르는 발성 방식이 다르며, 사용되고 있는 악기도 전자 기타, 키보드 등 일렉트로닉이다. 목소리도 마이크로 증폭된다.

찬미의 대상은 사랑하는 연인이겠지만, 세속적으로 보이는 아가서의 내용을 모테트라는 장르로 작곡하여 교회에서 연주했듯이, 이 곡도 세속적으로 보이는 이 내용을 상황에 따라 종교적인 고백으로 사용할 수 있는 가능

조 코커의 〈You are So Beautiful〉 공연 모습

성도 있다. 즉 이 노래가 연주되는 장소를 교회로 바꾸어 보면 어떤 의미로 들려질까? 이러한 가능성을 통해 특정 장르의 음악에 대한 편견을 낮출 수 있고, 상황에 따라 융통성 있게 음악 장르를 적용할 수 있도록 이끌 수 있으리라 생각된다. 예를 들면, 현재 교회음악 작곡가로 활발한 활동을 하고 있는 한성욱은 <How Beautiful You Are>(2010)라는 곡을 통해 종교색을 지우고 우리 주변에서 흔히 볼 수 있는 것들, 즉 피아노, 기타, 초콜릿, 바위 틈 사이로 피어난 꽃 등을 언급하면서 사랑하는 이의 아름다움을 소박하게 표현하며 사랑을 고백한다.

> 내 낡은 피아노 내 기타 소리에
> 내 마음을 담아 부르는 노래
> 이 작은 선물에 다 담을 수 없는
> 그대를 향한 나의 맘

그대 사랑해요 떨리는 맘으로
숨겨둔 내 마음 꺼냈을 때
초콜릿 보다 달콤한 미소로
내게 웃음 짓는 그대의 모습은
How beautiful how beautiful you are

서투른 인사에 모자란 표현도
우리의 추억이 되어가고
사람들 사이에 그대 손을 잡고
이 거리를 함께 걷네

때론 넘어지고 초라해 질 때도
늘 내 곁을 지켜 주는 그대
바위틈 사이로 피어난 꽃처럼
내게 미소 짓는 그대의 모습은
How beautiful how beautiful you are

패리스와 코커, 한성욱의 시와 노래를 통해 우리는 교회음악의 진지함과 심각함이 우리의 삶과 밀접한 일상의 이야기로 전환됨을 느끼게 된다. 반대로 우리의 삶 자체가 종교적 고백이 될 수 있음도 깨닫게 된다. 이 외에도 청소년들에게 보다 친숙한 슈퍼주니어, 김준수, 방탄소년단 등이 부른 이 주제의 곡들을 색다르게 생각하며 들어본다면, 또 다른 위안을 얻을 수도 있을 것이다.

시간을 다시 역으로 돌려 19세기 독일로 가보면, 독일의 낭만주의 작곡가들도 당시 많은 리트 작곡을 통해 사랑하는 사람에 대한 예찬과 찬미를 멈추지 않았다는 것을 알 수 있다.

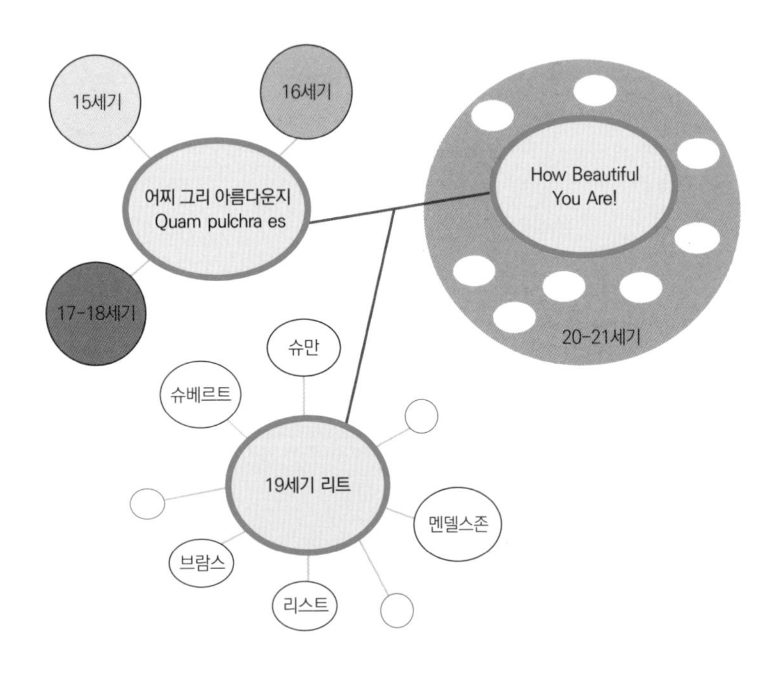

슈만(Robert Schumann, 1810-1856)의 <헌정>(Widmung)이 바로 그런 성격의 곡이다. 슈만은 뤼케르트의 시를 노래함으로써 클라라에 대한 자신의 사랑을 고백하였고, 이를 『미르테꽃』이라는 작품집에 담아 그녀에게 헌정하였다.

Du meine Seele, du mein Herz,	그대는 내 영혼, 그대는 내 심장
Du meine Wonn', o du mein Schmerz,	그대는 내 기쁨, 오 그대는 내 고통
Du meine Welt, in der ich lebe,	그대는 내가 살고 있는 세상
Mein Himmel du, darin ich schwebe,	그대는 내가 부유하는 하늘
O du mein Grab, in das hinab	오, 그대는 나의 무덤, 그 속으로
Ich ewig meinen Kummer gab!	나는 영원히 내 근심을 주었다!

Du bist die Ruh, du bist der Frieden,	그대는 평온이오, 그대는 평화로니
Du bist der Himmel, mir beschieden.	그대는 하늘로부터 내게 허락했네.
Daß du mich liebst, macht mich mir wert,	그대가 날 사랑함이 나에게서 날 귀히 여기게 하고
Dein Blick hat mich vor mir verklärt,	그대의 눈길이 내 앞에서 날 신성하게 했고,
Du hebst mich liebend über mich,	그대가 사랑으로 날 치켜 올리니
Mein guter Geist, mein beßres Ich!	내 선량한 정신, 나의 보다 나은 나!

슈만은 그대가 내 영혼이자 내 심장이므로, 또한 내 기쁨이자 고통이므로 그것을 고백하매 심장이 심하게 쿵쾅거리고 있음을 피아노 전주에서부터 표현한다. 그리고 그것이 근심이기도 함을 노래로 표현한다. 이때에는 반감7화음이 사용되어 있다.

악보 4-4. 슈만의 <헌정> 1절 중
심장이 뛰고 있는 듯한 반주음형과 'Schmerz'(고통)에 사용된 반감7화음

곧이어 평온이자 평화이기도 하다는 고백을 할 때는 음악도 느려지고 반주 패턴도 변한다. 도약하지 않고 같은 화성을 잔잔히 눌러준다. 그러나 다시 그대의 사랑으로 내가 온전해짐을 노래할 때는 여전히 내 심장은 요동치고 있음을 반주를 통해, 템포를 통해 확인시켜 준다. 시가 노래로 작곡되면서 그 의미는 슈만에게 유일한 하나의 편지가 된다. 그리고 노래되면서

악보 4-5. 슈만의 <헌정> 중 2절 시작부분에서의 반주패턴의 변화

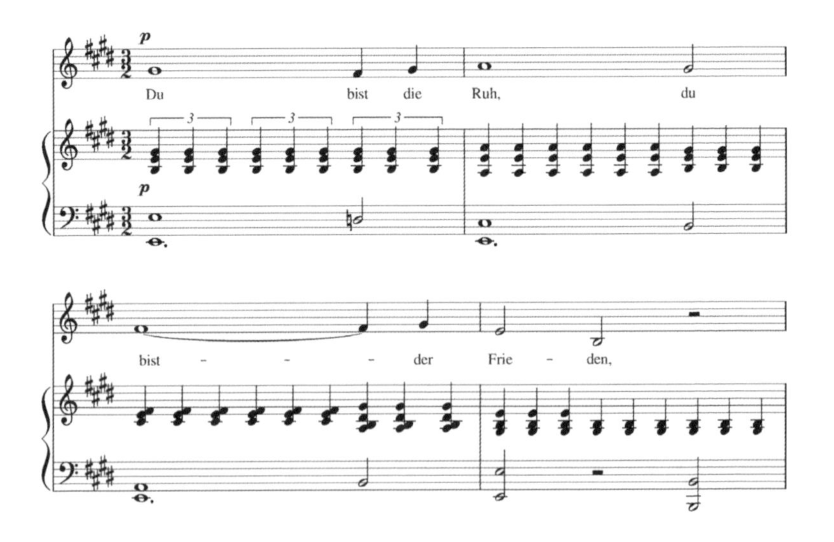

우리의 편지가 되기도 한다.

슈베르트(Franz Schubert, 1797-1828)의 1824년에 작곡된 <아르페지오네 소나타>(Sonata in A minor for Arpeggione and Piano, D. 821)에 담긴 스토리로 넘어가 보자. 이 곡을 작곡할 무렵 슈베르트가 쿠펠비저(Kupelwieser)에게 쓴 편지에는 다음과 같은 내용이 들어 있다.

> 나는 밤마다 잠자리에 들 때, 다시는 깨어나지 않기를 바랍니다. 그러나 아침이 되면, 오직 어제의 슬픈 생각만이 다시 나를 찾아옵니다. 이처럼 나는 즐거움이나 다정스러움도 없이 하루하루를 보내고 있습니다. […] 나의 작품은 음악에 대한 나의 이해와 나의 슬픔의 표현입니다. 슬픔으로서 만들어진 작품만이 사람들을 가장 즐겁게 해 줄 수 있다고 생각합니다. 슬픔은 이해를 날카롭게 하고 정신을 굳세게 해줍니다.

위의 편지에서 느껴지듯이, 가난과 병으로 점철되어 있었던 일생에서 슈베르트는 슬픔이나 고통은 내 몫이지만, 그것을 근간으로 한 내 음악은 사람들을 즐겁게 할 수 있다고 생각한 듯하다. 가사가 있는 성악곡은 아니지만, <아르페지오네 소나타>를 듣다 보면 이러한 정서를 은연중 느낄 수 있다. 아름다운 선율과 함께 슬픔의 감성도 늘 한자리 하고 있는 느낌이다.

이런 희생의 모습을, 물론 다른 차원이긴 하지만 예수님의 생애를 통해 볼 수 있었고 그것을 트월라 패리스는 아름답다고 표현한 것이었다. 이런 점이 시공간과 장르를 초월해서 공통적으로 적용하며 공감할 수 있는 부분일 것이다. 슈만도 <헌정>에서 "그대는 나의 고통, 나의 근심, 나의 무덤"이라고 표현하고 있다. 사랑에는 고통과 근심과 희생이 따르는 것이다. 그리고 역으로 그러한 고통을 감내한 사람의 모습이 더욱 아름답게 느껴지는 것이다. 아름다움의 순환이 느껴지는 부분이다. 아름다운 이를 바라보고, 그 아름다움 때문에 지금은 힘들고 고통스럽지만 그 모습 자체가 또 다른 이들에게는 아름답게 보이리라는 것! 이것이 시간이 흘러도 변하지 않는 아름다움을 인식하는 인간 내면의 본성이 아닐까!

싸이의 <예술이야>(2010)의 가사를 살펴보면, 자신의 기분을 직접적으로 드러내며 사랑의 감정을 외설적으로 고백하고 있다.

너와 나 둘이 정신없이 가는 곳
정처 없이 가는 곳 정해지지 않은 곳
거기서 우리 서로를 재워주고
서로를 깨워주고 서로를 채워주고

Excuse me 잠시만 아직까진 우린 남
하지만 조만간 중독성을 자랑하는 장난감
지금 이 느낌적인 느낌이 통하는 느낌
녹아버릴 아이스크림

지금이 우리에게는 꿈이야
너와 나 둘이서 추는 춤이야
기분은 미친 듯이 예술이야
Woo-Whe-Oh

하늘을 날아가는 기분이야
죽어도 상관없는 지금이야

심장은 터질 듯이 예술이야

Woo-Whe-Oh Woo-Whe-Oh

즉 아가서의 관능적이고 파격적인 내용과 비슷하게, 사랑하는 이와 함께 사랑을 나누고 싶음을 직설적으로 얘기하고 있다. 비록 상대의 아름다움에 대한 찬사는 빠져 있지만 말이다. 싸이의 노래들은 주로 B급 정서로 이해되지만, 이를 통해 대중화에 성공한 이 노래를 모테트, 리트로 작곡된 이 주제의 다른 노래들과 맥락을 연결시킨다면, 이 곡이 가지고 있는 의미가 조금은 역사적으로 느껴지게 되지 않을까 생각한다.

하이네의 시에 의한 멘델스존(Felix Mendelssohn-Bartholdy, 1809-1847)의 리트 <노래의 날개 위에>(Auf Flügeln des Gesanges, 1834) 역시 사랑하는 남녀가 함께 갠지스 강가에서 지내며 아름다운 미래를 꿈꾸어 본다는 내용으로 되어 있다.

Auf Flügeln des Gesanges,	노래의 날개 위에
Herzliebchen, trag' ich dich fort,	사랑하는 그대를 태우고
Fort nach den Fluren des Ganges,	갠지스 강가의 풀밭으로 가자.
Dort weiß ich den schönsten Ort.	거기 우리의 아늑한 보금자리 있으니
Dort liegt ein rotblühender Garten	고요히 흐르는 달빛 아래
Im stillen Mondenschein;	장미가 만발한 정원이 있고,
Die Lotosblumen erwarten	연못의 연꽃들은
Ihr trautes Schwesterlein.	사랑스런 누이를 기다린다.
Die Veilchen kichern und kosen,	제비꽃들은 서로서로 미소 지으며
Und schaun nach den Sternen empor;	별을 보며 소근거리고
Heimlich erzählen die Rosen	장미꽃들은 서로 정겹게

Sich duftende Märchen ins Ohr.

향기로운 동화를 속삭인다.

Es hüpfen herbei und lauschen
Die frommen, klugen Gazell'n;
Und in der Ferne rauschen
Des heiligen Stromes Well'n.

깡총거리며 뛰어나와 귀를 쫑긋거리는
온순하고 영리한 영양들,
멀리 귓가에 들려오는
강물의 맑은 잔물결 소리.

Dort wollen wir niedersinken
Unter dem Palmenbaum,
Und Liebe und Ruhe trinken,
Und träumen seligen Traum.

그 정원의 야자나무 아래
우리 나란히 누워,
사랑과 안식의 술잔을 나누고
행복한 꿈을 꾸자구나.

가사의 분위기를 반영하여, 하프를 연상시키는 피아노의 아르페지오 음형이 반주로 등장한다.

악보 4-6. 멘델스존의 <노래의 날개 위에>
아르페지오 형태의 피아노 반주음형

갠지스 강가는 그 시대에 유럽에서 가장 성스러운 곳이자 아름다운 곳, 즉 이상향을 상징하는 곳이었다. 여기에 멘델스존이 선율을 덧입혀 사랑하는 이와 이상향에서의 안식을 꿈꾸도록 이끈다. 비약이 있긴 하지만, 던스터블이 모테트의 가사로 채택한 아가서의 내용이 19세기에는 하이네의 시로, 그리고 21세기에는 싸이의 노랫말로 이어지고 있다. 그리고 그 흐름을 따라 아름다움의 표현방식이 어떻게 달라지고 있는지, 혹은 시대가 바뀌어도 변하지 않는 점은 무엇인지를 파악할 수 있게 된다.

아름다움의 양가성

필자가 사랑하는 사람의 아름다움을 예찬하는 노래들을 통해 이야기하고 싶었던 바는, 같은 주제의 노래들의 의미와 역할을 다양하게 읽어내려는 노력을 통해 우리의 일상과 정서를 점검해 보고자 함에 있었다. 솔로몬 왕이 아름답다고 그토록 예찬했던 술람미 여인의 모습은 외모를 가꾸기는 커녕 포도 가지를 치고, 여우들을 잡는 덫을 놓고, 양떼를 치며 온종일 일을 해서 햇볕에 검게 탄 피부를 가진 지치고 힘든 여인의 모습이었다. 솔로몬 왕에게 종려나무, 카르멜 봉우리, 포도송이, 상아탑 등으로 비유될 만큼 그토록 아름답게 보인 것은 그러한 어려움 속에서 갖게 된 술람미 여인의 내적인 강인함이었던 것은 아닐까? 간혹 아름다운 것을 보면 슬퍼지는 경우가 있는데, 그 내면의 진정성을 알게 되면 안타까운 마음도 생겨나기 때문일 것이다. 축구선수 박지성, 발레리나 강수진, 피겨선수 김연아의 거친 발을 보고 우리가 아름답다고 말할 수 있는 것은, 그것이 힘든 훈련을 견디는 과정에서 만들어진 인고의 결과물이기 때문일 것이다.

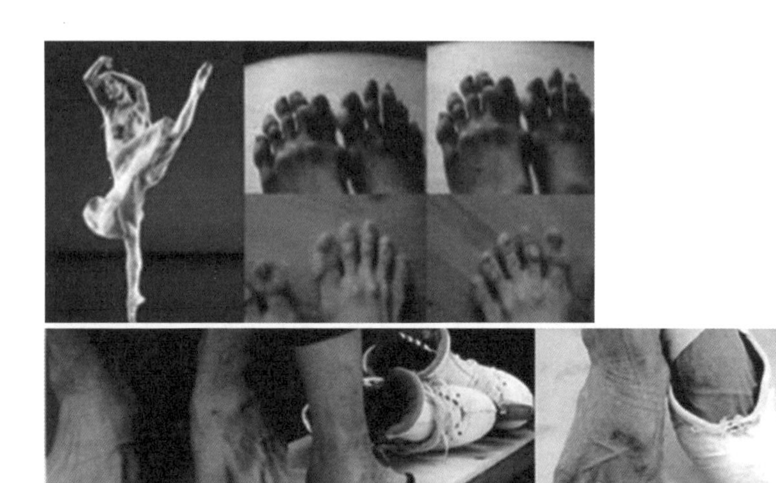

발레리나 강수진, 축구선수 박지성, 피겨선수 김연아의 발

역설적이게도 그들의 고통으로 우리는 기쁨을 얻는다. 그래서 아름다움을 느끼는 것은 즐거움이지만 다른 한편으론 고통과 근심이 되기도 한다는 것을 노랫말을 통해 느끼고, 음악을 통해 더욱 공감하게 된다. 상당히 주관적인 개념인 아름다움이라는 개념을 '남을 행복하게 해줌으로써 발현되는 힘'이라고 정의한다면, 우리의 세속적 삶은 그 자체가 종교적인 삶이되기도 할 것이며, 현실이자 이상향이 되기도 할 것이다. 사랑하는 이의 아름다움을 예찬하는 노래들 사이를 여행하며 갠지스 강은 멀리 있는 이상향이 아니라 우리 주변에 있었다는 것을 깨닫게 될 수도 있다. 그리고 그런 의미에서 세상이 온통 아름다웠으면 좋겠다는 생각을 할 수도 있다. 그리고 세상이 아름답다고 자신 있게 다음 세대에게 말할 수 있게 되기를 바랄 수도 있다. 아름답다는 것의 의미를 시간과 공간, 장르와 구분을 넘어 내적 연관성을 갖는 노래들을 통해 체득했기 때문이다. 아름다운 사람들이 넘쳐나기를, 나도 아름다운 사람이 되기를 바라게 된다면, 세상은 아름다워질 것이다. 아름다움의 정의가 무엇인지 알게 된다면 말이다.

1991년 디즈니에서 만든 애니메이션《미녀와 야수》는 2017년에 판타지 뮤지컬 영화로 재탄생됐다. 이 영화에는 기존 디즈니 애니메이션에 사용된 노래들이 그대로 등장하고 있지만, 몇 곡은 새로 추가되었다. 추가된 곡 중 한 곡이 다음과 같은 가사로 영화의 클로징 부분에 다시 등장한다.

> 어떻게 한 순간이 영원히 이어질 수 있을까요
> 어떻게 하나의 이야기가 사라지지 않을 수 있을까요
> 사랑은 꼭 잡고 있어야만 하는 것
> 절대 쉽지 않지만, 우리는 노력하죠
>
> 때때로 우리의 행복은 한 폭의 장면으로 남고
> 왜인지 우리의 시간과 장소는 멈추어있어요
> 사랑은 우리의 마음 안에 계속 살아있고
> 앞으로도 언제나 그럴 거예요
>
> 몇 분이 몇 시간이 되고, 며칠이 몇 년이 되고
> 그리고는 끝나버리죠
> 그러나 다른 모든 것들이 잊혀 졌을 때에도
> 여전히 우리의 노래는 살아있어요
>
> 아마도 어떤 순간들은 그리 완벽하지 않을 거예요
> 아마도 어떤 기억들은 그리 달콤하지 않겠죠

하지만 우리는 알아야 해요

어떤 곤경들이나 우리의 삶은 완성되지 않았다는 걸

그리고 어둠이 우리에게 닥쳐올 때

모든 희망이 사라졌다고 느낄 때

우리는 우리의 노래에 귀를 기울이고

다시 한 번 알게 되죠

우리의 사랑은 살아있다는 것을

어떻게 한 순간이 영원히 이어질 수 있을까요

어떻게 우리의 행복이 계속될 수 있을까요

곤경의 가장 깊은 어둠을 지나서

사랑은 아름답고, 사랑은 순수해요

사랑은 쓸쓸함을 무시하지요

사랑은 강물처럼 영혼 안으로 흘러들어요

보호하고, 계속되고, 인내하지요

그리고 우리를 온전하게 만들죠

몇 분이 몇 시간이 되고, 며칠이 몇 년이 되고

그리고는 끝나버리죠

그러나 다른 모든 것들이 잊혀 졌을 때에도

여전히 우리의 노래는 살아있어요

그것이 한 순간이 영원히 이어지는 방법이랍니다

우리의 노래가 살아있을 때에

이 곡을 통해 노래를 듣고, 부르는 이유를 찾은 것 같다. 어린 시절의 나, 그 시절의 행복, 현재의 나, 그리고 현재의 고통 (현재는 늘 왜 고통일까), 미래의 나, 미래에 대한 불안과 기대, 이런 것들이 어우러져 노래로 불려진다. 그리고 과거의 노래들이 오늘날 현재성을 띠며 불리면서 그때의 나와 내일의 나를 연결한다. 아름다움에 대한 예찬의 의미도 연결되고, 종교성의 표현이자 사랑하는 이에 대한 고백으로, 나 자신을 위한 격려로도 연결된다. 노래와 노래 사이에 서사를 입힐수록 그 의미는 더 확대된다.

노래는 즐겁구나!

5. 청춘별곡

영화 《비긴 어게인》(Begin Again, 2014)은 제목처럼 다시 시작하는 이들의 이야기를 들려준다. 음악과 함께 청춘들의 사랑과 상처, 좌절과 극복, 열망과 절망 등의 이야기가 그려진다. 주인공인 그레타와 댄 주변에, 그레타의 옛 연인 록스타 데이브, 음악 사업가 사울, 별거중인 댄의 아내 미리엄이 등장한다. 이 주변 인물들은 믿음과 약속이라는 가치 대신에 성공과 욕망을 따라간 인물들이다. 이들은 그로 인해 무엇을 잃게 될지는 생각지 않는다.

이들과는 다른 결을 보여주는 그레타. 그녀의 순수함은 상업적인 음반 제작을 거부하고 자신만의 방식으로 음악을 만들고 부르려는 모습을 통해 전해진다. 그리고 그녀를 돕는 댄. 댄은 한때 스타 음반 프로듀서였지만 해고된 상태에서 술로 하루하루를 버티며 살아가고 있다. 댄은 우연히 들어간 바에서 기타를 치고 노래를 부르는 그레타를 만나게 되고 결국 그들은 함께 그들만의 진정성 있는 음악을 만들기로 의기투합한다. 열악한 상황에서 그들이 만들어낸 소리의 울림은 마음의 울림으로 이어진다.

자신의 정체성을 지켜나간다는 것은 다양한 가치관이 공존하는 세상에선 무척이나 어려운 일일 것이다. 특히 음악을 만들고 향유하는 방식에 있어서 최고의 시스템과 전략으로 보여지는 것들을 거부하면서 그렇게 하기란 더더욱 그렇다. 그럼에도 불구하고 그레타와 댄은 대다수의 사람들이 생각하는 방식과는 다른 선택을 해 나간다. 배신과 낙담 속에서 포기하지 않고, 또한 자신들만의 방식을 버리지 않고 오히려 더 정교하게 다듬으며 세상을 향해 노래하기를 다시 시작한다. '음악'을 하고 싶어 하는 뮤지션들을 모으고 그들과 함께 도시의 소음과 조화로운 사운드를 만들어낸다. 끝내 물들지 않았던 그레타는 자신만의 방식으로 자신의 음악을 공유해 나간다.

젊은이들은 청춘을 낭비한다?

이 영화의 마지막 부분에 나오는 콘서트 장면에서 록스타로 대성공을 거둔 데이브는 그레타가 예전에 크리스마스 선물로 준 노래 <로스트 스타즈>(Lost Stars)를 부른다. 그는 그레타가 이곳 콘서트장에 와 있다면 무대로 올라와 함께 불러주기를 희망한다고 말하며 노래를 시작한다. 수많은 청중들 앞에서 어쿠스틱 기타 반주 하나로 노래를 시작한다.

> 저를 단지 꿈과 환상을 쫓는 아이라고 보지 말아 주세요
> 제가 보지 못하는 누군가를 향해 나아가는 아이로 봐 주세요

이 노래의 코러스 부분에는 "신이시여, 젊은이들은 왜 청춘을 낭비하는지 말해주세요"(God, tell us the reason youth is wasted on the young)라는 가사가 나온다. 이 말은 1925년 노벨 문학상을 수상한 아일랜드 출

신의 극작가 조지 버나드 쇼(George Bernard Shaw, 1856-1950)가 남긴 명언 "Youth is wasted on the young"에서 가져 온 말이다. "젊은이들은 청춘을 낭비한다"는 버나드 쇼의 이 말 속에는 "왜 젊은이들은 이런 청춘을 낭비해야 하는 건가요?"라고 하는 힘든 청춘들의 자조 섞인 의미가 숨어있는 듯하다. 청춘은 이것저것 해보고 싶은 것을 다 해 보아야만 하기 때문에 소모적이기도 하며, 못해 본 일에 대한 두려움과 기대감이 공존하기 때문에 위험하기도, 낭만적이기도 하다. 그래서 청춘을 의미를 찾아 헤매는 길 잃은 별이라고 했나보다.

데이브의 노래에 점점 바이올린, 드럼, 키보드, 베이스 등 여러 악기들이 합류되면서 강렬한 사운드로 바뀐다. 이에 청중들은 열광한다. 이어지는 가사이다.

사냥철이 되었고, 양들은 뛰어 다니네요

진정한 의미를 찾기 위해서

하지만 우리는 어둠 속에서 빛나려하는 길 잃은 별일뿐인가요?

우리가 누구인가요? 단지 은하의 먼지 중 하나인가요

데이브는 록스타로 성공했다. 스스로가 원하는 음악은 아닐지언정 대중적인 인기와 명예와 부를 얻었다. 그런 의미의 성공이다. 그러나 그런 그도 그레타의 노래 앞에선 한없이 작아진다. <로스트 스타즈>의 계속되는 가사이다.

전 당신이 우는 것을 본 적이 있는 것 같아요

그리고 당신이 제 이름을 부른 걸 들은 것 같아요

그리고 당신이 우는 것을 들은 적이 있는 것 같아요

그저 저와 같은 거겠죠.

영화는 록스타로 성공한 데이브의 삶에는 그다지 집중하지 않는다. 단지 데이브를 욕망과 인기와 돈에 영합하여 자신의 음악세계를 구축해 나간 인물로 비추고 있을 뿐이다. 그러나 영화 후반에 보이는 데이브의 행동을 통해 그의 마음이 동요되고 있음을 짐작할 수 있다. 그도 느끼고 있었던 것이다. 울고 있었던 것이고, 그녀의 이름을 부르고 있었던 것이다. 이 울음과 외침은 공명이 되어 서로에게 들리고 있었던 것이다. 그도 이제 깨닫는다. 영화의 제목처럼 다시 시작해야 함을! 그레타가 데이브에게 크리스마스 선물로 준 이 노래. 결국 데이브가 부르며 그도 다시 시작하려 한다. 그는 그레타에게 함께 무대에 올라 노래 불러 줄 것을 요청했지만 그녀는 끝내 함께 노래 부르지 않는다. 각자의 방식대로 각자의 음악을 각자의 위치에서 나름의 성공과 행복을 위해 해 나가야 한다는 것을 그레타는 잘 알고 있었기 때문이다.

하지만 우리는 어둠 속에서 빛나려하는 길 잃은 별일 뿐인가요?

노래 마지막에 여러 번 반복되어 나오는 가사이다. 이 질문이 청춘들에게는 질문이 아닌 답으로 여겨지며 헤매이기를 주저하지 않게 해 줄 것 같다. 의미를 찾아 헤매느라 청춘을 다 보낸듯하지만, 그것이 낭비는 아닐 것이다. 의미를 찾아 헤매는, 사랑을 찾아 헤매는, 어두움을 밝히려고 노력하는 길 잃은 스타들, 즉 청춘들은 완성된 모습은 아니지만 그 자체로 빛나며 아름답다. 그렇게 빛나는 순간들이었다는 것을 그때엔 몰랐을 뿐이다. 그렇다면 청춘이라는 단어의 정의도 다시 해야 할 듯싶다. 새로운 결말을 찾아서, 새로운 의미를 찾아서 끊임없이 찾아 헤매는 사람들이라면 누구나 다 청춘이지 않을까!

영화의 오프닝 장면으로 다시 가보자. 영화는 기타 하나로 노래하는 그레타의 목소리에 댄의 상상으로 드럼, 피아노, 베이스, 현악기 등이 추가되면서 점점 풍성해져가는 모습을 보여준다. 상상이긴 하지만 마법과도 같다. 마치 우리의 삶이 이렇게 풍성하게 변주될 것만 같다. 아직은 서툴고 소박한 삶이지만 나를 감싸 안을 수많은 사람들, 그 관계들, 그들과의 이야기들이 쌓여가면서 풍성해져가게 될 것처럼 여겨진다. 이처럼, 영화의 오프닝에서는 어우러져 가는 과정에서 즉흥적으로 맞추어지는 랩소디 같은 삶이 펼쳐지게 될 것만 같은 분위기를 마련해 준다.

영화 중반에 댄은 음악에 대한 자신의 생각을 가벼운 듯, 그러나 결코 가볍지 않게 그레타에게 이렇게 표현한다.

> [밤거리에 나와 앉아 이어폰으로 음악을 그레타와 나누어 들으며] "난 이래서 음악이 좋다. 지극히 따분한 일상의 순간까지도 의미를 갖게 되잖아. [경찰에게 잡혀가는 범인을 보면서도] 이런 평범함도 어느 순간 갑자기 아름답게 빛나는 진주처럼 변하거든. 그게 음악이야"

콘서트장에서 열광하며 듣는 음악이 아니라, 일상 속에서 듣는, 일상을 밝혀주는 음악! 길거리의 경적 소리, 사이렌 같은 소음들도 같이 어우러지는 그런 음악, 그런 삶….

우리의 인생에서 별처럼 빛이 났던 순간들은 언제였을까? 뭔가 의미 있는 일을 찾아 헤매다가 누군가를 무작정 사랑하고 무언가에 정신없이 몰두했던 시간들은 언제였던가? 이제 다시 <로스트 스타즈>를 들으며 잃어버린 시간, 놓쳐버린 시간, 혹은 아직 성취하지 못한 순간들과 조우하려 한다. 영화처럼 순수함을 지키는 그 어려운 길을 헤매듯 다시 밝혀보려 한다. 불현 듯, 시대를 거슬러 올라가 청춘을 노래한 과거의 작품에는 무엇이 있었는지 더 알고 싶어졌다.

청춘과 방랑, 골리아드의 노래

중세 유럽의 음유시인이라 불렸던 '골리아드'(Goliard)는 교회를 떠난 떠돌이 성직자나 젊은 신학도들로, 방랑자의 시선으로 삶과 죽음, 사랑과 질투, 희망과 절망을 넘나들며 청춘을 노래한 사람들이었다. 그들은 종교적 삶을 접고 세속의 세계로 나와 의미를 찾으려 떠돌아다니면서 시를 쓰고 노래를 불렀다. 그들은 거짓과 위선에 쌓인 인간의 모습보다는 술과 여인, 도박, 싸움 등 좀 더 근본적이고 원초적인 인간의 모습을 노래를 통해 그려내고 싶어 했다.

> 자 다함께 공부를 하지 말자.
> 빈둥빈둥 놀면 더 재미있지.
> 젊었을 때 달콤한·것을 즐기고
> 골치 아픈 문제는 늙은이들에게.
> 공부는 시간 낭비
> 여자와 술이 좋지. (허영한 외, 2009: 51)

12세기에 작곡되고 노래되던 골리아드의 노래를 수록한 시가집이 1803년 독일 뮌헨 남쪽 바이에른 지방의 베네딕트 수도원에서 발견되었다. 여기에는 200여 편의 시와 노래가 수록되어 있었는데, 독일의 작곡가 칼 오르프(Carl Orff, 1895-1982)는 이 시가집에서 24개의 시를 선택해 '봄의 노래', '선술집의 장면', '사랑의 정원'이라는 3부작 칸타타 《카르미나 부라나》(Carmina Burana, 1937)를 완성했다. '카르미나'(Carmina)는 라틴어로 노래라는 뜻이며, '부라나'(Burana)는 바이에른의 라틴어이므로 '카르미나 부라나'는 '바이에른 시가집'이라는 뜻이다.

오르프는 《카르미나 부라나》에 남녀가 어울려 즐기는 인간사를 크게 세 부분으로 나누어 파노라마처럼 펼쳐놓았다. 마치 운명의 수레바퀴가 돌아가듯 봄과 풀밭, 선술집, 그리고 구애로 이어지는 인생을 노래한다. 이 작품은 독창 및 14곡의 합창 그리고 대규모 타악기군을 포함하는 오케스트라로 구성되어 있다. 선법을 사용함으로 중세풍을 연출하였고, 강렬한 리듬을 통해 음악에 활력과 정기를 불어넣었다. 단순한 화성구조 위에 리듬을 단순화시켜 그 표현력을 극단으로 높였으며, 그만큼 타악기에 큰 역할을 부여하였다. 이러한 요소들을 통해 그는 허위나 가식이 아닌 가사가 내포하고 있는 진실의 세계를 투영하려고 했다. 오르프는 우리를 둘러싸고 있는 세계가 잔인하고 추할지라도 사랑과 자연의 아름다움은 여전히 우리 곁에 있다는 것을 중세 골리아드가 쓴 시를 통해 알려주고자 하였다. 우리의 운명을 조종하는 포르투나라는 여신의 이야기를 먼저 노래한 후, 봄의 노래가 이어진다.

1곡 O Fortuna (오! 운명의 여신이여)

O! Fortuna velut Luna statu variabilis

semper crescis aut decrescis vita

detestabilis nunc obdurat et tunc curat Iudo mentis aciem

egestatem potestatem dissolvit ut glaciem Sors

immanis et inanis rota tu voIubilis status malus vana

salus semper dissolubilis obumbrata et velata michi

quoque nireris nunc per ludum

dorsum nudum fero tui sceleris

Sors salutis et virtutis michi nunc contraria

est affectus et defectus semper in angaria Hac in hora

sine mora corde pulsum tangite

quod per sortem sternit fortem

mecum omnes plangite!

오! 운명의 여신이여 그대는 늘 모습을 바꾸는 달처럼

차오르는가 하면 곧 사그라드는구나.

가증스러운 삶, 자기 마음 내키는 대로 가혹하게 몰아쳤다가

언제 그랬냐는 듯 어루만져 준다.

가난도, 권력도 모두 얼음처럼 녹여버린다.

공허하고도 괴물 같은 운명, 수레바퀴를 돌리는 그대,

그대는 사악하다.

행복이란 헛된 것. 결국 무위 속으로 사라져버린다.

그대는 그늘 속에서 베일에 싸인 채 나를 괴롭힌다.

그 게임에서 나는 이제 내 헐벗은 등을 내보이노라.

운명의 여신은 나를 대적한다.

건강할 때나 힘 있을 때 나는 등을 떠밀리고 모욕을 당한다.

그렇게 언제나 운명의 노예가 된다.

그러니 지금 당장 지체하지 말고 줄을 뜯으며 악기를 연주하자.

운명의 여신이 강한 남자를 쓰러뜨렸으니

모두 나와 함께 슬픈 노래를 부르자.

악보 5-1. 오르프의 《카르미나 부라나》 중 1곡 <오! 운명의 여신이여> 시작부분

전체 곡 중에 가장 잘 알려져 있는 이 곡에서 우리는 운명이라는 거대함에 그만 기가 죽고 만다. 웅장한 합창과 거대한 오케스트라, 타악기군의 포효 등으로 운명이라는 넘지 못할 장벽을 느끼게 된다. 속된 세상의 여신인 포르투나의 장난에 넘어가는 인간의 나약함도 느껴진다. 음량과 음색 또한 이러한 정서를 제대로 표현한다. 아니, 이 음악은 어쩌면 그러한 여신의 계략에 넘어가지 않으려는 인간의 절규로도 느껴진다.

서곡처럼 연주되는 첫 2곡 다음에 등장하는 봄을 소재로 한 노래들은 곧 청춘들의 노래라 할 수 있다. 이 곡부터 분위기가 급변하면서 봄이 오는 기쁨과 사랑, 여러 가지 연애 감정들이 노래된다.

5곡 Ecce gratum (보라, 반가운 봄이)

Ecce gratum, ecce gratum et optatum Ver reducit gaudia

purpuratum floret pratum, sol serenat omnia,

Iam iam cedant tristia! Estas redit,

nunc recedit Hyemis sevitia

nunc recedit, estas redit, Hyemis sevitia Ah

Iam liquescit, Iam liquescit et

decrescit grando nix etcetera,

Iam liquescit et decrescit grando, nix et cetera,

bruma fugit, et iam sugit Ver Estatis ubera,

illi mens est misera, qui nec vivit,

nec lascivit sub Estatis dextera Ah

Gloriantur! Gloriantur et letantur in melle dulcedinis.

qui conantur, ut utantur premio Cupidinis,

simus jussu Cypridis gloriantes et

letantes pares esse Paridis, Ah

보라, 반가운 봄이, 그토록 기다리던 봄이, 다시 행복을 가져다주었다.

보라색 꽃들이 초원을 채우고, 태양이 모든 것을 밝게 비춘다.

슬픔은 이제 끝이다.

여름이 다시 찾아오고, 가혹한 겨울은 물러갔다. 아!

얼음도, 눈도 모두 녹아서 사라진다. 겨울이 도망친다.

봄이 여름의 젖줄을 빨고 있다.

여름의 지배하에 살지 않거나

욕망하지 않는 사람은 불쌍한 영혼. 아!

큐피드의 화살을 이용하려고 애쓰는 자는

꿀 같은 달콤함 속에서 기쁨에 겨워 찬란하게 빛나리라.

비너스의 명령을 받들어 기뻐하고 즐거워하자!

중세의 방랑자들은 그 시대의 젊은이들에게 슬퍼할 겨를이 없으니 먹고, 마시고, 즐기라고 권유하고 있다. 너무나 짧아서 지나고 나면 아쉽기 때문일까? 봄날처럼 청춘이 너무 무심히 왔다가 재빠르게 가버려서 그럴까? 교회의 권위가 대단했던 그 시대에 어찌 보면 반 기독교적이고 극도로 세속적인 이 노래가 오히려 종교적으로 다가오는 이유는 무엇일까?

중세의 골리아드의 노래가 오르프를 통해 현재에도 다시 노래되고 있다. 이것은 중세 청춘들의 방랑과 고민이 지금도 여전히 진행형이라는 의미이기도 하다. 고달픈 인간사를 기록하고 있는 중세의 이 시가들이 새로운 선율로 노래되면서 우리에게 위로를 건네주고 있다. 그렇다면 21세기 우리의 골리아드는 어떤 모습일까?

청춘을 노래하는 BTS, 화양연화(花樣年華)

인생에서 가장 아름답고 행복한 순간을 '화양연화'라고 표현하기도 한다. 왕가위 감독이 연출한 영화 《화양연화》(2000)는 배우자들의 외도로 남겨진 두 남녀의 슬픈 사랑 이야기를 다루고 있는데, 여기서 왕가위 감독은 인생의 가장 아름답고 행복한 순간이 인생의 가장 불행한 한때가 될 수도 있다는 것을 역설적으로 표현해냈다.

방탄소년단은 2015년 4월부터 2016년 5월에 이르기까지 '화양연화'를 주제로 하는 3부작 시리즈 앨범을 내놓았다. 앨범 『화양연화』에서 방탄소년단은 인생의 가장 빛나는 순간을 맞이한 청춘들의 불안과 방황을 은유적으로 노래하였다. 2015년 4월에 나온 시리즈의 첫 작인 『화양연화, 파트 1』은 살인, 자살, 폭력 등 어두운 정서 속에서 그려지는 청춘들의 노래를 담고 있다. 수록곡 중 <I Need You>의 뮤직비디오가 그러한 분위기를 연출하며 청춘들의 어두운 정서를 그려냈다. 7개월 후 발매된 『화양연화, 파트 2』는 청춘의 불안함과 방황을 보여주지만 거침없이 뛰어나가는 모습도 놓치지 않고 보여주고 있다. 파트 2의 타이틀곡인 <Run>의 뮤직비디오에서 청춘들은 온갖 일탈행위를 일삼는다. 그리고 혼란한 심적 상태도 함께 표출한다. 그러한 혼란과 방황, 폭력과 범죄 가운데서 그들은 함께 같이 뛴다. 다 무너져 가는 상황 속에서도 멈출 수가 없다고 노래한다.

> 넌 내 하나뿐인 태양 세상에 딱 하나
>
> 널 향해 피었지만 난 자꾸 목말라
>
> 너무 늦었어 늦었어 너 없이 살 순 없어

가지가 말라도 더 힘껏 손을 뻗어

손 뻗어봤자 금세 깨버릴 꿈 꿈 꿈
미칠 듯 달려도 또 제자리일 뿐 뿐 뿐
그냥 날 태워줘 그래 더 밀쳐내 줘
이건 사랑에 미친 멍청이의 뜀박질

더 뛰게 해줘
나를 더 뛰게 해줘
두 발에 상처만 가득해도
네 얼굴만 보면 웃는 나니까

다시 Run Run Run 난 멈출 수가 없어
또 Run Run Run 난 어쩔 수가 없어
어차피 이것밖에 난 못해
너를 사랑하는 것밖엔 못해

다시 Run Run Run 넘어져도 괜찮아
또 Run Run Run 좀 다쳐도 괜찮아
가질 수 없다 해도 난 족해
바보 같은 운명아 나를 욕해

그들은 헤매며 돌고 돌아 끝없이 함께 달려 나간다. 이렇듯 방탄소년단은 불안하고 위태로운 현실 속에서 앞을 향해 달려가는 청춘들의 이야기를

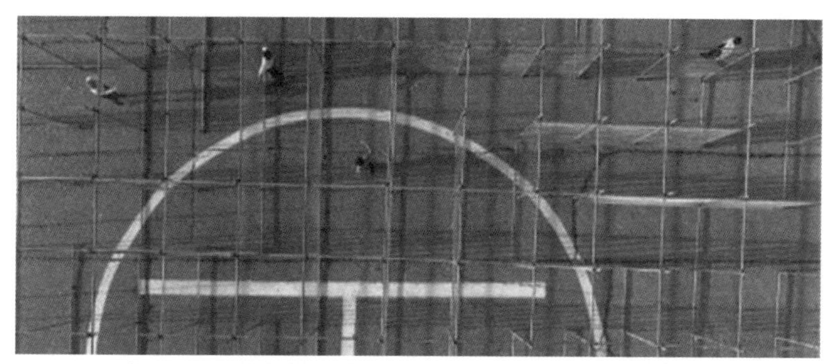

〈Young Forever〉 뮤직비디오의 한 장면, 미로에 갇힌 청춘들의 모습

노래로 들려준다. <I Need You>, <Run>은 타자를 향한 노래라기보다는 청춘들의 내면을 향한 절규에 가깝다. 사랑 노래처럼 보이지만 전달하고자 하는 메시지는 하나이다. 청춘의 불안함, 그리고 역설적이게도 그런 청춘의 아름다움이다. 청춘은 인생의 가장 행복한 순간이기도, 반대로 가장 불안한 순간이기도 하기 때문이다.

한껏 청춘다웠던 그들의 화양연화에 정점을 찍어준 노래는 스페셜 앨범인 마지막 3부 『화양연화, Young Forever』를 통해 종합된다. 이 앨범을 통해 방탄소년단은 불안하고 위태로운 현실(화양연화 파트1) 속에서도 앞을 향해 달려나가는(화양연화 파트2) 청춘들의 마지막 이야기를 찬란하게 그려냈다. 이 이야기들의 은유적 표현들은 뮤직비디오를 통해 스토리텔링되어 있다. 즉 『화양연화, Young Forever』의 마지막 곡 <Young Forever>의 뮤직비디오를 보면 미로에 갇힌 청춘들, 끝없이 헤매는 청춘들의 모습이 노래와 함께 먼저 표현된다.

그러나 곧 미로는 활주로로 바뀐다. 이제 청춘들은 미로에서 빠져나와, 태양을 향해 당당히 활주로를 달려 나간다.

나리는 꽃잎 비 사이로, 헤매어 달리네 이 미로

Forever we are young

넘어져 다치고 아파도, 끝없이 달리네 꿈을 향해

Forever we are young

화양연화 시리즈의 마지막 곡에서 방탄소년단은 넘어져 다치고 아파도 끝없이 달려 나갈 것을 노래한다. 이들도 다시 시작한다. 불안하지만 아름다웠던 청춘을 영원히 가슴에 새기며 말이다.

〈Young Forever〉 뮤직비디오의 한 장면, 태양을 향해 달려 나가는 청춘들의 모습

미로 속에 갇혀 있었던 이들이 출구를 찾아 나와 앞을 향해 뛰어나가는 모습을 보면서 우리도 함께 새로운 에너지를 얻는다. 우리는 청춘의 덧없음과 혼돈을 소재로 한 중세 골리아드의 노래와 21세기 방탄소년단의 노래에서, 시를 짓고 음악을 만들어 노래 부르면서 끊임없이 어둠을 밝히고 싶어 한다는 공통점을 찾아볼 수 있다. 그들은 노래를 통해 청춘의 불안과 위태로움, 불확실한 미래, 세월의 야속함을 한탄하며 그 속에서 머물러 있기보다는 헤매고 달리며 에너지를 발산했다. 중세 골리아드가 방랑자의 시

선으로 청춘의 덧없음을 노래했듯이, 방탄소년단이 청춘이라는 한때의 아름다움에 머물지 않고 그것이 어떤 의미로든 각자의 삶에서 영원하기를 노래했듯이, 우리도 불안하고 위태로우므로 아름다웠던 그 순간을 함께 노래하며 교감해 나가야 할 것이다.

1977년도에 데뷔한 3인조 록 밴드인 산울림의 <청춘>(1981)은 가버릴 청춘, 가버린 청춘 모두 구슬프지만 '지고 또 핀다'고 표현함으로 뭔가 역설적인 의미를 남기고 있다.

> 언젠간 가겠지 푸르른 이 청춘
>
> 지고 또 피는 꽃잎처럼

딕펑스의 <VIVA 청춘>(2013)은 청춘을 향한 희망과 응원의 긍정 메시지로 가득한 청춘찬가이다. 결국 오늘날도 여전히 청춘들은 그냥 살아낸다. 친구들, 가족들, 사랑하는 사람들과의 관계 속에서, 함께 기뻐하고 슬퍼하고 아파하고 싸우고 화해해 나가면서 하루하루를 살아낸다. 그런 청춘들에게 보내는 딕펑스의 응원의 메시지!

> Viva Primavera 바람이 분다. 웃는다.
>
> Viva Primavera 햇살은 부서진다.
>
> Viva Primavera 공기가 달다. 참 좋다.
>
> Viva Primavera 청춘은 또 빛난다.
>
> 반짝여라 젊은 날, 반짝여라 내 사랑
>
> 반짝여라 젊은 날, 반짝여라 내 청춘

프리마베라(primavera)는 '봄' 혹은 '청춘'이라는 뜻이다. 이 둘은 동의어처럼 쓰이고 있다. 딕펑스는 슈퍼스타K 시즌4(2012)에서 준우승을 하며 재데뷔한 그룹이다. 6여 년의 무명생활을 견디고 대중에게 알려지게 된 이 그룹에게 청춘이라는 시간들이 그리 녹록한 시간은 아니었을 것이다. 그러나 동료들과 함께 음악을 해온 그 세월이 그들에게 화양연화였으리라. 그들은 데뷔 후 <VIVA 청춘>을 발표하며 잠깐 머물고 갈 것만 같은 청춘이 영원히 반짝이길, 빛나길 노래했다. 좋아하는 일에 열정을 향해 간다면 그런 의미에서의 청춘은 영원할 것이기 때문이다.

겨울은 더 길게만 느껴지고, 다가올 봄은 멀게만 느껴지며 그렇게 해서 겨우 맞이한 봄은 너무 짧다. 더욱이 미세먼지와 황사를 견디느라 제대로 된 봄을 느껴보지 못하고 그만 물기 가득하고 후텁지근한 여름으로 나도 모르게 진입한다. 청춘도 역시 봄과 같이 짧게 있다가 간다. 그래서 사람들은 지나가는 봄이 아쉬워 그 봄을 노래하는가보다. 미처 깨닫지 못하고 지나가 버리는 청춘이 아쉬워 청춘을 노래하는가보다. 그리고 지나간 사랑이 그리워 사랑을 노래하는가보다. 노래를 통해 봄을 또 맞이하는구나. 노래를 통해 사랑을 깨닫게 되는구나. 청춘과 사랑은 음악의 상투적인 주제가 될 수밖에 없는 운명이구나. 노래하는 순간만큼은 사랑 가득한 봄이고 청춘이기 때문에…….

그렇다면, 길 잃은 별들이여! 봄을 노래하자!

6. 이별연가

할아버지 시계

길고 커다란 마루 위 시계는

우리 할아버지 시계

구십 년 전에 할아버지 태어나던 날

아침에 받은 시계란다

언제나 정답게 흔들어주던 시계

할아버지의 옛날 시계

이제는 더 가질 않네 가지를 않네

구십 년 동안 쉬지 않고

할아버지와 함께

이제는 더 가질 않네 가지를 않네

헨리 클레이 워크의
〈할아버지 시계〉(1876) 표지

할아버지의 커다란 시계는

무엇이던지 알고 있지

예쁜 새색시가 들어오던 그 날도

정답게 울리던 그 시계

우리 할아버지 돌아가신 그 날 밤

종소리 울리며 그쳤네

이제는 더 가질 않네 가지를 않네

구십 년 동안 쉬지 않고

할아버지와 함께

이제는 더 가질 않네 가지를 않네

악보 6-1. 헨리 클레이 워크의 <할아버지 시계> 원전악보, 시작부분

우리 삶에 오래 된 것들이 품고 있는 이야기를, 노래를 통해 다루려고 한다. 괘종시계, 슬레이트 지붕, 밍크담요, 전축, 흙바닥, 전신주, 콘크리트 쓰레기통, 고무신, 연탄재 ……. 지금은 주변에서 흔히 볼 수 없는 것들이다. 1970년대나 1980년대를 배경으로 하는 드라마에서나 간혹 등장한다. 이 물건들은 그때를 생각나게 한다. 그리고 그때에 태산같이 크고, 젊고 당당하셨던 아빠의 모습도 생각나게 한다.

아버지가 돌아가신 지 수 년이 지났다. 하루하루 시간은 빨리도 흘렀다. 수년이 지났어도 슬픔은 무뎌지지 않는다. 아빠와 더는 이야기할 수 없게 되었다는 점이 가장 견디기 어려운 것 중 하나였다. 살가운 딸은 아니었으나, 그렇다고 말없고 무뚝뚝한 편도 아니었기 때문에 아빠가 얘기를 꺼내시면 함께 이러저러 이야기를 하면서 세대 간의 갈등과 공감을 나누었었다. 그런데 이제 더 이상 이야기를 나눌 수 없다는 사실이, 나는 이야기하고 있지만 듣고 계시지 않는다는 사실이, 그리고 그 이야기에 전적으로 내 편이 되어 대답해 주시지 않는다는 사실이 점점 현실이 되어가면서 그리움과 서러움은 더 커져갔다. 전화를 걸면 바로 반가이 받으실 것만 같은데 말이다.

영화 《당신과 함께 한 순간들》(Marjorie Prime, 2017)에는 이미 죽고 사라져 버린 사랑하는 남편을 홀로그램으로 연결하여 대화를 나누는 장면이 나온다. 85세의 여성 마조리는 죽은 남편의 젊은 시절의 모습을 보며 일상의 대화를 나눈다. 마조리가 하는 이야기 속의 수많은 정보들은 홀로그램 남편이 서서히 진짜 남편이 되도록 돕는다. 그녀의 이야기 속에는 과거의 사건들에 대한, 감정들에 대한, 진실에 대한 정보가 들어있다. 마조리로부터 듣는 이야기 속의 정보들로 남편은 대화의 소재를 늘려간다. 결국 남편은 마조리의 기억으로 서서히 진짜 남편처럼 되어간다. 대화를 통해 기억을

영화 《당신과 함께 한 순간들》에서 마조리가 홀로그램 남편과 대화하고 있는 장면

학습해 나가는 인공지능으로서 말이다.

그러나 마조리는 아픈 기억에 대해서는 끝내 말을 꺼내지 않는다. 혹은 그 아픈 기억은 수정이 되어 거짓으로 전달되기도 한다. 홀로그램 남편은 그래서 아픈 기억들에 대한 진실은 모른 채 형성되어 간다. 후에, 마조리의 딸은 엄마의 홀로그램을, 남겨진 딸의 남편은 부인의 홀로그램을 만들어 대화한다. 그리움에 대한 과학기술의 선물과도 같다. 그러나 인공지능과 대화한다는 건 혼잣말을 끊임없이 반복하는 것과도 같다. 영화 속에서도 이러한 내용의 대화가 등장한다. 결국은 혼잣말이라는 걸 깨닫게 된다는 식의 말이….

대화 속의 이야기들을 학습해서 연기하는 인공지능과의 대화로 영화가 진행되다가, 기억의 주체는 모두 죽고 조작된 기억 자체인 인공지능들만이 남아서 대화를 나누는 장면으로 이 영화는 끝이 난다. 같은 사건, 다른 기억들로 영화가 마무리된다. 이때 느껴지는 서늘한 슬픔. 이 영화가 주는

영화 《당신과 함께 한 순간들》에서 남겨진 인공지능들만의 대화 장면

메시지이다. 흘러간 시간, 추억의 파편들, 부정확한 기억들, 조작된 진실들 …….

자연스럽게 생활소음들처럼 느껴지는 음악이 이 영화의 분위기를 주도한다. 즉 조용한 집 안에서 들리는 바깥의 바람소리, 낙엽이 뒹구는 소리, 메아리치듯 들리는 파도소리, 전자제품 작동소리 …. 그 때나 지금이나 변함없는 소리들, 사람은 가고 없어도 영원할 것만 같은 소리들이다. 이 소리들은 미국의 현대음악 작곡가인 루시에(Alvin Lucier, 1931-)의 음악과 함께 연출된다. 그리고 마조리가 좋아했던 베토벤(Ludwig van Beethoven, 1770-1827)의 현악4중주를 비롯하여 모차르트(Wolfgang Amadeus Mozart, 1756-1791)의 바순협주곡과 풀랑크(Francis Poulenc, 1899-1963)의 플루트 소나타가 영화 전반에 걸쳐 은은히, 혹은 음산하게 울린다.

이러한 분위기 속에서 불편한 진실들에 대한 기억은 수정된다. 기억은 인간의 욕망에 따라 자의적으로 선택되고 수정되고 왜곡되기 때문이다. 그러나 시간이 흘러 사건에 대한 기억은 희미해지고 왜곡되어질지라도 사건을 감당해 낸 그 정서만은 남아서 울린다. 마치 노래처럼.

디도의 노래 〈내가 땅속에 묻히거든〉

죽음을 앞두고 사랑하는 사람과의 이별의 아픔을 노래한 작품, 퍼셀(Henry Purcell, 1659-1695)의 오페라 《디도와 에네아스》(Dido and Aeneas, 1689)에서 디도는 에네아스와의 이별을 뒤로 하고 자결을 결심하며 <내가 땅속에 묻히거든>(When I am laid)을 노래한다.

When I am laid, am laid in earth,	내가 땅속에 묻히거든,
may my wrongs create	내 잘못 더 이상
No trouble, no trouble in my breast.	당신 가슴 삭이지 않기를
Remember me, remember me.	나를 기억해 주오. 기억해 주오
But ah,	그러나 아,
Forget my fate.	내 운명은 잊어주오.
Remember me. But ah,	기억해 주오. 그러나 아,
forget my fate.	내 운명은 잊어주오

《디도와 에네아스》는 17세기 영국의 작곡가 퍼셀이 쓴 오페라로 에네아스가 트로이 전쟁에서 패한 후, 바다를 유랑하다가 카르타고에 정착하게 되는데, 이때 카르타고의 여왕인 디도와 만나 사랑하게 되지만 마녀의 이간질로 그 사랑은 깨어지게 된다는 이야기를 다루고 있다. 결국 에네아스는 카르타고를 떠나게 되고, 디도는 자결을 하면서 오페라가 끝난다. 사랑하는 임을 떠나보내는 마음이 애끓지만, 17세기 서구의 창작 관습에 따라 슬픈 운명조차 매우 담담하게 체념하며 받아들이는 모습으로 연출된

다. 이 오페라에서는 최대한의 절제를 통해 격식을 갖춰 슬픔의 고통을 표현한다.

그런데, 사랑하는 사람을 떠나보내고 자결을 결심하는 한 인간의 슬픔이 이렇게 절제되어 표현될 수 있을까? 슬픔을 너무 격식을 갖추어 표현하고 있는 건 아닐까? 이토록 비통하고 처참한데…. 이 작품에서는 비명을 지르며 억울하다고, 죽고말테니 어서 와서 나의 죽음을 막아달라고 떼쓰지 않는다. 다만 내가 가고 없더라도 나를 기억해 달라고 반복하여 말할 뿐이다.

디도의 슬픔은 반음씩 하행하는 베이스 라인을 통해 전달된다. 이 베이스 라인은 노래 전체에 걸쳐 7번 반복된다. 바로크 시기에는 슬픔을 표현하는 관용적인 방식이 등장한다. 온음계적 질서를 벗어나는 음들을 통해 슬

악보 6-2. 퍼셀의 오페라 《디도와 에네아스》 중 <내가 땅속에 묻히거든>
반음씩 하행하는 베이스 라인, 작품 전체에 걸쳐 7번 반복된다.

픔의 정서를 유발한다. 특정한 음계나 조성, 음형, 템포, 진행방식 등도 슬픔을 표현하는 가사들과 함께 등장하게 되고 이를 통해 슬픔을 느끼는 방식을 형성시켜 준다. 반음씩 하행하는 베이스 라인은 슬픔을 표현하는 대표적인 그 당시의 방식이었다. 더욱이 이 베이스 라인의 반복을 통해 그 슬픔을 강조하며 변주해 나간다. 구축된 음질서에서 벗어난 낯 설은 소리들, 즉 비화성음을 강조하여 들려줌으로써 우리는 슬픔이라는 감정으로 서서히 유입된다.

끊임없이 반복되는 '베이스 선율'은 우리에게 어떤 의미를 던져주고 있을까? 베이스의 순환적 구조 안에서 디도는 죽음을 앞둔 이별의 아픔을 천천히 노래한다. 노래는 점점 고조되지만 베이스는 여전히 같은 멜로디를 반복한다. 반복되는 운명의 굴레를 표현하고 있다. 그 운명의 굴레에서 벗어날 수 없음을 디도는 알고 있다. 그러나 그 굴레 속에서 노래한다. 나를 기억해 달라고, 그러나 내 운명은 잊어달라고 말이다. 수레바퀴 속에서 계속 맴돌고 있는, 벗어나지 못하는 자신의 운명은 잊어 달라 노래하면서, 정작 자신을 잊지 말아달라고 하는 이 아이러니를 노래함을 통해 디도는 자신의 사랑이 기억될 것이라고 믿으며 영영 떠나버린다.

이렇게 형성된 정서의 표현은 이후 같은 정서를 표현하는 노래에서도 유효하게 사용되어지면서 슬픔의 노래들이 유형화되어 간다. 그런데 인간은 왜 이별을, 죽음을 앞둔 상황에서 노래하는가? 인생사 여러 맥락에서 경험하게 되는 상실과 좌절의 기억들, 그러한 기억들과 연관된 슬픔의 정서는 자신의 정서적 공동체와 연결되면서 옅어져 간다. 노래로 만들어 함께 부르면서 슬픔은 객관화되어 가고 극복할 수 있는 힘으로 전유된다. 노래되지 않는다면 슬픔은 내면화되고 추상화되고 더욱 안으로 침잠해 들어갈 것이다. 그러나 그것을 내어 놓고 노래 부른다면 슬픔에서 벗어날 수 있게 되고 다른 사람의 슬픔도 이해할 수 있게 될 것이다. 자신이 속한 사회적 관계망 안에서 슬픔은 공유되기 때문이다. 이별을 노래해야만 하는 이유는 바로 여기에 있다. 중세 디아의 백작부인이 노래한 것처럼 말이다.

악보 6-3. 디아의 백작부인 <노래해야만 해요>

노래해야만 해요, 내가 노래하고 싶지 않은 것을.
나의 사랑인 그를 향한 고통스러운 내 마음을.
내가 누구보다도 그를 사랑하기 때문이지요.
나의 친절함과 호의는 그에게 아무런 소용이 없지요.
나의 아름다움, 미덕, 지성도 그러해요.
나는 기만당하고 배신당하지요.
내가 매력적이지 않다면 그래야 하듯이.

12세기 말경 디아의 백작부인 베아트리츠(Comtessa Beatritz de Dia, c1140-c1200)는 자신의 사랑이 진정으로 받아들여지지 않는 상황을 노래하고 싶지 않지만 노래해야만 한다고 다짐한다. 노래를 통해 베아트리츠는 자신의 친절함, 아름다움, 미덕, 지성 등을 은연중에 인지하며, 사랑하는 사람과의 이별의 아픔과 슬픔을 치유한다. 이것이 노래할 수 없는 것을, 노래하고 싶지 않은 것을 노래해야만 하는 이유이다. 노래를 통해 이별은 극복되며, 죽음은 기억된다.

카바라도시의 노래 〈별은 빛나고〉

<별은 빛나고>(E lucevan le stelle)는 푸치니(Giacomo Puccini, 1858-1924)의 오페라 《토스카》(Tosca, 1887)에서 정치범으로 쫓기던 젊은이를 숨겨준 죄로 총살형을 앞두고 있는 카바라도시가 새벽별을 바라보며 애절하게 부르는 노래이다. 화가인 카바라도시와 오페라 가수인 토스카는 서로 사랑하는 사이이다. 정치범을 숨겨주었다는 이유로 카바라도시는 체포되고 교활한 경감 스카르피아는 이 기회를 노려 카바라도시를 총살에 이르게 한다. 이때 스카르피아 경감이 연인의 목숨을 담보로 토스카에게 사랑을 요구하고, 토스카는 그만 스카르피아의 요구를 받아들이게 된다. 토스카는 결국 스카르피아를 죽이게 되지만, 연인의 사형집행이 가짜로 이루어질 것이라는 거짓말에는 이미 속고 있었다. 사형집행이 되어 총성이 울린 후 그가 진짜로 죽은 것임을 확인하게 된 토스카는 미처 자신을 추스르지 못하고 스스로 성벽에서 떨어져 죽고 만다.

<별은 빛나고>는 감옥에 갇혀 죽음을 앞두고 있는 카바라도시가 새벽별을 바라보며 부르는 노래이다. 그는 토스카에게 마지막 작별 편지를 쓰다가 그녀와의 옛 추억을 떠올리며 노래하기 시작한다. 노래는 B단조로 우울하고 애달프게 시작되며, 점점 격렬해지다가 결국 참을 수 없는 비통함으로 연결된다. 죽음을 앞둔 주인공의 두려움과 사랑에 대한 간절함이 교차되어 표현된다. 처음에는 말하는 뉘앙스를 그대로 나타내기 위해 동음으로

이루어진 선율을 사용하여 자신의 심정을 혼자말로 읊조리듯 노래한다. 이때 클라리넷이 고요히 한 선율을 연주하는데, 이 선율은 죽음을 앞둔 카바라도시의 비통한 심정을 대변하는 듯 들린다.

악보 6-4. 푸치니의 오페라 《토스카》 중 <별은 빛나고>의 클라리넷 선율과 조용히 읊조리는 듯 시작하는 카바라도시의 노래

별은 빛나고 대지의 향기가 가득할 때

이렇게 조용히 읊조리다가 결심한 듯 클라리넷 선율을 받아 본격적으로 노래를 시작한다. 그녀와의 사랑의 순간들을 상상하며 애절하게 표현한다.

그러다가 곧 그 마음이 아쉬움으로, 절규로, 일순간에 끝나버릴 안타까움으로 표현된다. 죽음을 앞둔 그의 두려움과 체념, 사랑하는 임에 대한 그리움과 간절함이 전해진다. 이 노래의 장면 속으로 더 들어가 보자.

성 안젤로 성의 옥상감옥에 갇혀 있는 카바라도시. 클라리넷의 선율이 애달프게 울려 퍼지면서, "별은 빛나고 대지의 향기가 가득할 때 저 화원의 문이 열리고, 들려오는 발자국 소리, 향기로운 그대가 다가왔었지"라고 말하듯 읊조린다. 오케스트라 반주로 선율이 구슬프게 울려 퍼지면서 "살며

악보 6-5. 푸치니의 오페라 《토스카》 중 <별은 빛나고>에서 클라리넷 선율과 같은 선율을 사용하고 있는 노래부분

오 달콤한 키스와 나른한 사랑의 속삭임.

나를 애무하는 당신을 떨리는 마음으로 안았지.

시 나의 두 팔에 안겼어"를 이어 노래한다.

그리고나서 추억에 잠기며 그 감정을 주체할 수 없게 되자, 처음에 클라리넷을 통해 제시된 선율이 노래로 불린다. "오, 달콤한 키스와 나른한 사랑의 속삭임. 나를 애무하는 당신을 떨리는 마음으로 안았지"를 노래하는데, 이때 멜로디는 상승하다가 상승하다가 꺽이어 내려오고 만다. 올라갈 때는 매우 힘들게, 그러나 내려올 때는 너무나 빠르고 쉽게 ….

그리고나서 "사랑의 꿈은 영원히 사라져 버렸어"를 노래하는데, 이제는 어느 정도 당당하게 노래하는 듯하지만 그러한 당당함이 오히려 안쓰럽게 느껴진다. "시간은 쏜살같이 흘러 이제 나는 절망 속에서 죽음을 기다리오. 이제껏 이렇게 간절히 삶을 원한 적이 없었소"를 노래하고 나서 마지막 '쾅' 하고 강하게 울리는 오케스트라 음향에 힘입어, "이렇게 간절하게 삶을"을 한번 더 외치듯 노래한다. 오케스트라로 연주되는 후주는 갑자기 사그라들면서 메아리치듯 마무리된다.

죽음을 앞둔 주인공의 두려움과 체념, 동시에 삶에 대한 간절함, 그리고 헤어진 연인에 대한 그리움이 교차되어 있는 이 노래는 읊조리고 흐느끼고 과장되면서 인간의 다양한 감정을 솔직하게 표현한다. 디도의 애가와는 다르게, 이 노래는 담담하게 격식을 갖추어 표현하지 않는다. 어느 순간 감정이 고조되고, 어느 순간 울부짖고, 어느 순간 체념한다. 죽음을 앞둔 인간의 내면을 하나의 선율을 통해 다양하게 표현해 낸다. 클라리넷을 통해 은은하게, 카바라도시를 통해 애절하게 그리고 당당하게 그러나 절박하게 노래된다. 그리고 오케스트라의 다양한 음향과 다이내믹을 통해 감정의 고조가 절묘하게 뒷받침된다.

사형이 집행된다. 눈앞에서 사랑하는 사람이 쓰러지는 것을 보면서 그녀는 가짜 총살이라 생각한다. 그러나 그의 진짜 죽음을 확인하게 되고 그

악보 6-6. 푸치니의 오페라 《토스카》 중 <별은 빛나고> 마지막 부분

이렇게 간절하게 삶을 원한 적이 없었소. 이렇게 간절하게 삶을.

녀도 성벽에서 몸을 던져 자결하고 만다. 이때에 <별은 빛나고>의 주선율이 오케스트라로 강하게 울려 퍼지면서 장엄하게 끝이 난다. 이들은 이렇게 비극적인 사랑을 마친다. 처음에 등장했던 클라리넷 선율은 마지막 장면인 토스카의 자결 순간에도 비장하게 울려나온다. 노래를 통해 우리는 주인공들의 사랑과 이별과 고통과 죽음에 함께 임한다. 극심한 정치적 혼란기 속에서 그들의 사랑이 찢겨지고 이용되는 것을 보며 분노하고 안타까워한다. "별은 빛나고 대지의 향기가 가득할 때" 죽음으로 내몰리는 이 둘의 운명은 더욱 잔인하게 다가온다. 이별 앞에서, 죽음 앞에서 별은 더욱 빛나 보이고 노래는 더 아름답게 들린다.

볼프람의 〈저녁별의 노래〉

우리는 곧잘 별에 기대어 노래한다. 별에 기대어 슬픔을 나누기도, 기쁨을 노래하기도, 안타까운 심정을 토로하기도 한다. 바그너(Richard Wagner, 1813-1883)의 오페라 《탄호이저》(Tannhäuser, 1845)에 나오는 볼프람도 별에게 간구하듯 사랑하는 사람의 희생을 보살펴주기를, 사

악보 6-7. 바그너의 오페라 《탄호이저》 중 볼프람의 <저녁별의 노래> 1절

죽음의 예감인양 황혼이 땅을 덮고 골짜기를 검은 옷이 감싼다.

아득히 높은 곳을 향하는 그녀의 영혼에도 밤의 공포를 가로지르는 길은 두렵다.

랑의 마음이 전달되기를 노래한다. 그가 부르는 <저녁별의 노래>(O du mein holder Abendstern)의 내용 속으로 들어가 보자. 그는 쾌락적 욕망에 사로잡힌 탄호이저를 위해 희생할 각오를 하는 엘리자베스의 죽음을 직감하며 어둑어둑해져갈 무렵 <저녁별의 노래>를 차분히 부르기 시작한다.

2절에 접어들면, 곧 별이 빛을 내기 시작한다. 플루트 선율이 a″음, c‴음, d‴음으로 조용히 상승하고 현악기들이 트레몰로를 시작한다. 별이 떠오르고 반짝이기 시작하는 시각적 이미지가 청각적으로 묘사된 것이다. 어둠이 짙어져 갈수록 별들은 더욱 반짝인다. 그리고 그 별빛이 그녀로 하여금 죽음의 골짜기 밖으로 나올 수 있도록 길을 비춰주기를 간구한다. 1절과는 달리 2절은 좀 더 높은 음역에서 불려진다. 희망에 찬 듯한 설렘과 간절함을 담아 노래한다.

그러다가 3절에 이르면, 죽음으로 희생하려는 엘리자베스를 굽어 살펴달라고 별을 바라보며 기도하기 시작한다. 성스러운 분위기를 연출하며 간절히 노래한다. 볼프람은 탄호이저의 친구이면서 그의 연인인 엘리자베스를 짝사랑하고 있었다. 볼프람은 그녀의 죽음을 예감하며 황혼녘부터 별이 반짝일 때까지 저녁별을 바라보며 침통한 마음으로 기도를 드리고 있었던 것이다.

따라서 3절은 억제된 감정을 담아 깊이 있게 노래해야 하는 부분으로 결코 소리를 높여 부를 수가 없다. 경건함, 장엄함이 가슴에 파고드는 아리아이다. 슬프지만 애써 태연하게 하프 반주 위에 아름다운 선율을 펼쳐놓는다. 이 부분은 멀리서 안타깝게 사랑의 마음을 담아 부르는 노래로, 바라보기만 했던 볼프람의 성격과도 닮아 있다. 그녀의 평안을 바라며, 자신이 그녀를 진정으로 사랑했음을 별에 기대어 고백한다. 마지막엔 저음 현악기파트에서 선율을 연주한다. 차마 그 마음을 가사로 전하지 못하고 말

악보 6-8. 바그너의 오페라 《탄호이저》 중 볼프람의 <저녁별의 노래> 2절
플루트 선율의 상승과 현악기들의 트레몰로

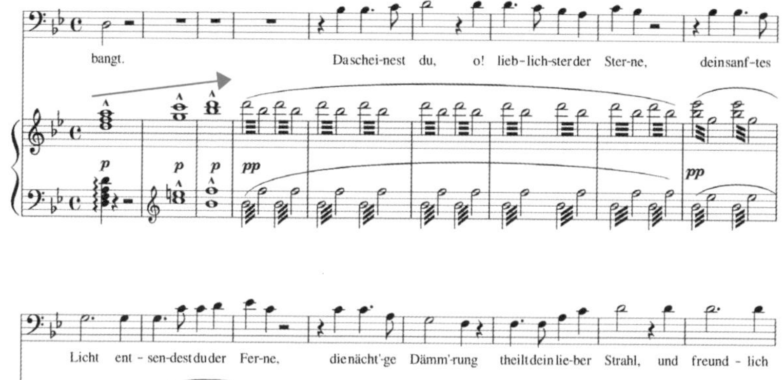

여러 별들 중 가장 아름다운 별이여, 빛을 내서 아득한 등불을 저 멀리 보내어,
부드러운 빛이 밤의 어두움을 헤치고 골짜기의 길을 친히 가르켜 주오.

없이 애잔하게 선율로만 울리게 하고 있는 것이다. 말을 잇지 못하고 그 감정만 전하고 있는 듯 천천히 느릿느릿, 묵상하듯이 마무리된다.

악보 6-9. 바그너의 오페라 《탄호이저》 중 볼프람의 <저녁별의 노래> 3절 시작부분

오! 나의 자애로운 저녁별이여, 나는 언제나 행복한 기분으로 반겨 맞지만,
그녀를 결코 배반할 리 없는 이 마음을, 꼭 전해 주시오, 그녀가 지나갈 때에.
아득히 높은 곳에서 천사가 되기 위해 그녀가 이 땅의 골짜기에서 날아오를 때에.

바그너의 오페라 《탄호이저》는 육체적 사랑과 순수한 사랑 사이를 방황하는 탄호이저가 순수한 엘리자베스의 희생으로 구원을 받게 된다는 내용을 다루고 있다. 엘리자베스의 희생을 굽어 살펴달라는 기도문과 같은 볼프람의 <저녁별의 노래>는 이러한 오페라의 메시지를 잘 담아 전하고 있다. 인간의 영혼을 구원하는 노래로서 말이다. 이 노래는 이별과 죽음을 넘어선 진정어린 기도이며 진정어린 사랑의 표현이다. 비록 이 노래는 오페라라는 허구의 상황에서 만들어진 것이지만, 우리는 이 아리아를 우리의 진짜 상황에 적용하며 위안을 얻고 치유를 받는다.

그리고 나의 노래 〈혼자만의 대화〉

앞서 언급한, 《당신과 함께 한 순간들》이라는 영화를 처음 보았을 때, 인공지능이 우리에게 줄 수 있는 너무나도 무한한 범위와 가능성에 매우 놀라고 당황했었다. 나도 이제 아빠와 대화할 수 있게 되는가? 하고 희망을 품어보았지만, 이 영화가 주었던 메시지를 생각하니 동시에 회의감도 밀려왔다. 그래서 나는 노래를 지어 불렀다. 과거의 사람들이 이별과 죽음의 순간들에서 노래를 지어 불렀던 것처럼 말이다. 이별을 노래할 수 있게 되는 순간, 굳이 최첨단 신생기술이 아니어도 그를 기억하며 대화할 수 있게 될 것 같았다.

악보 6-10. 신혜승의 <혼자만의 대화>

<혼자만의 대화>는 필자가 아빠가 돌아가시고 1년쯤 지나서 쓴 노래이다. 이 노래를 통해 나와 아빠는 대화한다. 제목은 비록 <혼자만의 대화>이지만, 필자에게 있어서 이 '혼자만의 대화'는 더 이상 혼자만의 대화가 아니다. 왜냐하면 노래되기 때문이다. 노래를 듣는, 그리고 이 노래를 들을, 이 노래를 부를 많은 사람들…. 노래를 통해 전해질 감성…. 그들을 통해 이야기를 이어갈 수 있기 때문이다. 내가 기억하고 있는 한, 그리고 내가 기억하지 못하더라도 노래로 남아 계속 노래되고 있는 한, 누군가에 의해 계속 기억되리라 믿는다. 그래서 이별은 노래로 불려져야만 한다. 우리가 기억하기 위해서.

김동률의 4집 앨범 『토로』(2004)에 수록되어 있는 <잔향> 역시 듣고 싶고, 보고 싶고, 느끼고 싶지만 사라지고 없는 이를 그리워하며 부르는 노래로, "소리 없는 그대의 노래", "향기 없는 그대의 숨결"이라는 가사를 통해 그 정서를 짐작해 볼 수 있다. 이 곡에서 시적 자아는 노래를 부르며 그의 이름을 부르고, 노래를 부르며 그의 얼굴을 헤아린다.

김동률의 〈잔향〉

소리 없는 그대의 노래
귀를 막아도 은은해 질 때
남모르게 삭혀온 눈물 다 게워내고 허기진 맘 채우려
불러보는 그대 이름

향기 없는 그대의 숨결
숨을 막아도 만연해 질 때
하루하루 쌓아온 미련 다 털어내고 휑한 가슴 달래려

헤아리는 그대 얼굴

그 언젠가 해묵은 상처 다 아물어도
검게 그을린 내 맘에 그대의 눈물로
새싹이 푸르게 돋아나
그대의 숨결로 나무를 이루면
그때라도 내 사랑 받아주오
날 안아주오
단 하루라도
살아가게 해주오

라라라…
사랑하오
얼어붙은 말 이내 메아리로 또 잦아들어 가네

피아노 반주에 맞추어 노래를 시작하며, 1절이 마무리되면서 오케스트라 음색이 추가된다. 2절은 드럼 비트와 함께 오케스트라 반주로 노래되면서 1절과는 또 다른 분위기를 연출해 낸다.

2절이 끝나고 간주가 시작된다. 다이내믹이 점점 커지면서 이어지는 3절에서 이별의 아픔과 고통에 어느새 새싹이 돋아나 나무를 이루게 되리라는 희망을 노래한다. 그 힘으로 하루라도 살아가게 되리라 외친다. 그리고는 고조된 그 감정을 가사가 아닌 "라라라…"로 표현하고 만다. 더 이상의 말로 표현할 수 없는 감정의 북받침이 가사 없는 노랫소리와 반주음색으로 이어지고 있는 것이다. 굳이 가사로 표현하지 않고 "라라라…" 속에 사랑

악보 6-11. 김동률의 <잔향> 시작부분, 피아노반주에 맞추어 노래를 시작한다.

하는 이를 그리워하는 복잡한 마음을 담아 놓은 것이다.

그러나 결국 사랑의 간절한 외침이 마지막에 메아리로 잦아들어 간다고 표현됨으로써 뭔가 서글픔이 남는다. 잔향이라는 노래의 제목답게 노래는 메아리가 되어 울리고 울리며 잔잔히 남는다. 플루트의 음색으로 마무리 된다.

디즈니 픽사의 애니메이션 《코코》(2017)는 멕시코의 한 소년 미구엘의 꿈과 그의 가족에 대한 이야기를 다루고 있다. 영화의 제목인 코코는 주인공 소년 미구엘의 증조할머니이다. 미구엘은 어떤 사건을 통해 사후의 세계에 들어가게 되는데, 그 곳에서 의문의 남성 헥터를 만나게 되고 그가 곧 코코의 아버지 즉 미구엘의 고조할아버지임을 알게 된다. 또한 코코의 아버지인 헥터가 어린 딸을 두고 떠날 수밖에 없었던 상황, 억울한 죽임을 당하고 그 사실을 전할 길이 없어 애타는 상황들이 밝혀진다. 그리고 미구엘은 이승에서 누구도 기억하는 사람이 없게 되면 사후 세계에서도 영원히 사라지게 된다는 비밀을 알게 된다.

미구엘은 현실 세계로 돌아와 나이가 들어 기억이 희미해지는 코코에게 헥터가 가르쳐 준 <리멤버 미>라는 노래를 불러드린다. 헥터가 어린 코코에게 자주 불러주었던 노래로, 코코는 이제 나이가 들어 정신이 온전치 못함에도 불구하고 아이였을 때 아빠가 불러주던 <리멤버 미>를 기억하면서 같이 부르게 된다.

미구엘과 증조할머니 코코가 〈리멤버 미〉를 같이 부르게 되는 장면

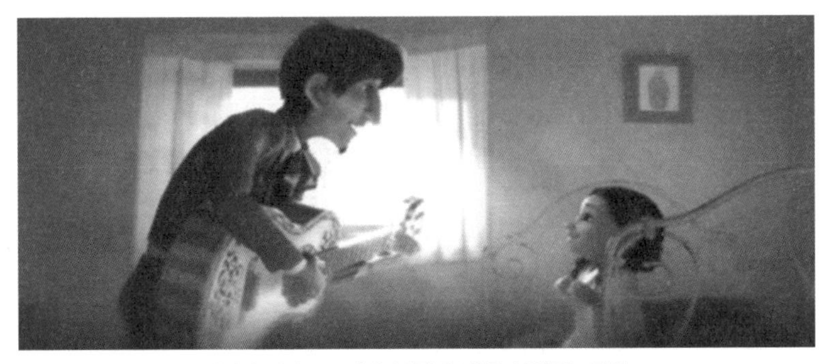

아빠가 어린 코코에게 〈리멤버 미〉를 불러주는 장면

이 노래를 통해 아빠에 대한 기억을 다시 불러오게 되고, 그 기억으로 인해 아버지 헥터는 사후 세계에서 영원히 사라지는 형벌을 면하게 된다.

악보 6-12. 영화 《코코》 중 <리멤버 미>

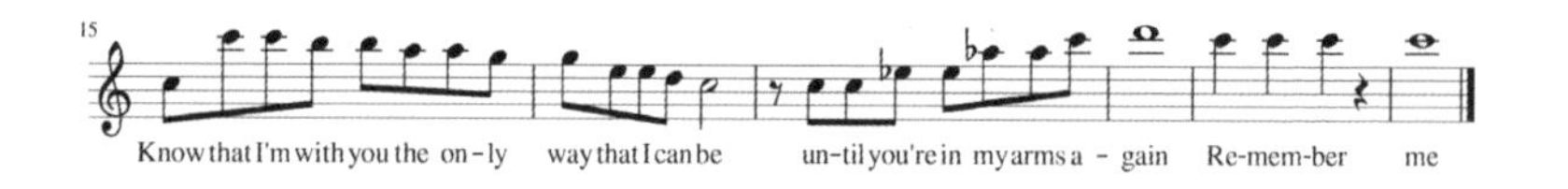

기억해 줘, 지금 떠나가지만
기억해 줘, 제발 혼자 울지 마
비록 멀리 떨어져 있어도, 내 맘은 네 곁에
매일 밤마다 와서 조용히 노래해 줄게.

기억해 줘, 내가 어디에 있든
기억해 줘, 슬픈 기타소리를 따라
우린 함께 한다는 걸 언제까지나
널 다시 안을 때까지
기억해 줘.

사랑하는 사람에게 기억되고 싶은 마음을 노래한 이 곡은 디도의 애가와도 같이 지금은 비록 헤어지게 되더라도 노래함을 통해 자신의 사랑이 기억될 것이라고 믿는 마음의 표현이다.

<할아버지 시계>도 가사로만 남아 있었다면 우리에게 전해지지 못했을 것이다. 노래로 만들어져 불리면서 19세기 미국의 노래가 21세기 우리나라에서도 불리게 되었다. 나의 옛 추억들이 같이 되살아나면서 이 노래는 우리의 노래가 된다. 노래의 힘은 여기에 있다. 노래를 지은 사람은 사라지게 되겠지만, 노래는 어디론가 전해지며 불리게 될 것이다. 그리고 그 노래는 누군가에게 영원히 잊혀지지 않는 기억으로 자리 잡게 될 것이다. 필자가 아빠를 기억하기 위해 노래를 지어 부르게 된 이유가 바로 이것이다.

Codetta: 2장을 마무리하며

2장은 음악의 상투적인 주제인 사랑, 청춘, 이별에 대한 이야기이다. 사랑하는 이의 아름다움을 예찬하는 노래들에 대해 15세기 서양의 교회음악으로부터 시작하여 현재의 케이팝(K-Pop)에 이르기까지 언제, 어떻게, 왜 불렸는지를 추적해 보면서 아름다움의 양가성에 대해 이야기했다.

청춘별곡에서는 방랑자의 시선으로 바라본 다양한 장르의 노래들을 서사적으로 연결해 보았다. 영화 《비긴 어게인》에서부터, 중세 골리아드의 노래, 21세기 방탄소년단의 노래에 이르기까지 청춘들의 불안과 위태로움, 좌절과 방황 등 어두운 정서 속에서 그려지는 청춘들의 노래를 들여다보았다. 이 노래들은 청춘의 방황하는 모습과 함께 거침없이 뛰어나가는 모습을 보여주기도 하고, 봄과 같이 짧으니 놓치지 말고 즐기라고도 하며, 젊은이들은 청춘을 낭비하고 있다고 경고하기도 한다.

이별연가에서는 사랑하는 사람과의 이별을 받아들이고 슬퍼하며 노래함을 통해 그 다음 단계로 나아갈 수 있음을, 슬픔에 머물러 있지 않고 슬픔을 인정함을 통해 오히려 타인의 슬픔을 이해할 수 있게 됨을 역설해 보았다. 그리고 노래를 통해 이별 이후에 기억을 간직하게 될 수 있음 또한 역설해 보았다.

사랑, 청춘, 이별에 대한 노래와는 별도로, 문득 엄마가 일하실 때 흥얼거리시던 즐거운 노랫가락이 떠올랐다. 그런데 그 노랫가락이 즐겁게 들리지만은 않았었다. 그 이유를 이제 알아 버렸다. 아래의 <엄마의 노랫소리>는 알게 되어 버린 그 이유를 필자가 노랫말로 적어 본 것이다.

〈엄마의 노랫소리〉

흥얼거리는 엄마의 밝은 콧노래소리
근심의 또 다른 표현임을 이제야 알았네.
걱정, 근심, 한숨이
왜 그리 즐겁게 들렸던 건지
나는 왜 이제야 이걸 깨달았는지

이제 들리는 노랫소리는
나의 마음을 아프게 해.
소리 없이 돌아서 흐느끼네.
노랫가락이 더 흥겨울 때마다
노랫소리가 더 커질 때마다
내 마음은 더욱 더 아파오네.

음음음

즐거운 노래 들으며

울어본 일 있나요.

흥겨운 노래 들으며

고개를 떨구어 본 적 있나요.

나는 이제야 알아버렸습니다.

엄마의 노랫소리는 아픔입니다.

억울함을 달래려고

분함을 삭히려고

문제를 크게 만들지 않으려고

애쓰는 와중에 터져 나오는 비명입니다.

그 비명이 노래로 들리도록

할 수 있는 것은

삶이 준 얼마나 큰 내공일까요?

아니 어쩜

그럴 수밖에 없는,

노래를 선택할 수밖에 없는

절박함인지도요.

난 아직 멀었습니다.

2장은 사랑이라는 음악의 상투적 주제 안에서 청춘들의 삶과 이별의 아픔을 다루었다. 사랑의 노래들은 고통, 방황, 청춘, 봄날, 그리고 이별로 이어지기도, 같은 사건이지만 서로 다른 기억들로 상충되기도 했다. 우리는 노래를 통해 이별의 아픔을 삭히기도, 사랑의 벅참을 전하기도, 봄날의 들뜸을 표현하기도, 청춘의 아름다움을 예찬하기도 한다. 그러면서 우리는 사랑하는 사람에 대한 기억들을 떠올린다. 노래를 통해 이러한 감성들이 되살아나며 기억이 더욱 발화된다. 즐거운 노래는 슬프게, 슬픈 노래는 성스럽게, 조용한 노래는 간절하게 여겨지며 엄마의 슬픔이, 나의 그리움이, 주변에 사라지는 것들에 대한 안타까움이 정화된다. 할아버지의 시계는 멈추었지만 노래는 계속 불리고 있다.

03
음악적 시공간

정원은, 문명과 자연 사이의 직접적인 친밀감의 표현이며
명상이나 휴식에 적합한 즐거움의 장소로서,
이상화된 세계의 이미지라는 중요한 의미를 지닌다.
정원은 어원상 '낙원'(paradise)이라는 뜻일 뿐만 아니라
한 문화, 양식, 시대, 혹은 한 창조적인 예술가의
독창성을 입증하기도 한다.

- 국제기념물유적협의회의 피렌체 헌장 중에서(1982년 12월)

•
•
•

7. 들리는 풍경

작은 정원이 딸려 있는 길음동의 아담한 양옥집에서 나는 10대와 20대를 보냈다. 잔디가 덥수룩하게 자라나면 그때그때 깎아주어야 하고, 잔디 사이사이 잡초를 뽑아야 하며, 때마다 나뭇가지를 쳐 주고 날이 추워지면 짚으로 나무들을 싸주어야 하는 일, 가을이면 낙엽을 쓸고, 겨울이면 눈을 치워야 하는 일 등을 보며 자라났다. 작은 정원 하나에도 계절마다 할 일들이 넘쳐났다.

내가 자라났던 그 양옥집은 지금 사라지고 없다. 2000년대의 뉴타운 사업으로 인해 흔적도 없이 사라져 버렸다. 20여 년을 보냈던 공간이, 단순히 주거공간으로서만이 아니라 몸과 감성이 자라나며, 가족들과 수많은 일들을 겪고, 친구들과 방에 모여 공부를 하고, 온돌 아랫목에 누워 꿈을 꾸고 나누던 공간, 밤새 음악을 들으며 달빛과 바람을 느낄 수 있었던 공간, 불투명 유리창 너머의 나뭇가지나 나뭇잎들을 흔들리는 실루엣으로 볼 수 있었던 공간, 그 공간이 영원히 사라져 버린 것이다.

정원에는 장미나무 몇 그루가 있었는데, 엄마는 늘 장미나무 하나하나를 겨울을 나게 하기 위해 짚으로 몸체를 단단히 싸주고, 삿갓모양으로 모자까지 만들어주었다. 매년 초여름이 되면 장미나무는 탐스러운 모습으로 보답해 주었다. 그때는 무심코 지나버렸는데, 지금은 장미 몇 송이가 탐스럽게 피었던 그 순간들이 자꾸 떠오른다. 왜 어린 시절에는 그걸 몰랐을까? 엄마가 소중하게 관리하고 매해 꽃을 피우게 했던 그 수고와 아름다움을.

그때 그 공간들에서 나는 머리맡에 놓여있던 라디오를 통해 또 다른 세계를 만날 수 있었다. 원하는 음악을 바로 검색해서 원하는 버전으로 언제 어디서든 들을 수 있는 요즘과는 매우 다르게, 그때엔 녹음기능을 갖춘 라디오 한 대를 차지할 수 있게 된다는 것 자체가 큰 행운이었다. 중학생이 될 무렵, 그 큰 행운이 내게 일어났다. 라디오 한 대가 내 소유가 된 것이다. 좋아하는 음악은 카세트테이프를 사서 듣기도 했지만, 주로 라디오에서 나오는 음악 중에 우연히 듣게 되는 경우가 다반사였다. 머리맡에 두고 라디오를 듣다가 시냥송이나 좋아하는 음악이 나오면 미리 넣어 놓은 공 테이프에 잽싸게 녹음을 하고, 그것을 재생해 들으면서 멘트를 따라 적기도 하고 음악의 선율을 계이름으로 바꾸어 외우기도 했다.

라디오 한 대가 내 공간에 자리 잡기까지 오랜 기다림의 세월이 있었다. 아버지가 들으시던 것을 오빠가, 그리고 그 다음엔 둘째 오빠가 물려받고, 그러다가 새로운 모델이 나오면 그때서야 구형 라디오가 되면서 내 소유가 되었다. 신형은 늘 내 차지가 못되었지만, 좋은 턴테이블과 스피커, 오디오 시스템보다도 나는 이 낡은 라디오가 좋았다. 지금 생각해보면 사춘기의 민감한 감성이 이 라디오를 통해 정화되었던 듯하다. 그런데 그 라디오는 어느 날 사라진 지도 모르게 없어져 버렸다. 나의 관심이 더블데크라는 신형 라디오를 물려받는 일에 온통 쏠려 있었고, 더블데크가 내 방에 오게 되면서 그 라디오에 대한 그 이후의 기억은 없어져 버렸다.

몇 해 전 정선의 '삼탄아트마인'이라는 박물관에 다녀온 일이 있다. 1960년대와 1970년대의 탄광촌 모습을 재현해 놓은 곳인데, 이 박물관 지하에 조성되어 있는 과거 광부들의 휴게 공간에 라디오 한 대가 전시되어 있었다. 그런데 그 라디오가 학창시절 내 라디오와 똑같이 생겨서 깜짝 놀랐다. 마치 내 라디오가 나에게서 버려진 후 여기로 흘러온 것만 같았다. 한참을 바라보고, 바라보다가 이제 박물관의 유물처럼 되어 버린 그 라디오를 놔두고 쓸쓸히 나와 버렸다.

삼탄아트마인에 전시되어 있는, 학창시절 내 방의 라디오와 같은 모델의 라디오

30여 년 전의 양옥집과 정원, 그리고 그 라디오와 함께 보낸 내 학창시절은 다시는 갈 수 없는 시공간이 되어 버렸다. 그런데 그때 들었던 음악들, 느꼈던 바람과 달빛, 그리고 공기에서 느껴지는 온도, 햇빛의 각도와 색깔, 그리고 심지어 바람 소리조차도 문득문득 그때를 기억나게 한다. 너무도 생생하게. 나에게 정원은 어린 시절 뛰어 놀던, 감성을 충만하게 만들어 주던, 사시사철 같은 모습인 듯 다른 모습으로 존재하던, 그리고 행복했던 공간으로 소중히 기억되고 있다. 이 공간은 지금 오롯이 나의 기억 속에만 존재하고 있다. 내 기억에서도 사라져 버릴까봐 노심초사다.

키가 자라고 지식이 늘고, 사람들과의 관계가 복잡해져 가면서 정원은 느끼고 뛰노는 놀이공간이 아니라, 그저 밖으로 나가거나 안으로 들어오는 데에만 사용되어 장미나무, 잔디, 돌계단에 시선 한번 안주고 지나쳐버리는 공간이 되어 버렸다. 그렇게 무심히 바쁜 20대를 보내다가, 이제는 아예 갈 수 없게 되어 버렸으니 아쉬운 마음이 더 하다. 실향민들의 심정이 감히 느껴진다. 그러나 소환된다. 그 시절의 노래와 온도와 바람이 느껴지면 그 시공간은 나의 가슴 속에서 현실화 된다.

정원은 나에게 자연과 인공의 관계, 하나의 감각과 또 다른 감각과의 관계를 통해 상상력의 즐거움이 상승되는 미적 공간이었다. 이 말은 정원이 눈에 보이는 풍경뿐 아니라, 그때 맞이하게 되는 바람의 감촉, 햇빛의 강도, 자연의 소리들을 통해 다채로운 이야기 속의 주인공이 되게 해주는 공간이었다는 의미이다. 정원은 나에게 단순히 가시적인 공간이라는 의미를 넘어서, 소리공간으로서, 감촉공간으로서의 역할도 수행해 주었다.

갈 수 없는 과거의 공간들. 이러한 공간들에 이상적인 이미지를 만들고 그것을 자신들의 공간에 가시적으로 재현하려고 했던 18세기 영국 사람들의 이야기로 옮겨가 보려고 한다. 인간은 예로부터 정원을 가꿈으로써 신화적 혹은 성경적인 낙원을 재창조하고자 하였다. 낙원으로서의 정원 추구에는 오래 전 잃어버린 이상적 장소와 시간을 되찾고자 하는 인간의 근원적 열망이 내재되어 있기 때문이다. 기억과 정신을 저장하고 싶은 인간의 욕구는 노래를 만드는 것 이외에도, 정원을 조영하는 형태로, 그것을 즐기는 방식으로 발현되고 있었다.

정원을 조영한다는 것은 주제를 표현하고 사건을 배치한다는 점에서 음악창작과의 연관성을 찾을 수 있다. 특히 18세기 영국의 정원은 당대의 시대정신에 맞추어 변화하며 즐거움을 주는 중요한 문화적 요소로 작용했다는 점에서 더욱 음악과의 연관성을 찾아볼 수 있다. 이런 점에서 음악을 단순히 양식적 차원에서 구분하는 기존의 방식에서 벗어나, 사운드스케이프(soundscape) 즉 음풍경이라는 개념으로 설명해 보려 한다. 즉 정원과 음악이 각각 가지고 있는 여러 특징들 중 공간(정원은 시각적 공간, 음악은 소리의 공간)이라는 공통점을 바탕으로 음악을 '보이지는 않지만 들리는 풍경'이라는 개념으로 바라보며 음악에 새로운 의미를 덧입혀 보려 한다. 먼저 18세기 철학자들이 그토록 집중했던 '자연'을 '보는' 방식부터 살펴보자.

[랜드스케이프] 자연을 '보는' 방식: 18세기 영국의 풍경식 정원

정원은 시대와 지역에 따라 강조점이 다르게 나타나기는 하지만, 18세기에 이르면 특히 영국에서 대규모 문화현상이 되어 하나의 예술로 높이 평가되기에 이른다. 18세기 초반에 등장하는 '풍경식 정원'은 이전 세기 권위적 분위기의 형식주의적인 '정형식 정원'에 대립해서 나타나기 시작한 것으로 이상화된 자연을 가시적 공간에 재현하고자 하는 인간의 열망을 나

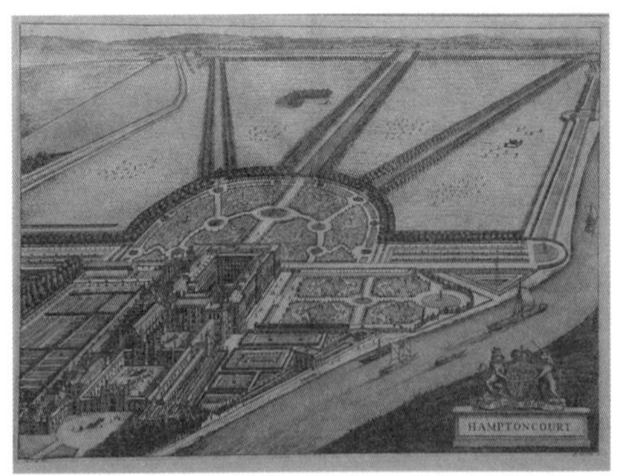

[17세기 정형식 정원] **찰스2세의 궁정 '햄프턴코트'(Hamptoncourt)**

타내고 있다.

절대주의적인 사회질서를 반영하고 있는 듯한 17세기의 정형식 정원들은 전제주의 권력의 억압과 독재를 상징하듯, 중앙의 거대한 궁전으로부터 직선의 대로를 통해 권력이 뻗어 나가는 모습으로 디자인되어 있다. 또한 인위성, 규칙성, 기하학적 질서, 경직된 형식성 등으로 권위적 분위기를 생성해 내고 있다.

반면에 18세기에 들어서면, 정원의 조영양식이 문학가, 미학자, 정원이론가, 정원조영가, 화가, 비평가 등 다양한 분야의 사람들에 의해 이론과 실천이 활발히 교류되며 '풍경식 정원'으로 변모하게 되는데, 인위성과 규범에서 급격히 탈피하여 자연스러운 양식으로 선회하게 된다. 이는 마치 정치적 자유와 상통하는 것처럼 보인다. 이러한 방식의 정원 추구는 17세기 사회질서와 절대주의에 대한 반어적 표현이라 할 수 있다. 18세기의 새로운 시대정신이 정원조영의 변화를 통해서도 드러나고 있었던 것이다. 정원의 배치도만 비교해 보아도, 17세기와 18세기의 문화적 취향은 물론 정치적 사상의 변화까지 짐작해 볼 수 있다.

[18세기 풍경식 정원] **호어 2세의 정원 '스타우헤드'(Stourhead)**

17세기 '정형식 정원'과 18세기 '풍경식 정원'의 배치도 비교

1645년경, 관습적인 규범을 바탕으로 이삭 드 코(Isaac de Caus, 1590-1648)가 조원한 윌튼 정원(Wilton Garden)

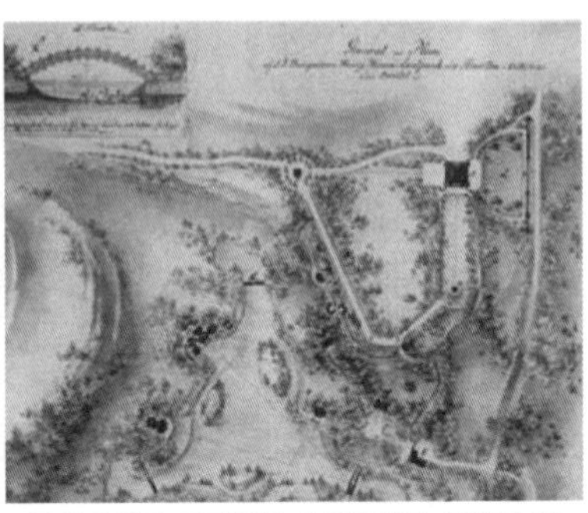

호어 2세가 디자인한 스타우헤드 정원의 배치도. 직선과 기하학적 규칙보다는 자연스럽고 부드러운 곡선으로 조원한 정원

이러한 정원조영의 변화는 18세기에 이르러 더욱 풍요로워진 영국의 경제 상황 속에서 막강한 부를 누렸던 영국의 영지 소유자들에 의해 이루어진 것이다. 이들은 지상 낙원이라는 이상을 현실의 풍경으로 재현해 보고자, 특히 이탈리아의 풍경화 속에서 이상적으로 등장하는 풍경들을 모델로 삼아 가시적 공간인 정원을 만들었다. 17세기 프랑스 출신 화가들에 의해 완성된 이탈리아를 배경으로 하는 이상적 풍경화는 18세기 영국인들의 자연에 대한 관념과 태도에 많은 영향을 주었다. 니콜라스 푸생(Nicolas Poussin, 1594-1665), 클로드 로랭(Claude Lorrain, 1600-1682), 살바토르 로사(Salvator Rosa, 1615-1673)가 그린 고전문학의 내용을 바탕으로 한 이상적인 풍경화와, 숭고한 야생을 상기시키는 이상적인 알프스의 풍경에 영국인들이 크게 매료되었던 것이다.

이탈리아 풍경화에 대한 애정과, 저널리스트 애디슨(Joseph Addison, 1672-1719)과 시인 포프(Alexander Pope, 1688-1744) 등이 여론 공간에 펼

쳐낸 정원론을 바탕으로 풍경식 정원으로의 변화를 실천했던 인물 중 한 사람으로 호어 2세(Henry Hoare Ⅱ, 1705-1785)를 들 수 있다. 명망 있는 은행가 가문에서 태어난 그는 자신의 영지를 직접 디자인하여 풍경식 정원의 진수를 선보였다.

당시 영국에서는 교육의 마지막 단계로 자녀들을 1~2년간 가정교사와 함께 유럽 대륙으로 여행을 보내는 '그랜드 투어'가 크게 유행하고 있었다. 이들은 그랜드 투어를 통해 자연을 보는 방식과 취미를 가지게 되었고, 이는 이후 풍경식 정원 조영으로 이어지게 된다. 호어 2세 역시 이탈리아의 고대 유적과 풍경을 감상하는 데에 그치지 않고, 귀국 후 이를 자신의 영지에 재현하였다. 그는 고대 그리스와 로마의 유적지를 보며 고전문학의 내용을 상기하고, 로랭의 풍경화를 접하며 이상적인 풍경에 대한 생각의 깊이를 더해갔다. 귀국 후 클로드 로랭의 풍경화와 비슷한 정원을 만들기 위해 호어 2세는 인공적으로 중앙에 구불거리는 너른 호수를 만들고 멀리 언덕에 판테온 신전을 세웠으며, 호수를 가로지르는 아치형 팔라디오풍의 다리를 놓았다.

로랭의 풍경화와 호어 2세의 정원 비교

클로드 로랭의 풍경화
〈에네아스가 있는 델로스의 풍경〉 (1672)

호어 2세의 정원 '스타우헤드':
멀리 보이는 판테온 신전

그는 신화나 고전문학의 내용과 구조를 차용하여 그림 속의 이미지를 실제로 구현해 내기 위해 자신의 정원 '스타우헤드'에 다양한 도상학적 프로그램을 배치하였다. 예를 들어 호수 주위의 산책로에는 플로라 신전, 지하 세계를 상징하는 동굴, 판테온 신전, 아폴로 신전 등을 의미하는 건축물들이 배치되어 있는데, 이는 베르길리우스의 『에네아스』에서 에네아스가 아버지를 만나기 위해 지하 세계로 내려가는 여정을 스토리텔링해 놓은 것이다.

영국의 정원 조영가 켄트(William Kent, c1685-1748)도 풍경화의 회화적 요소를 정원을 만드는데 활용하였다. 그는 또한 이탈리아 여행을 통해 쌓은 지식은 물론 역사화가와 무대 디자이너로서의 경험을 정원 조영에 활용하였다. 켄트는 고전적이거나 고딕적인 형태가 주는 풍성한 의미를 영국의 풍경에 어울리게 배치하여 이탈리아의 이상주의 풍경화의 한 장면 같은 풍경을 실제 정원으로 재창조하였다. 그는 정원을 어떤 주제를 표현하는 그림으로 보았고, 이를 위해 정원 곳곳에 고전 건축물이나 폐허가 된 유적 등을 배치하여 풍경에 활기를 주었다. 풍경화에 나타나는 목가적 풍경과 고

켄트의 정원 '스토우'(Stowe)

고대 덕행의 사원

고딕사원과 팔라디오 양식의 다리

전 문학이나 신화의 내용을 암시하는 상징적인 건축물이 실제의 공간에 재현된 것이다. 이러한 상징적인 건축물들은 공간의 연결을 통해 스토리텔링되어 있다. 고전문학이나 이상적인 풍경화가 가지고 있는 나름의 스토리를 구현해 냄으로써 메시지를 전하고 있는 것이다.

이렇듯 18세기 초반, 호어 2세와 켄트가 조원한 정원들에는 실제로 고전문학의 내용이나 신화의 내용이 반영되어 있고 그랜드 투어를 통해 접한 로마의 유적이나 이상주의적 풍경화의 모티브가 차용되어 있다. 이를 위해 사원, 동굴, 조각상, 고대 건축물 등의 상징적인 모티브가 정원 곳곳에 배치되었는데, 이러한 모티브들은 문학, 철학, 정치적 메시지로 해석되기도 했다.

정원은 18세기에 이르러 상상력의 즐거움이 살아 있는 미적 예술로 높은 미학적 의미를 부여받았고, 그에 따라 다양한 역할로 활용되었다. 더욱이 다른 예술 분야의 미학적 변화를 도출해 낼 수 있는 중요한 근거 자료로서도 이용되었다. 정원을 조영하고 즐기는 방식을 통해 당대의 철학적, 문화적, 예술적 의미를 알아챌 수 있으며, 이러한 향유는 세상을 보는 새로운 눈을 갖게 하는 힘으로 작용하게 한다.

그렇다면 이제 우리는 정원을 즐길 준비가 되어 있는가? 정원 곳곳에 새겨진 상징물들의 의미들은 물론, 직선과 곡선이 주는 의미, 인공과 자연이 주는 의미, 사물이 배치되어 있는 방식에 대한 의미 등을 알아차릴 준비가 되어 있는가? 18세기 정원만이 아니라 우리 주변의 크고 작은 정원들, 대학의 캠퍼스들에서도 의미를 발견할 수 있는가? 그렇다면 한 단계 더 나아가 음풍경에도 적용시켜 보자.

[사운드스케이프] 자연을 '듣는' 방식: 소리를 통한 공간의 조합

이탈리아의 이상주의적 풍경화를 원형으로 하여 가장 적절하다고 생각되는 자연 요소들을 골라 이를 다시 조합하여 이상적인 풍경을 가시적으로 만들려는 풍경식 정원의 작업태도는 18세기 음악관과 이에 따른 작곡방식과도 매우 유사하다. 18세기가 진행되는 동안 음악문화를 주도적으로 이끌던 나라들에는 각기 나름대로의 음악 양식이 있었다. 18세기 중반 프랑스에서 발생한 부퐁논쟁이나 글루크-피치니 논쟁, 크반츠(Johann Joachim Quantz, 1697-1773)가 자신의 저서 『플루트 연주법』에서 보여주는 견해 등을 살펴보면 당시 각 나라에는 국가 양식이 확고히 존재했음을 알 수 있다. 오늘날 주요 음악문헌들에서는 18세기 음악의 대표적 국가양식을 프랑스의 로코코 양식, 독일의 다감 양식, 이탈리아의 기악적 부포 양식 등을 비롯하여 갈랑 양식, 질풍노도 양식 등의 용어를 사용하여 정의하고 있다.

이러한 국가 양식의 다른 한편에는 국가 초월적인 음악적 보편성 또한 존재했다. 이 시기 작곡가들은 음악언어가 국가의 경계선으로 제한되지 않고 오히려 보편적이어야 한다고 생각했다. 이 보편성은 다양한 국가 양식들 중 좋은 점을 골라 이를 다시 조합하여 이상적인 작품을 만들므로 성취되었다. 북독일의 저명한 음악평론가이자 작곡가였던 샤이베(Johann Adolph Scheibe, 1708-1776)는 다음과 같은 글을 남겼다. 이 글을 통해 우리는 당시 음악에 대한 사고와 평가를 짐작해 볼 수 있다.

> 이탈리아인들은 '선율'의 편안함과 감성을 추구한다. 프랑스 음악에는 활달하고 저돌적인 성격이 있다. 독일인들은 좋은, 근본적인 '화성' 작업을 한다. 이 세 가지의 것을 결합하여 작곡하는 자는 틀림없이 완벽하게 아름다운 작품을 쓸 수 있는 자이다(이남재 · 김용환, 2006: 153).

높은 문화적 욕구 충족을 갈망하던 신흥 중산층은 영국의 활성화된 공공음악회 제도를 통해 다양한 양식과 유형의 음악과 조우할 수 있었다. 공공음악회 제도는 1672년 영국에서 육성되기 시작한 것으로, 반세기만에 영국의 보편적인 음악문화로 자리 잡게 된다. '코벤트가든'(Covent Garden)은 오페라 전용극장으로 헨델의 오페라를 포함하여 많은 이탈리아 오페라를 상연하면서 외국 오페라 소개에 큰 공헌을 했다. 당시 런던 최상의 콘서트 장소로 명성을 누렸던 '힉포드 룸'(Hickford's Room)에서는 수많은 예약 시리즈 음악회들이 열렸고, '링컨스 인 필드 극장'(Lincoln's Inn Fields Theatre)에서는 헨델이 오라토리오 시즌을 이끌고 있었다. 여름 최고의 기악음악은 플레저 가든(Pleasure Garden)이라 불리던 복스홀 가든(Vauxhall Gardens), 메릴르본 가든(Marylebone Gardens) 등에서 밤마다 열렸고, 고음악 아카데미 단체는 모테트와 마드리갈, 헨델의 오라토리오를 공연하였다.

공공음악회 문화가 시작된 지 불과 50여 년 만에 영국은 각국 음악가들

18세기 영국의 복스홀 가든

18세기 영국의 라넬라 가든

당시 복스홀 가든(Vauxhall Gardens)과 라넬라 가든(Ranelagh Gardens)은 입장료를 내고 들어가 산책로를 따라 걷거나, 음식을 먹고 다양한 음악을 자유롭게 즐기는 영국의 대표적인 상업적 문화공간이었다. 이러한 성격의 정원들은 플레저 가든(Pleasure Garden)이라 통칭되었는데, 신흥 중산층들의 문화적 욕구를 충족시키기 위한 장소로 인기를 끌었다.

퀸 엘리자베스 올림픽 파크, 사우스 파크

2012년 런던 올림픽 게임 부지에 조성된 퀸 엘리자베스 올림픽 파크(Queen Elizabeth Olympic Park) 사우스 파크(South Park)는 21세기의 플레저 가든으로 계획되었다. 이 공원은 복스홀과 메릴르본, 라넬라, 크레몬으로 이어지는 런던 고유의 플레저 가든이라는 전통을 바탕으로 지어져 현재 영국 시민들의 문화적 향유 공간으로 기능하고 있다.

의 주요 활동무대가 되었으며, 이로 인해 국제적인 음악도시가 되었다. 청중들은 활성화된 음악회 문화를 통해 각국의 주요 작곡가들의 작품을 들으며 이탈리아를, 프랑스를, 그 밖의 이국적인 요소들을 즐길 수 있었다. 또한 한 작품 내에서 국제적 취향의 혼합을 맛보기도 하였다. 고도의 예술성과 민속풍의 단순함 사이에 균형을 둔 음악이 선호되었고, 이에 따라 작곡가들은 각 나라의 특징적인 음악 양식을 융합하여 이상적인 음악을 만들고자 했다. 한 작품 내에 다양한 방식으로 결합되어 있는 국가양식들을 통해 청중들은 다양한 시공간을 상상할 수 있게 되었다.

그렇다면 소리로 연상되는 풍경이라는 것은 어떤 의미를 담고 있는 것일까? 호어 2세나 켄트의 활동 시기와 비슷한 시기에 활동한 헨델의 작품을 통해 음풍경과 그 속의 의미들을 만나보자. 18세기 초반 영국에서 활동하면서 당대에 큰 명성을 누린 헨델의 작품 가운데 《왕궁의 불꽃놀이》

(Music for Royal Firework, 1749)는 영국과 프랑스 간의 엑스라샤펠(Aix la Chapelle) 조약체결을 축하하기 위해 마련된 불꽃놀이 행사용 음악이다. 이 작품의 음풍경을 통해 연상되는 상상 공간으로 들어가 보자.

불꽃이 오르기 전에 연주되는 <서곡>(Ouverture)은 팀파니의 트레몰로로 시작하는 프랑스풍의 즐겁고 화려한 곡이다. 관악기만 57인으로 구성된 대규모 편성인데, 초연 당시에는 규모를 더 늘려 100대의 관악기가 일제히 연주했다고 전해지고 있다. 즉 대규모 관악기 음향과 프랑스풍 서곡의 주요 특징인 느린 템포로 연주되는 부점리듬이 자연의 위대함과 궁정의 위엄을 표현하는데 효과적으로 사용되고 있다.

악보 7-1. 헨델의《왕궁의 불꽃놀이》서곡 시작부분

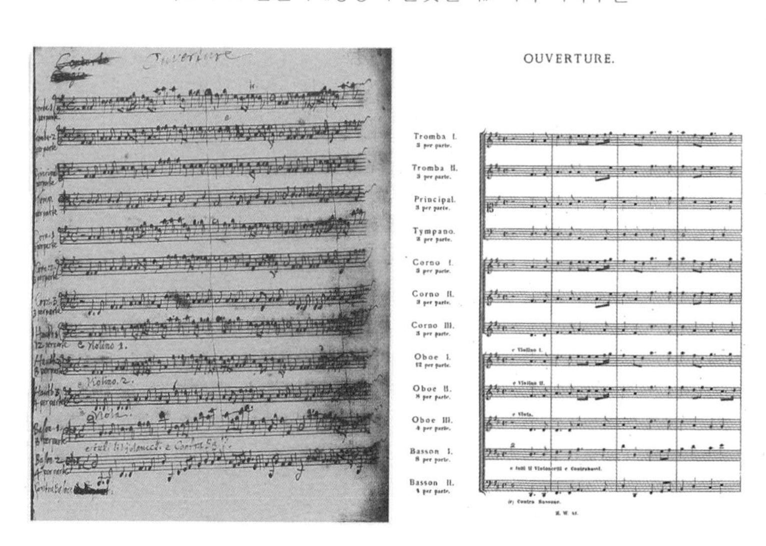

프랑스 서곡은 프랑스 오페라인 서정비극(tragédie lyrique)이 본격적으로 상연되기 전에 연주되는 기악곡으로, 느린 템포의 부점 리듬으로 시작하면서 장중함과 위엄을 드러내는 기능을 한다. 이러한 프랑스 서곡은 왕의

등장을 알리고 공연을 보러 온 청중들을 환영한다는 의미를 담고 있다. 프랑스 서곡의 연주 방식은 이후 '프랑스풍 서곡'이라는 하나의 양식으로 자리 잡게 된다. 헨델이 영국과 프랑스 간의 평화조약 체결이라는 중대한 사건을 기리는 축제 음악의 첫 곡을 프랑스풍 서곡 양식으로 작곡했다는 점은 프랑스 궁정의 위엄을 인정하고, 평화조약이 장대하게 체결되었음을 선언하는 일종의 팡파레와 같은 의미를 담고 있는 것이라 할 수 있다.

이어지는 두 번째 곡인 <부레>(Bourrée)는 프랑스의 민속춤곡으로, 앞의 프랑스풍의 서곡이 주는 귀족적인 위엄과는 대비되는 밝고 경쾌한 느낌의 곡이다. 첫 곡이 프랑스 궁정의 위엄과 권위를 드러내 주는 곡이었다면, 두 번째 곡은 궁정뿐 아니라 프랑스 지역 구석구석까지 전쟁이 끝나고 평화가 성립됨을 기뻐하고 즐거워하고 있음을 표현해 주는 역할을 하고 있다.

세 번째 곡인 <라르고 알라 시칠리아나>(Largo alla siciliana)는 아름다운 목가풍의 음악으로 오늘날은 '평화'라는 제목으로 알려져 있다. 실내악적 편성으로 전원의 평화로움을 느끼게 해 주고 있다. 시칠리아나는 17~18세기경 이탈리아 시칠리아 섬에서 생겨난 춤곡으로 대개 12/8나 6/8 박자로 되어 있으며, 보통 빠르기의 부점 리듬으로 연주되는 서정적인 선율은 아름다운 전원 풍경을 연상케 해준다. 따라서 시칠리아나풍으로 되어 있는 이 곡은 듣는 사람으로 하여금 실제로 이탈리아의 시칠리아 섬에 있지 아니하지만, 시칠리아 섬이 주는 평화로움을 음악을 들으며 상상할 수 있게 만들고 있다. 더욱이 시칠리아는 영국과 같이 섬이므로, 조약 이후 영국의 평화스런 정경이 이 곡을 통해 은유적으로 표현되고 있는 것이라 할 수 있다.

네 번째 곡인 <알레그로>(Allegro)는 앞의 '평화'와는 대조적인 밝고 경쾌한 느낌의 곡이다. 후에 '환희'라는 제목이 붙었다. 빠르고 생기 넘치는 특징을 보여주면서 장중함, 평화, 환희와 같은 감각이 템포, 조성의 변화,

악보 7-2. 헨델의《왕궁의 불꽃놀이》중 라르고 알라 시칠리아나

정교하고 세련된 화성, 악기의 적절한 사용 등을 통해 표현되고 있다.

마지막 곡인 <미뉴에트>(Menuets I and II)는 영국의 작곡가 퍼셀을 연상시키는 작풍이다. 우아하면서도 위엄 있고 장중한 분위기로 차분하고 절도 있게 곡을 끝맺는 역할을 하고 있다.

이처럼 《왕궁의 불꽃놀이》에는 다양한 음악 양식, 즉 각 나라의 주요 양식이 공존해 있다. 이것은 우리로 하여금 그 공간에 직접 가 있는 느낌을 강화시켜 준다. 정원에서는 도상학적인 풍경 조성을 통해 실제 그 곳에 가 있는 느낌을 시각적으로 느끼게 해 주었다면, 헨델의 음악에서는 소리를 통해 다른 세계의 공간을 간접적으로 맛보게 해 주었다. 영국과 프랑스간의 평화로운 조약 체결이라는 역사적인 사건은 헨델의 음악을 통해서 그 의미가 다시 '들려지고' 있었던 것이다.

또 다른 예로 오페라 《줄리어스 시저》(Julius Caesar, 1724)에서, 헨델은 독일, 이탈리아, 영국에서 활동했던 그의 경력이 보여주듯이 여러 민족적인 요소를 특징적으로 조합하여 음악을 만들었다. 클레오파트라가 부르는 아리아 <사랑스런 눈동자여, 사랑의 화살이여>(V'adoro pupille)는 프랑스 사라방드 리듬으로 구성되어 있는데, 이를 통해 위엄을 갖춘 한 여자가 사랑의 마음을 품고 품위 있게 춤을 추는 모습이 연상된다.

아리아는 다카포 아리아 형식으로 되어 있고, 이탈리아어로 노래된다. 목소리는 독일 방식의 기악으로 반주된다. 오케스트라는 이탈리아 협주곡과 유사하게 목소리를 반주하는 독주자들과 구두점을 찍어 주는 역할을 제공하는 전체 오케스트라로 분리된다(그라우트, 2007: 500). 다양한 민족적 요소들이 숨겨진 경계로 구분되어 있는데 전체적으로는 조합되어 나타나고 있는 것이다.

관현악으로 연주되는 전주 부분에서 아리아의 주요 동기가 먼저 소개된

악보 7-3. 헨델의 오페라 《줄리어스 시저》 중 아리아
<사랑스런 눈동자여, 사랑의 화살이여>

다. 이어 숨어 있던 장소에서 갑작스럽게 튀어 나온 시저는 짧은 레치타티보로 두려움을 표현한다. 클레오파트라는 아리아의 A부분과 B부분을 노래하고 멈춘다. 시저의 레치타티보가 잠시 등장하다가 다시 아리아의 A부분으로 연결된다. 아리아와 레치타티보가 교대로 나오는 바로크 오페라 관습이 가지는 경직성에서 벗어나, 상황에 맞춰 아리아 중간에 레치타티보가 끼어들거나 관현악 반주가 반응을 하고 있기 때문에 더욱 자연스럽게 이야기를 들려줄 수 있게 된다. 관습에서 벗어나 작곡에 더 큰 자유를 부여한 이 노래는 민족 간의 경계를 뛰어넘어 모든 자연, 즉 각 나라의 음악 양식을 통합하고 있다. 즉 관습적이고 형식적인 방법이 아닌 훨씬 더 심오하고 자연스런 방식으로 접근한 것이다. 헨델은 바로크 오페라에서는 보기 어려웠던 이러한 방식으로 인물의 뚜렷한 개성을 표현해냈다.

이처럼 음악에도 역시 자연스러움과 즐거움을 주는 요소, 과거의 공간을 기억하고, 보지 못한 시대와 장소의 공간을 연상하게 하는 요소가 있다. 인간의 미적 욕구를 충족시키는 데에 음악과 정원 모두 중요한 미학적 역할을 하고 있었다. 18세기 철학자들이 그토록 동경했던 자연은 '보는' 것만이 아니라 '듣는' 행위를 통해서도 그 감각이 전해지고 느껴지는 것이었다. 청각적 문화현상인 음악과 시각적 환경예술인 정원이 같은 목표를 가진 예술로서 인간의 삶에 중요한 문화적 요소로 상호 연관성을 가지며 영향을 미치고 있었던 것이다. 즉 '만들어진 풍경'인 조경을 통해 풍경화 속의 가상적 이상세계를 실현해 왔다면, 이와 비슷하게 '만들어진 음악'을 통해 이상적인 시각적 경관을 음의 풍경으로 표현함으로써 가상적인 공간을 청각적으로도 즐겨 왔던 것이다. 공간을 거닐며 이야기를 펼쳐내고 음악을 들으며 공간을 상상한다. 시각과 청각과 촉각은 서로에게 상승작용을 하며 상상력의 즐거움을 증대시킨다.

18세기 초반은 음악사의 시기구분 명칭으로는 바로크에 해당하는 시기이다. 이 시기의 주요 작곡가로 J. S. 바흐(Johann Sebastian Bach, 1685-1750)와 헨델(Georg Friedrich Händel, 1685-1759), 비발디(Antonio Vivaldi, 1678-1741), 라모(Jean Philippe Rameau, 1683-1764) 등을 들 수 있다. 이들은 바로크 후기를 대표하는 대가들이다. 그런데 이 시기의 음악을 후기 바로크 양식으로만 설명할 것이 아니라, 풍경식 정원론에서 사용하는 개념을 음악에 적용하여 '도상학적 음악'이라 정의할 수도 있을 것이다. 이렇게 정의하고 나면 음악을 바라보는 다양한 시선이 마련되고, 즐길 수 있는 여러 방법이 모색된다. 시공을 초월해 과거와 현재가 교차하는 공간으로서 음악을 느낀다면 음악은 우리에게 더 큰 상상력의 즐거움을 선사해 줄 것이다.

소설 『냉정과 열정 사이』에서 결국 쥰세이와 아오이는 서로에 대한 오해와 자존심을 뒤로하고 다시 사랑의 감정을 확인하게 된다. 영화 《냉정과 열정 사이》에서는 이 순간에 대학시절 함께 듣던 첼로 선율이 나오는데, 이 음악을 통해 과거와 현재가 연결된다. 과거의 사랑과 현재의 사랑이 다르지 않음이 음악을 통해 증명된다. 쥰세이의 직업은 미술품 복원사이다. 피렌체에서 쥰세이는 과거의 미술품을 원형 그대로 복원시키는 일을 하고 있었다. 소설 속 쥰세이의 독백 중에 '잃어버린 시간을 돌이키는, 세계에서 유일한 직업'이라는 표현이 나온다. 쥰세이는 과거를 미래로 이어주는 일을 하고 있었던 것이다. 그런데 그 잃어버린 시간은 쥰세이의 미술품 복원사로서의 일뿐 아니라 영화 속 음악을 통해서도 되찾아지고 있었다.

영화 속에서 등장하는 첼로 선율은 시공을 꿰뚫어 이들의 과거의 사랑이 현재의 사랑과 다르지 않음을, 심지어 처음에는 서툴렀지만 무르익어 갈 것임을 암시하고 있다. 즉 대학 시절 쥰세이와 아오이가 사랑을 막 시작할 무렵, 이들은 한 첼로 전공생이 어떤 선율을 서툴게 연습하는 것을 듣

영화 《냉정과 열정 사이》 후반부에 나오는 피렌체의 공원음악회 장면

게 된다. 그런데 시간이 흘러 그 선율이 피렌체의 한 공원에서 다시 연주된다. 그 시절 멜로디를 연습하던 첼로 전공생은 이제 당당히 프로 연주자가 되어 공원음악회에 출연하고 있다. 아오이의 부탁에 의해 연주되는 것이긴 하지만 그가 속해 있는 현악4중주단에 의해 그 선율은 풍성한 하모니로 화려하게 채색된다.

이것은 마치 이후 이 둘의 사랑이 긍정적으로 이어져 나가게 될 것임을 암시하고 있는 듯하다. 첼로 독주선율이 현악4중주의 선율로, 나중에는 오케스트라의 음향으로 퍼져 나오면서 감동은 배가 된다. 사랑의 감정이 충만해져 감을 느끼게 해 준다.

음악은 역시 과거의 한 순간을 현재로 소환해 내는 능력이 탁월하다. 직접 그 공간으로 갈 수는 없지만 소리환경은 그 공간으로 가 있는 느낌을 강화시켜 준다. 음악은, 그래서 과거와 현재를 이어주는, 그리고 미래까지도 상상하게 해주는 소리공간으로써 늘 우리 곁에서 끊임없이 위로와 격려의 역할을 해 주고 있었던 것이다. 나는 오늘도 어릴 적 아담한 양옥집의 내 방과 정원을 떠 올린다. 그리고 그때 느꼈던 온도와 바람의 감촉, 햇빛의 각도, 창문 밖 나무들의 흔들거림, 그리고 그때 들었던 슬레이트 지붕에 바람이 맞닿는 소리, 나뭇잎들의 바스락거림을 기억한다.

8. 노래하는 알레그로

18세기 중반을 지나면서, 18세기 초반의 정원에서 두드러진 고전문학을 상기시키는 도상학적 요소는 약화되었다. 즉 18세기 중반 이후에는 자연스러움을 강조하는 경향이 더욱 강하게 나타나면서, 상징성을 배제한 순수한 자연 요소로만 풍경을 조원하려는 방향으로 바뀌었다.

이러한 성향의 대표적인 전문 정원가인 브라운(Lancelot Brown, 1715-1783)은 신전이나 기념물 등의 상징적 요소로 어떤 주제를 표현하고 사건을 배치하는 것이 아니라, 보다 추상적인 방식으로, 즉 자연자체의 요소로 아름다운 풍경을 조원하고자 했다. 그는 고전 문학을 연상시키는 요소와 실제 자연에서 불필요한 요소를 제거하기 위해 조경 매체 자체를 탐구했으며 숲, 수로, 잔디가 자연경치 그대로 틀에 얽매이지 않고 펼쳐지도록 대규모 토목공사를 벌였다. 따라서 그가 조원한 정원에는 부드러운 기복이 있는 잔디밭, 거울처럼 잔잔한 호수의 수면, 추상적 구성을 추구하는 둥근 나무 숲, 구불구불한 길, 빛과 그늘의 대조 등이 빠지지 않고 등장했고, 이러한 요소들은 브라운의 정원을 정의하는 주요 요소들이 되었다. 즉 18세기 중반에 이르면, 귀족적 취향의 영향에서 벗어나 중산층도 쉽게 이해하고

브라운의 정원, '블레넘'(Blenheim)

즐길 수 있는 방식으로, 즉 고전문학에 대한 지식이나 그랜드 투어의 경험이 없이도 이해될 수 있는 방식으로 정원 조영 방식이 바뀌어 갔다.

고전주의적인 과거를 연상시키는 것이 아니라, 그 자체를 즐기는 이러한 정원들을 '자연주의적' 혹은 '표현적' 정원이라 부른다. 그런데 정원 조영에서만이 아니라 이 당시 음악에서도 자연스러움을 강조하는 새로운 움직임이 나타나고 있었다. 자연자체의 요소로 분위기를 표현하고 관람자의 감정을 자극하는 브라운의 조경 방식은 당시 기악음악을 창작하는 작곡가의 작업태도와 비슷하다고 볼 수 있다.

루소(Jean Jacques Rousseau, 1712-1778)는 『언어기원론』에서 다음과 같이 이야기하고 있다.

> 소리의 미는 자연스럽다.… 전체적인 효과는 즐거움이다.… 선율은 목소리의 억양을 모방함으로써 연민, 슬픔과 기쁨의 울부짖음, 위협과 신음소리를 표현한다.… 선율은 말 자체의 활력을 100배로 만든다. 이것은 음악에 표현력을 주고, 노래에 감각적 열정을 넘어설 수 있는 힘을 준다.… 선율의 소리는 우리에게 단지 소리로써가 아니라, 정서와 감정의 기호로써 영향을 미친다. 이렇듯

소리는 우리에게 그것이 표현한 감정을 불러일으킨다(루소/이봉일 역, 2001: 110-115).

루소는 선율을 통해 공감에 더욱 이르게 된다고 역설하고 있다. 이러한 루소의 주장처럼, 당시 음악은 하나의 선율선이 강조되는 호모포니 양식의 우위로 전환되어 쉽게 이해하고 즐길 수 있는 방식으로 고안되었다. 18세기 전반기까지는 주로 다수의 선율선을 강조하는 화려하고 장대한 폴리포니 방식이 우세하였다면, 18세기 중반 이후에는 자연스러움을 강조하여 이해하기 쉽고, 즉각적인 즐거움을 얻을 수 있는 음악이 선호되었다. 이에 따라 작곡가들은 국가, 계층 간의 경계를 넘어 모든 자연을 음악으로 표현하고자, 짧은 악구가 반주로 지지되는 성악적 선율로 고안된 음악들을 선보였다. 따라서 이 시대 음악은 각양각색의 사람들에게 호소력을 갖고 즉각

악보 8-1. 퍼셀의 <현을 위한 판타지아>(4성 푸가), 마디 1-10

적으로 이해되는, 무엇보다도 연주자와 청중을 즐겁게 할 수 있는 음악으로 설계되기에 이른다.

예를 들어 17세기 영국의 바로크를 대표하는 작곡가 헨리 퍼셀(Henry Purcell, 1659-1695)의 <현을 위한 판타지아>를 살펴보면, 이 작품은 복잡하고 고도로 양식화된 엄격한 대위이론을 바탕으로 작곡되었음을 알 수 있다. 반면에, 18세기의 작곡가 갈루피(Baldassare Galuppi, 1706-1785)의 <건반악기 소나타 C장조>를 한 예로 들어 보면, 단순하고 자연스러운 스타일, 즉 하나의 선율선과 이를 뒷받침해 주는 알베르티베이스(alberti bass) 반주로 이루어져 쉽고 자연스럽게 감정을 표현하고 있음을 살펴볼 수 있다.

악보 8-2. 갈루피의 <건반악기 소나타 C장조> 1악장, 마디 1-4

노래하는 듯한 선율 중심의 음악이 주요 방식으로 자리 잡으면서 양식의 변화가 일어나게 된 것인데, 이러한 음악 양식의 변화를 시각적으로 보여준 것이 바로 브라운의 자연주의적 정원이라고 할 수 있다. 브라운이 조원했던 자연주의적 정원은 자연자체의 요소로만 풍경을 만들고자 했던 경

향으로 요약할 수 있다. 여기서 '자연스러움'이 '하나의 선율이 중심이 되는 음악'에 대입될 수 있다는 것을 당시 루소와 디드로(Denis Diderot, 1713-1784)를 비롯한 계몽주의 사상가의 저작들을 통해 살펴볼 수 있다. 특히 루소는 말과 노래가 일치했던 태고적의 자유롭고 평등했던 시절을 강조하며 '자연으로 돌아가라'고 주장한 인물이다. 그는 타락한 문명 이전의 자연상태로 상징되는 이상적인 세계에서 인간은 선했으며 자기감정에 충실했고, 말과 노래가 일치함으로 서로의 마음을 자연스레 공감할 수 있었다고 보았다.

루소는 부퐁논쟁의 중심에 서 있던 인물이다. 그는 1753년 "프랑스 음악에 부치는 글"을 통해 이탈리아 음악의 우수성을 역설하면서 프랑스 음악에 대한 비난을 퍼부었다. 즉 그는 이탈리아의 '선율이 위주가 되는 음악'을 옹호하며 자국의 인위적인 아리아를 비판하였다. 심지어 그는 프랑스 음악에는 어떠한 박자나 선율도 없고, 지나친 비명소리가 계속된다고 써내려갔다. 화성은 세련되지 못하고 표현은 결핍되어 있다고 보았으며, 결국 프랑스 아리아는 아리아가 아니며 프랑스 레치타티보는 레치타티보가 아니라고 했다. 그는 "나는 프랑스인들은 어떠한 음악도 가지고 있지 않고 가질 수도 없으며, 더욱 나빠질 것이라는 결론을 내렸다"로 글을 강하게 끝맺었다.

그의 글은 프랑스 오페라와 이탈리아 오페라에 대한 비평적 해석이기도 하지만, 그 보다는 왕이 절대 권력을 휘두르고 권력자들을 위한 제도와 관습이 만들어지던 당시 프랑스 사회에 대한 은유적 반박문이었다고 할 수 있다. 따라서 우리는 그가 프랑스 오페라를 비판함을 통해 당대 프랑스의 정치상황과 사회체제를 비판하고 있다는 사실을 알아야 한다. 애초에 자연은, 즉 말이 곧 노래였던 시대는 자유롭고 평등한 세계였다. 프랑스 음악에 대한 비판은 곧 말이 노래와 일치하지 않았던 이 시대 프랑스의 절대주의 권력에 대한 비판이었다. 반면에 계급화된 사회에 의해 타락하기 전 인류의 모습은 이탈리아 음악의 우수성을 통해 역설하고 있다.

루소와 디드로가 이탈리아 음악의 우수성을 주장하면서 그 안에 정치적이며 철학적인 메시지를 어떻게 담아내는지 다음의 가상 시나리오를 통해 좀 더 구체적으로 살펴보자.

프랑스 혁명 이전의 혁명, 부퐁논쟁

1789년 프랑스 혁명을 예견한 한 사건이 있었으니, 그것은 바로 1750년대 프랑스에서 일어난 부퐁논쟁이다. 부퐁논쟁의 중심에 있던 루소와 그의 논쟁 속 등장하는 작품의 작곡가 페르골레시, 그리고 부퐁논쟁의 사건을 다룬 소설가 디드로를 만나본다.

사회자 안녕하십니까? '책책'(Check 책) 시간입니다. 오늘은 이탈리아 오페라를 지지하는 루소님과 디드로님, 그리고 논쟁에 불을 붙인 작품의 작곡가 페르골레시님을 모시고 이 논쟁의 진면에 대해 토론해 보도록 하겠습니다. 루소님은 "프랑스 음악에 부치는 글"을 발표하신 후로 화제의 인물이 되셨고, 디드로님은 백과전서파를 이끄시면서 최근 『라모의 조카』를 집필하고 계십니다. 페르골레시 선생님의 문제의 막간극 《마님이 된 하녀》는 최근 엄청난 인기몰이로 유럽 순회공연이 한창입니다. 자, 먼저 인사 한 말씀씩 부탁드립니다.

루소 안녕하십니까? 이렇게 자리를 마련해 주셔서 감사드립니다. "프랑스 음악에 부치는 글"에 담긴 의미를 페르골레시 님과 함께 토론할 수 있게 되어 무척 영광입니다.

디드로 안녕하십니까? 저는 백과전서의 책임편집자이자 『라모의 조카』를 쓰고 있는 디드로입니다. 『라모의 조카』는 백과전서 때문에 많은 사건을 겪고 힘든 시기를 보내면서도, 어렵게 펜을 들어 쓰고 있는 작품입니다. 소설이라는 형식을 빌었지만 많은 의미를 담으려고 하였습니다.

페르골레시 AI 안녕하십니까? 저의《마님이 된 하녀》라는 작품이 파리에서 이렇게나 큰 파란을 일으키게 될 줄은 미처 생각지 못했습니다. 1733년에 나폴리에서 초연한 이후 20여 년이 지나고 나서 이런 뜨거운 관심을 받게 되다니요. 20년 만에 세상이 참으로 많이도 바뀌었습니다. 아무튼 제 작품에 담긴 여러 의미를 루소님과 디드로님이 이렇게나 정치적으로, 사상적으로, 또 음악적으로 해석을 해주셔서 정말 영광입니다.

사회자 자 그럼 이제 책과 작품에 대해 본격적으로 이야기해 보도록 하겠습니다. 오늘 '책책' 시간에 집중적으로 살펴볼 작품은 루소님의 "프랑스 음악에 부치는 글"과 디드로님의 『라모의 조카』 그리고 페르골레시님의 오페라 《마님이 된 하녀》입니다. 루소님과 디드로님의 저작에는 페르골레시님의 《마님이 된 하녀》로 인해 발화된 '부퐁논쟁'이라는 사건이 중요하게 언급되어 있습니다. 자, 먼저 디드로님께서 『라모의 조카』에 대한 소개부터 좀 해주시죠.

디드로 이 작품은 철학자인 '나'와 장 필립 라모의 조카로서 장 프랑수아 라모라는 이름을 가진 음악가 '그'가 카페에서 만나 주고받는 대화로 이루어져 있습니다. 오후 늦게 우연히 카페에서 만난 이 두 사람은 2시간 반 정도에 걸쳐 당시의 여러 이슈들 그리고 거기에 따른 반응들을 대화로 나누게 되는데요. 이 작품은 소설이라는 장르이지만, 저는 소설로서보다는 풍자의 성격에 더 주안점을 두고 쓰고 있습니다.

사회자 그래서 '두번째 풍자문'이라는 부제를 다셨군요. 첫 번째 풍자문은 어떤 작품이었죠?

디드로 첫 번째 풍자문은 친구 내종(Naigeon)에게 바치는 서한체의 산문 『성격에 관하여, 그리고 성격, 직업 등의 말에 관하여』 입니다.

사회자 아 네 그렇군요. 『라모의 조카』에 대한 이야기를 계속 해 보죠. 라모의 조카를 소설의 주인공으로 삼으시게 된 이유는 무엇인가요? 소설 속 라모의 조카는 어떤 사람이죠?

디드로 저는 라모의 조카를 통해 예의바름, 고상함, 우아함과 같은 고전적 의미의 아름다움 대신, 생명 자체의 강렬함에 대해 말하고 싶었습니다. 자연은 예의범절이나 계급에는 관심이 없으니까요. 생명력만이 중요하죠. 그런데 생명력이라는 것은 성격에 대한 강렬한 묘사 속에 존재하는 것이 아니겠습니까? 그래서 저는 라모의 조카의 자유분방한 음악가로서의 기이한 성격을 있는 그대로 그려내려고 애썼습니다. 그게 바로 자연 속 인간 본연의 모습이라 생각했으니까요.

사회자 그렇다면 왜 주인공의 예의바르지 못한 언어적 표현들이나 매너들이 자연스러움의 표출이라고 보시는 건가요? 그의 성격을 통해 말씀하고 싶으신 것이 있으신 거군요?

루소 (껴들며) 소설 속에서 '그'는 괴상하고 변덕스럽고 우스꽝스럽고 때로는 천재적인 면모를 보입니다. 삼촌인 유명한 장 필립 라모와는 거의 반대되는 성품이라 할 수 있죠. 조카 라모의 행태는 마치 백과전서의 적들에 대한 원망을 표현하는 수단으로 등장하고 있는 것처럼 보이는데요. 아닙니까?

디드로 어느 정도 그렇다고 볼 수 있습니다. 자유분방한 생활을 하는 '그'의 성격묘사를 통해 인간 본연의 모습을 강력하게 표현하고자 했고, 여기에 인간 생활사의 진실이 담겨 있다는 것을 보여주고 싶었습니다. '그'는 익살스러운 재담으로 자기의 옛 보호자들에 대해 헐뜯고, 변덕스럽고 파렴치하며 괴짜이지만 이것을 감추지 않으며, 그러면서도 정열적인 예술가로서 음악에 대해서는 매우 진지하게 열중하고 있거든요. 모순처럼 보이는 인간의 다양한 면모가 가장 진실된 모습이며 가장 자연스러운 모습이 아니겠습니까? 그리고 그런 '그'가 얘기하는 사회에 대한 언급들이야말로 진짜 사회의 본 모습이 아니겠습니까? 그런 의미에서 백과전서의 적들에게 보내는 저의 소극적인 반항이라고 할 수 있겠네요.

페르골레시 AI 이 책에서 언급된 부퐁논쟁 관련 대화를 보면, 프랑스 예술가와 철학가들 사이에 널리 퍼져있던 희극 오페라에 대한 찬탄, 그러니까 희극오페라가 갖고 있는 현실성과 표현성에 대한 엄청난 예찬이 나오는데요. 희극 오페라를 바라보는 디드로님의 견해를 직접 듣고 싶습니다.

디드로 네에. '그'의 입을 빌어 막간극이나 희극오페라에서의 새로운 음악 어법들이 생생하게 설명되고 있죠. 그리고 이에 대해 찬탄하고 있습니다. 글에서 제가 '그'의 입을 빌어 이렇게 희극오페라를 옹호하고 있는 이유는, 여기에 사용된 음악어법이 인간이 느끼는 다양한 감정을 있는 그대로 표현하고 있기 때문입니다. 그 자체로 표현적인 짧은 악구들, 그리고 그 악구들을 조화시키거나 대립시킴으로써 현실 세계의 감정을 더 잘 표현하고 있죠. 저는 이러한 음악을 폴립에 비유하고 싶은데요.

사회자 폴립이요? 문어나 오징어 같이 부드럽고 정해진 형태가 없는 해양 생물을 의미하는 폴립을 말씀하시는 겁니까?

디드로 네에. 그 단어가 그 음악들의 유연성과 빨리 변화할 수 있는 특성을 가장 잘 표현해 주는 단어라 생각합니다. 결국 희극오페라가 성공할 수 있었던 이유는 이러한 유연성과 신선함, 그리고 단순함의 조화가 자아내는 완벽한 자연스러움에 있는 것 아니겠습니까? 페르골레시님의 음악에 이러한 특성이 너무나도 잘 발현되어 있어 저는 선생님의 작품을 보며 그만 너무 격하게 감동하고 말았습니다. 그래서 소설 속에서 '그'의 입을 빌어 글로 표현해 보았습니다. 《마님이 된 하녀》 속의 선율들을 말입니다.

페르골레시 AI 그렇군요. 제 오페라 《마님이 된 하녀》에 등장하는 남자 주인공 우베르토가 세르피나에 대한 자신의 사랑이 진짜 사랑일까 하는 혼란한 심경을 노래로 표현하는 대목이 나오는데요. <난 혼란에 빠져 버렸어>라는 아리아에서 옥타브 도약, 짧은 선율 단편의 반복, 빠른 전조 등으로 표현했습니다만. 이때 반주도 그 혼란한 심경을 적극적으로 묘사해 주고 있고요. 이러한 음악 양식이 인간의 다양한 감정을 그때그때 묘사하는데 매우 유연하고, 더불어 신선하다는 표현이신 거지요? 감사합니다.

루소 (책상을 치며 격하게) 그렇습니다. 저도 디드로님의 글과, 페르골레시님의 음악에서 인간 본연의 모습에 가까이 가려는 노력들을 읽어낼 수 있었습니다. 성격의 강렬함이 생생하게 읽히고 들리고 있다는 말이죠. 혼란한 마음을 빠른 템포의 짧은 악구로 세 번 반복하는 것으로 표현한 것이나, 깊이 생각해야 할 부분에서는 천천히 움직이며 조성도 갑자기 바꿔주고 있고…. 또 유니즌 반주를 통해 선율을 부각시켜 주인공의 감정 상태를 매우 명확하게 전달해 주고 있지 않습니까? 이런 점들이 바로 저희 프랑스 음악과는 다른 아주 중요한 요소들입니다.

디드로 (동조하며) 반복되는 음들과 도약하는 선율은 분노에 찬 동물적 외침에 더 가깝다고 볼 수 있지 않겠습니까? 훌쩍거림이나 쌕쌕거림까지도 음악이 잘 표현해 내고 있고요. 비극은 수사학적 스타일에 머물러 있었다고 한다면, 좀 더 낮은 장르로 여겨졌던 희극 오페라는 자연스러움과 현실성을 추구한 것이라 할 수 있죠.

페르골레시 AI 네에 그렇습니다. 바로 그 현실성이 제 음악에서 표현된 것이죠.

사회자 그렇다면 여기서 잠시 페르골레시님의 《마님이 된 하녀》의 2막에 나오는 우베르토의 레치타티보와 아리아 <난 혼란에 빠져버렸어>를 듣고 계속 말씀 나누도록 하겠습니다.

(노래가 시작되며 모두들 경청한다.)

다함께 (노래가 끝난 후) 짝짝짝짝.

사회자 함께 해 주신 우베르토 역에 베이스 이연상님과 세르피나 역에 소프라노 신이나님께 다시 한번 감사말씀 드립니다.

디드로 이 노래를 들으면서 또 한 가지 중요한 포인트가 생각났는데요. 바로 레치타티보입니다. 지금 아리아를 들으시기 전에 노래해 주신 레치타티보와 레치타티보를 반주해 주고 있는 악기가 주인공의 심경을 어찌나 자연스럽게 잘 묘사하고 있는지요. 이것이 가능한 이유는 이탈리아어가 가지고 있는 언어의 유연성 때문일 것입니다. 음악의 본질은 낭송에 있고 그 낭송은 이탈리아 오페라의 레치타티보에서 탁월하게 드러나고 있습니다. 이에 대해 레치타티보를 잘 만든다는 것이 얼마나 어렵고 중요한 지를 제 책에서 '그'의 입을 통해 얘기해 놓았습니다. 많이들 읽어보셨으면 좋겠네요.

루소 저도 제 글에서 그 자연스러움이라는 것을 음악에서는 선율이 부각되는 방식이라 생각하고, 선율을 부각시키기 위한 이탈리아 작곡가들의 노력을 극찬하고자 했습니다. 저 역시 이탈리아 선율을 탁월하게 만들어 주는 가장 중요한 요소는 바로 언어가 가지고 있는 유연성이라 생각합니다. 대담한 전조와 박자의 엄격한 정확성도 함께 작용하면서 말이죠. 이러한 요소들이 노래를 생기 있게 하고 흥미롭게 해주며, 훨씬 많은 즐거움을 주고, 모든 감정을 마음에 전해주며 모든 영상을 정신에 전해준다고 보고 있습니다.

사회자 루소님은 결국 그러한 의견을, 즉 이탈리아 희극오페라가 주고 있는 유연성과 신선함을 《마을의 점쟁이》라는 오페라를 통해 실현해 내셨군요? 프랑스어이지만 이탈리아 음악어법을 사용하여 감성을 표출해 보고자 하신 듯합니다. 오페라 공연이 끝나고 루이 왕(15세)께서 허밍으로 공연 중 나왔던 아리아 선율을 읊조리셨다지요? 기억하고 이해하기 쉬운 즐거운 선율임이 증명된 것 같습니다.

그렇게 외치셨던 '자연으로 돌아가라'는 슬로건을 루소님께서는 글만이 아니라 오페라로도 표현을 하신 거군요. 디드로님은 소설로, 아니 풍자문으로 표현을 하신 거구요.

루소 그렇게 정리해 주셔서 감사합니다. 저희들의 생각이 비평문과 소설과 오페라를 통해 이렇게 읽히고 들리고 있다니 무한한 영광으로 생각합니다. 그리고 평등한 사회를 지향하고자 하는 이 노력이 선율로 기억되어 널리 노래 불리고 있다는 것이 너무 뿌듯합니다.

디드로 다들 눈치 채셨겠지만, 결국 소설 속 철학자인 '나' 뿐 아니라 라모의 조카인 '그'도 바로 제 자신이라 할 수 있습니다. 소설 초입에 "나는 내 자신과 정치에 대해, 사랑에 대해, 취미에 대해, 혹은 철학에 대해 이야기를 나눈다"고 해두었지 않습니까? 결국 라모의 조카는 제 자신의 또 다른 모습이라 할 수 있습니다.

루소 겉모습인 '나'와 내면의 '그'가 대화하는 이 소설은 결국 '나'의 혼잣말이 되겠군요. 그리고 그 혼잣말을 통해 인간이 지닌 이성과 감성이 공유되는 과정을 보여주신 거군요. 저도 이성만으로는 인간을 위한 새로운 질서가 이루어지리라 믿고 있지 않습니다. 이 시대는 그래서 이성과 함께 감성의 시대가 되어야 하는 것이죠.

디드로 '나'는 이성적이고 합리적인 사람으로 절제와 논리를 갖춘 사람이지만 '그'는 이 성격 저 성격을 가로지르며 슬프다 기쁘고, 한숨짓다 춤추는, 생각에 잠기다 즉흥적으로 흘러가며, 한없이 꾸미다가 단순해지는 그런 성격을 가지고 있습니다. '그'의 성격은 그가 음악을 설명하는 부분을 통해 묘사해 놓았습니다. 그런데 그게 바로 자연의 본성 아니겠습니까? 그리고 그것이 바로 저의 내면의 모습이 아니겠습니까? 규율이나 예의범절에 얽매이지 않고, 영웅적 비장미를 가지고 있는 않은, 자율적 삶을 가진 존재인 '그'……. 곧 '나'이지요. 그리고 '여러분'이기도 하고요.

사회자 그러한 점들이 디드로님과 루소님을 이 시대 사상의 주류에서 벗어난 예외적인 사상가로 보는 이유가 되는 듯합니다.

시청자 의견이 지금 속속 올라오고 있네요. 0140님께서는 루소님의 아리아 한 곡이 여러 나라에서 동요로, 찬송가로 개사되어 불리고 있다고 전해 주셨습니다. 특히 한국에서는 "주먹 쥐고 손을 펴서 손뼉치고 주먹 쥐고 또다시 펴서 손뼉치고 두 손을 머리 위에 해님이 반짝 해님이 반짝 해님이 반짝 반짝 반짝"이라는 가사로 동요처럼 불리고 있다고 하네요.

루소 이렇게 재미나게 다양한 의미로 변주되어 여러 나라에서 노래되고 있다니 감개무량합니다.

디드로 정말 재밌는 현상이네요. 저도 음악에 관심이 무척 많은데, 루소님이 매우 부럽군요. 노래가 남아 시대와 공간을 초월해 불리고 있다니요. 정말 부럽습니다.

페르골레시 AI 제 곡보다도 많이 불리고 있는 거 같네요. 저도 부럽습니다.

루소 다들 과찬의 말씀이십니다. 찬송가에도 실려 있다는 것이 믿어지질 않는군요. 하하하.

사회자 최근 토론 프로그램에서 유행하고 있는 방법이라고 하는데요. 각자 오늘 토론했던 내용을 다섯 글자로 표현해 보는 것입니다. 자, 한 번씩 다섯 글자로 표현해 보고 이 시간을 마치도록 하겠습니다.

디드로 '노래는부럽' 아니 하나 더 하겠습니다. '나도쓰고파', '노래노래를'

루소 '아무나하나', '노래쓰는거', '결국노래만', '우리기억에' 하하하.

페르골레시 AI '아무나하지', '노래쓰는거', '그러나노래', '다남진않아' 흐흐 괜히 씁쓸하네요.

사회자 하하하 모두들 재치 넘치시네요. 자, 그럼 이만 마치도록 하겠습니다. 시청자 여러분 함께 해 주셔서 고맙습니다. 마지막으로 페르골레시님의 《스타바트 마테르》를 들으시면서 저희는 물러가겠습니다.

※ 사족: 페르골레시는 부퐁논쟁 이전에 이미 사망했다. 폐결핵으로 1736년 26세라는 젊은 나이에 사망했다. 페르골레시 AI는 페르골레시에 관한 정보를 즉, 작품과 그에 관한 글들을 입력하여 만들었고, 그러한 정보들로 이루어진 페르골레시가 이 토론회에 나온 것으로 설정하였다.

디드로가 『라모의 조카』를 집필한 시기는 1760년대의 역사적 사실들이 상당수 언급되어 있는 점으로 보아 1761년에 쓰이기 시작하여 오랜 기간 수정을 한 것으로 알려져 있다. 책의 출판은 디드로 사후 20여 년이 지난 1804년, 괴테에 의해 독일어 번역판으로 먼저 출간되었다.

루소는 부퐁논쟁의 중심에 서 있던 인물이다. 페르골레시의 작품이 파리에서 상연되면서 프랑스는 왕파와 왕비파로 나뉘어 프랑스의 비극오페라가 더 우월한지, 이탈리아의 희극오페라가 더 우월한지를 놓고 한바탕 논쟁이 벌어진다. 왕과 귀족들은 프랑스 오페라를, 왕비를 비롯한 루소, 디드로, 달랑베르 등의 백과전서파 지식인들은 이탈리아 오페라를 지지했다. 2년여에 걸친 이 싸움은 1754년 이탈리아 희극 오페라단이 파리에서 추방되면서 끝나게 된다. 겉으로 보면 프랑스 오페라의 승리로 보이지만, 역설적이게도 프랑스의 희극오페라인 오페라 코미크가 탄생되는 분위기가 마련된다는 점에서 진정한 승리는 이탈리아 오페라의 승리이자 개혁파인 루소의 승리였다고 할 수 있다.

음악에서 코믹 스타일이 퍼진 속도와 계몽주의 철학이 퍼진 속도가 얼마나 일치하는지는 알 수 없다. 또 철학이 음악을 포함한 것인지, 음악이 철학을 이끌었는지를 따져보는 것도 무의미할지 모른다. 그러나 분명한 것은 음악과 철학의 연관은 부정할 수 없다는 점이다. 부퐁논쟁은 계몽주의라 불리는 복잡한 사상을 퍼뜨리려는 숨은 의도를 지닌 포럼이었다. 부퐁논쟁을 통해 펼쳐진 의견들은 절대 군주제에 대한 철학적, 정치적 적대감의 숨은 표출이었던 것이다. 프랑스 혁명보다 훨씬 이전에 벌어졌던 부퐁논쟁이 단순히 서정비극이라는 장르뿐만 아니라 절대 군주제까지도 태클을 건 사건이라고 생각하니 음악에 예언자적 능력이 있었음에 틀림없다는 생각이 든다.

음악의 예언자적 능력을 언급한 김에 정원과 음악과의 관계로 돌아와 음악의 변화와 정원의 변화를 다시 연결시켜 보자. 시각적인 변화는 청각적인 변화보다 훨씬 명확하게 인식되기 때문에, 가시적으로 확인할 수 있는 정원양식의 변화가 훨씬 구체적이고 정확하여 시기적으로도 더 빠른 것처럼 보이지만, 음악에서의 변화, 즉 선율 위주의 음악 양식에 대한 선호는 정원 양식의 변화와 함께, 아니 그보다 조금 더 일찍이 실행되고 있었다. 다시 말해, 절대주의 시대의 사회질서 체제를 반영한 정형식 정원과 엄격한 대위이론을 바탕으로 한 바로크의 푸가 양식은 같은 미학적 원리로 이루어진 것이라 할 수 있다. 또한 아무런 지적 노력을 요구하지 않으며 보편적으로 공감 가능하고 대상의 객관적인 성질로 인해 명료한 감정을 그 자리에서 일으키게 하는 브라운의 자연주의적 정원과, 하나의 선율선이 중심이 되고 나머지 성부는 부수적인 역할을 하게 해서 청자로 하여금 쉽게 이해하고 즉각적으로 즐거움을 느낄 수 있게 하는 고전 소나타와 같은 작품 역시 같은 미학적 원리를 바탕으로 만들어진 것이라 할 수 있다. 정원뿐 아니라 음악도, 아니 음악이 조금 먼저 복잡하고 상징적인 표현에 대립되는, 직접적인 정서표현을 더욱 선호하는 방향으로 변화되어 나간 것이다.

18세기에 기악음악은 노래하는 법을 알게 되었다. 작곡가는 희극 오페라에서 선구적으로 나타난 새로운 양식을 흡수하여 각 악기의 레퍼토리 내에서 기존 전통과 혼합해 나갔다. 소나타, 현악4중주, 교향곡과 같은 장르와 소나타 형식, 협주곡의 1악장 형식과 같은 요소들은 더욱 견고해졌다. 이 모든 것 중에서 선율은 최고로 탁월한 위치를 차지했다. 시대정신의 음악적 표명인 것이다.

이 시기 음악의 대표적 예로 J. C. 바흐(Johann Christian Bach, 1735-1782)의 건반악기 소나타와 협주곡을 들 수 있다. J. C. 바흐는 독일 출신의 작곡가로 영국에서 활동하며 큰 명성을 누렸다. 아버지인 J. S. 바흐(Johann Sebastian Bach, 1685-1750)와는 달리, 그는 오히려 헨델의 음악경력과 비슷한 행보를 보였다. 그런데 J. C. 바흐가 활동한 시대는 헨델이 활동했던 시대와는 다른 새로운 취향이 유행한 시대였다. 그렇다면 J. C. 바흐는 어떻게 새로운 취향에 적응하여 헨델과는 다른 방식으로 영국에서 명성을 쌓아 나갈 수 있었을까? J. C. 바흐는 헨델처럼 시대와 국가의 다양한 취향과 양식을 도상학적인 요소로 표현하기보다는, 자연주의적 방식을 채택하여 표현하였다. 음악에서의 자연주의는 선율 중심의 음악으로 설명할 수 있다는 점을 앞서서 이미 설명하였다. 루소의 표현처럼 인간의 원래 언어는 노래, 즉 선율이라 볼 수 있는데 J. C. 바흐의 기악곡에는 이러한 선율, 즉 노래하는 알레그로, 유려한 안단테, 단순한 화성양식과 윤곽이 뚜렷한 선율이라는 자연주의적 요소가 가득 들어있다.

이제 기악음악은 노래처럼 자연스런 억양과 굴곡을 따르는 선율, 강세를 받건 받지 않건 간에 자연스럽게 중요성을 강조하는 효과를 유발하는

악보 8-3. J. C. 바흐의 <건반악기 소나타 Op. 17, No. 4>의 1악장, 마디 1-8

노래하는 알레그로

악보 8-4. J. C. 바흐의 <건반악기 소나타 Op. 17, No. 2>의 2악장, 마디 1-8

유려한 안단테

전타음을 가지는 선율, 당김음이나 스케일 음형의 선율, 부점 리듬의 서정적인 선율 등으로 표현된다. 이러한 요소들로 인해 청중들은 직관적으로 감지할 수 있는 자연스러운 감정이 일어나도록 자극 받는다.

악보 8-5. J. C. 바흐의 <건반악기 협주곡 E♭장조> 1악장, 마디 44-48

앞서 얘기한 것처럼, 루소는 하나의 선율이 중심이 되는 음악이 어떠한 감정도 표현할 능력이 있음을 여러 저작들을 통해 칭송하였다. 그는 부퐁 논쟁이 한창일 무렵 《마을의 점쟁이》(Le Devin du Village, 1752)라는 프랑스어로 이루어진 희극 오페라를 작곡하였는데, 여기에는 그가 그토록 찬양했던 선율이 위주가 되는 이탈리아풍의 음악이 가득하다. 예를 들면, 콜레트의 아리아 <나는 모든 기쁨을 잃었네>에는 균형 잡힌 2마디 악구, 단순한 화성, 주도적인 선율 진행과 부수적인 반주 형태가 등장하는데, 이것은 이후 18세기 후반기 음악의 전형적인 특징이 된다.

악보 8-6. 루소의 《마을의 점쟁이》 중 콜레트의 아리아 <나는 모든 기쁨을 잃었네>
선율과 단순한 화성반주, 두 마디 단위의 반복

자연스러움을 강조하여 표현적으로 등장하는, 그래서 우리에게 즐거움을 주는 브라운의 풍경식 정원 양식과 마찬가지로, 선율을 강조하여 자연스럽게 다양한 감정을 표현해내는 이 시기의 음악은 같은 미학적 기반에서 비롯된 것으로 단순하고 명료하며 직접적으로 광범위한 호소력을 지닌 음악을 더욱 선호하도록 강력히 이끌었다.

9. 픽처레스크한 음악

시각적 즐거움의 추구와 자연에 대한 애정으로 18세기 초부터 변화되기 시작한 정원의 조영 태도는 18세기 후반으로 가면 또 다른 변화가 시도된다. 브라운의 명료하고 매끄러운 정원은 기계적이고 통속적인 조작에 지나지 않는다는 비판이 나오게 되면서, '픽처레스크'(picturesque)라는 개념이 본격적으로 등장하게 되었고, 이로 인해 정원조영에 크고 작은 변화가 나타나기 시작한 것이다. 18세기 초에 나타나기 시작한 풍경식 정원도 프랑스식 정원의 문제점에 대안을 제시하는 성격을 띠며 등장했던 것과 마찬가지로 말이다. 즉 18세기 말에 이르면 브라운의 정원이 단조롭고 밋밋하고 지루하여 미적 빈곤만 남게 된다는 비판이 일게 되고, 그 대안으로 픽처레스크 개념이 등장하게 된다.

당시의 정원미학을 이해하기 위한 주요 키워드인 '자연을 보는 화가의 방식'이라는 의미를 가진 픽처레스크라는 용어는 처음에는 풍경식 정원의 회화적 장면 구성을 의미하는 용어로 사용되었다가, 18세기 말에 이르면 길핀(William Gilpin, 1724-1804)의 여행 에세이들을 통해 더욱 구체화되어

브라운풍의 매끄러운 정원

픽처레스크풍의 복잡하고 뒤얽힌 정원

나이트(Richard Payne Knight, 1750-1824)의 픽처레스크 정원에 관한 시집 『풍경』(The Landscape, 1794)에 나오는 삽화로, 나이트는 이 그림을 들고 다니면서 자신이 정원을 손보게 되면 브라운풍의 정원이 이렇게 픽처레스크풍으로 멋있게 바뀔 수 있다고 선전하고 다녔다.

조경디자인은 물론 회화, 건축 등 여러 예술분야에 걸쳐 다양한 의미로 사용되기에 이른다. 오늘날의 관점에서 보면, 이 용어는 고전주의에서 낭만주의로 전환하는 시기에 등장한 것으로 이성보다는 감성을 강조하는 사조로의 전환에 계기가 되는 주요개념이라 할 수 있다.

18세기 말 영국 대중들 사이에서는 유럽대륙의 긴박한 정치적 상황으로 유럽대륙으로의 여행이 불가능해지자, 국내 시골지역의 자연과 풍광을 즐기는 '픽처레스크 투어'가 유행하게 된다. 픽처레스크 투어는 길핀의 여행 에세이들을 통해 그 개념을 이해할 수 있다. 그의 에세이에서 픽처레스크 투어는 고전 예술에 대한 교양이나 특별한 재능을 요하지 않는, 중간 계층의 취미와 잘 맞는 주제를 가진 새로운 여행이라는 뜻으로 사용된다.

그는 아름다움과 구분되는 픽처레스크의 특징으로 풍경의 거친 요소를 강조하고 있다. 예를 들어, 1782년 에세이 『와이강의 관찰』에서 길핀은 가장 픽처레스크적인 경험으로 와이강 깊숙한 곳에 위치한 폐허가 된 고딕양식의 틴턴 사원(Tintern Abbey)을 언급한다. 틴턴 사원은 폐허로서 지붕이 없고, 건물은 군데군데 떨어져 나갔으며, 덩굴 식물로 반쯤 덮여 있다. 다음의 그림들은 길핀이 『와이강의 관찰』에 그려 넣었던 삽화와, 풍경식 정원에서 영감을 받아 활동한 화가 윌리엄 터너(William Turner, 1775-1851)의 작품이다. 이 두 그림은 당시 틴턴 사원의 픽처레스크한 면모를 잘 보여주고 있다.

길핀이 그린 틴턴 사원과 주변 풍경

윌리엄 터너의 〈틴턴 사원〉

길핀이 추구하는 자연이나 정원은 애디슨의 '상상력의 즐거움' 이론과 맥락을 같이 한다. 따라서 길핀이 추구하는 픽처레스크 정원이론도 상상력을 일으키는 다양하고 거친 성질의 요소들을 바탕으로 하고 있다. 그는 거칠음, 갑작스러움, 불규칙성을 특징으로 하는 울퉁불퉁한 길, 뒤틀린 나무뿌리, 드리워진 나무, 야생의 숲, 인공 폭포, 폐허가 된 사원 등을 픽처레스크 미를 표현하는 조경매체들로 보았다. 그는 또한 전경(前景), 중경(中景), 원경(遠景)이 혼합되어 가까운 나무와 돌 등으로부터 멀리 산까지 조망할 수 있는 구도와 함께 완전히 자연적인 정원보다는 인공의 요소가 적절하게 혼합되어 있는 공간을 픽처레스크하다고 표현하였다.

길핀의 뒤를 이어 픽처레스크 이론을 이끌었던 인물로는 프라이스(Uvedale Price, 1747-1829), 나이트(Richard Payne Knight, 1750-1824), 렙톤(Humphry Repton, 1752-1818) 등이 있다. 이 가운데 렙톤은 1788년에 5년 전 죽은 브라운의 후계자를 자청하였으나 브라운과는 달리 풍경식과 정형식의 절충양식을 선호하였다. 그는 픽처레스크적 요소를 모든 상황에 적용하는 것을 거부하였고, 여러 가지 기법에 모두 능숙하여 장소에 맞는 기법을 적용하고자 하였다. 즉 브라운적 요소와 픽처레스크 요소를 적절히 도입하였는데, 아래의 그림처럼 근경에는 인공적이고 장식적인 요소를, 중경에는 브라운적이거나 픽처레스크한 풍경을, 그 너머는 숭고한 자연의 모습을 담았다.

이처럼 길핀의 픽처레스크 미학은 프라이스, 나이트, 렙톤을 거치면서 더욱 풍부해져 18세기 말 영국의 대표적인 문화현상으로 자리 잡게 되었다. 여행을 거쳐 문학과 조경분야에 적용된 이 픽처레스크 미학은 이후 프랑스를 비롯한 전 유럽과 미국에까지 폭넓게 영향을 미치며 낭만적인 감수성을

렙톤이 그린 정원 삽화

일깨우게 된다.

이렇듯 18세기 정원가들은 '만들어진 풍경'인 조경을 통해 풍경화 속의 가상적 이상세계를 실현해 왔을 뿐 아니라, 특히 18세기 말에서 19세기 초에 이르면, 상상력의 즐거움을 일으키는 다양하고 거친 요소들의 사용으로 그림 같은 풍경을 정원에 재현해 내었다. 이와 비슷하게 작곡가들도 거칠고 다양한 요소로 상상력을 불러일으키는 그림 같은 공간을 청각적으로 즐길 수 있도록 음악을 만들어 내었다. 19세기에는 예술가곡이나 성격 소곡처럼 짧고 감정이 섬세하게 나타나는 장르가 선호되었고 교향시, 표제교향곡, 음악극처럼 문학과 회화와 음악을 결합하려는 시도가 새롭게 나타났는데, 18세기 말 정원조영에서 나타난 픽처레스크 미는 이것을 모두 예견한 것이라 할 수 있다. 또한 회화에서 영국의 풍경식 정원이 화가 윌리엄 터너에게 영감을 주고, 이후 인상주의 화가들에게까지 영향을 끼친 것처럼, 음악에서 픽처레스크 개념은 영국에서 활동한 작곡가들에게 영감을 주게 되고, 이후 19세기 독일 작곡가들에게서 나타나는 낭만주의, 표제음악, 성격 소품 등등에 밑바탕이 된다.

오늘날 낭만주의 시대 음악에 대한 문헌 대부분은 독일을 중심에 두고 서술하는 입장을 보여준다. 즉 낭만주의는 바켄로더(Wilhelm Heinrich Wackenroder, 1773-1798), 티크(Ludwig Tieck, 1773-1853), 노발리스(Novalis, 1772-1801), 슐레겔(Friedrich von Schlegel, 1772-1829) 등에 의한 독일 문학운동의 명칭으로서 시작되었으며 18세기 계몽주의의 합리성과 대립되는 주관적인 감정이나 감상성을 중시하는 경향이라고 설명되어진다. 그러나 영국의 풍경식 정원의 발달사 입장에서 보면, 낭만주의는 이미 영국에서 픽처레스크라는 개념을 통해 설명되고 있다고 볼 수 있다. 즉 픽처레스크 미는 야생의 자연을 그림 같이 아름답게 표현하려는 움직임 속에서 실제 세계와는 대조를 이루는 공상적이고 이상적인 세계를 표출하게 되는데, 이때 예술가 개인의 주관적인 감정이 중요시된다고 설명되고 있다. 음악에 있어서도, 픽처레스크 미는 낭만주의를 이해하기 위한 주요 개념이라 할 수 있다. 왜냐하면 인간의 주관적 감정을 가장 잘 표현할 수 있는 추상적 예술인 음악에서의 픽처레스크 미가 정원이나 회화에서보다 더 풍부하게 다양한 공상과 이상의 세계를 제공해 줄 수 있을 것이기 때문이다.

이러한 픽처레스크 미의 음악적 적용을 위해 길핀이 픽처레스크 이론에서 중요하게 언급했던 개념을 두 가지, 즉 상상력의 즐거움 추구와 풍경의 구도 분석으로 크게 나누고 이를 음악적 언어로 치환하여 악곡에 적용함으로써 이 시기 음악을 서술할 새로운 근거를 제시해 보고자 한다.

상상력의 즐거움 추구

18세기 초반을 대표하는 영국의 사상가이자 극작가인 애디슨이 "상상력의 즐거움에 관해서"라는 에세이에서 표현했던 것처럼, 당시 정원은 자연과 인공의 관계, 하나의 감각과 또 다른 감각과의 관계를 통해 상상력의 즐거움이 상승되는 미적 공간이었다. 애디슨은 '상상력의 즐거움'이 가지는 사회문화적 의미를 다음과 같이 서술하였다.

> 상상력의 즐거움은 오성(悟性)의 즐거움보다 건강에 좋다. 오성의 즐거움은 지혜력에 의해서도 얻어지기 때문에 심한 두뇌의 혹사를 동반한다. 그렇지만 즐거운 경관은 자연의 것이건, 그림과 시에 묘사된 것이건, 심신 양면에 쾌적한 영향을 미친다. 그리고 상상력을 밝게 하는 것이 비탄과 우울을 몰아내고, 움직이는 생명체의 정기를 즐겁게 하는 데 도움을 준다(안자이 신이치 / 김용기 · 최종희 역, 2005: 123).

애디슨이 말하고 있는 '상상력의 즐거움'이라는 것은 도덕성을 길러주고, 덕, 온화함, 바람직함으로 향하게 하는 사회적 기능을 하고 있었던 것이다. 당시 영국인들의 미적 즐거움의 향수에 대한 욕구는 계층을 막론하고 18세기 말로 가면서 더욱 활성화되기에 이른다.

풍경에 다양하고 거친 요소들이 필요한 이유는 단순하고 부드러운 요소들보다 훨씬 더 상상력을 불러일으키기 때문이었다. 당시 정원은 완전히 자연적인 정원보다는 인공의 요소가 적절하게 혼합되어 있는 공간이 선호되었다. 길핀의 여행 관찰기에서 주요한 장면을 이루는 곳에 폐허가 된 건물 등의 인공적 요소가 많이 나타나는 것이 이러한 주장을 뒷받침한다.

음악적 언어로 환원하여 설명하면 18세기 말의 음악에서 선율, 즉 작품의 흐름을 주도하는 서정적 선율은 여전히 주요하다. 그러나 화성은 이전 시기보다 훨씬 자유롭게 활용되어 진다. 예를 들어 불협화음, 예비와 해결이 없는 7화음, 9화음들의 사용이 빈번해지며, 대담한 전조, 반음계주의, 변화화음 등이 자유롭게 나타난다. 여기서 서정적 선율은 브라운식의 자연주의적 정원의 모습으로, 화성의 대담성은 풍경의 거친 요소로 각각 치환해 볼 수 있다. 또한 비대칭적인 리듬이나 다이내믹의 다양성 또한 풍경의 거친 요소로써 우리에게 주는 즐거움에 상응한다. 즉 자연과 인공이 적절히 혼합되어 상상력의 즐거움을 더해 주고 있는 것이다. 비록 사용된 요소는 다르지만, 자연을 보는 방식뿐 아니라 자연을 듣는 방식에서도 같은 미학적 원리가 작용하고 있는 것이다.

이 시기 정원 조영가와 작곡가는 이러한 미학적 변화를 누구보다도 먼저 느끼고 실행에 옮긴 사람들이었고, 이로써 이들은 '만들어지는 자연'을 창조하는 예술가로서, 전문가로서 인정되기에 이른다. 상상력을 불러일으키는 미적 즐거움의 공간인 정원과 맥을 같이 하여 당시의 음악 역시 상상력의 즐거움을 제공하는 중요한 소리공간이었던 것이다.

풍경의 구도 분석

길핀은 여행 에세이 『산과 호수의 관찰』(1786)에서 풍경을 산, 호수, 전경으로 나누어 설명하였다. 즉 전경(前景)에 땅과 나무들이 보이고, 중경(中景)에 호수가 위치하며, 여러 산들이 원경(遠景)을 이루는 다양하고 깊이 있는 구성을 추구하였는데, 이렇듯 시각적 분류를 통한 풍경의 분석 시도는 정원과 풍경화의 관계에 있어서 18세기 전반기와 비교하여 두드러진 차이라 할 수 있다. 즉 그림을 풍경으로 조원하고자 했던 18세기 전반기의 모습과는 달리 18세기 말에는 오히려 풍경을 그림처럼 분석하여 다양하고 깊이 있는 구도를 통해 시각적 즐거움을 추구하려 한 것이다.

18세기 말에는 악기가 많이 개선되고 새로운 연주기법이 개발됨에 따라 보다 다양한 음향과 음색이 등장하게 된다. 어떤 악기들은 배경으로서의 역할을 하며, 어떤 악기들은 주요 선율로서, 혹은 중간 음향의 보강 등으로 활용된다. 이를 위해 오케스트라를 위한 장르들이 개발되고 있었다. 교향곡, 협주곡, 서곡 등 오케스트라 음악은 그 규모가 확대되어 깊이 있는 구성을 보여주게 되었으며, 관악기들의 활약이 음색적인 차원에서 두드러지게 되었다. 악기의 개발, 다양한 음향, 이들의 합주, 독주와 합주의 융합 등은 풍경의 다양하고 깊이 있는 시각적 분류 체계와도 같이, 우리에게 다양하고 깊이 있는 청각적 효과를 유발한다. 기악음악뿐 아니라 오페라, 오라토리오 등과 같은 성악곡에서도 기악음악이 갖는 중요성은 더욱 커졌는데, 텍스트가 표현하고자 하는 시각적 이미지가 기악을 통해 더욱 풍부하게 표현될 수 있었기 때문이었다.

하이든의 런던 여행과 피아노 소나타

위의 두 가지 주요 개념을 하이든(Joseph Haydn, 1732-1809)의 후기작품들에 적용해 보고자 하는데, 이를 위해 하이든이 픽처레스크 미를 접하게 되는 상황을 먼저 살펴보자.

오스트리아의 백작 진젠도르프(Karl von Zinzendorf, 1739-1813)는 1768년 '스타우헤드'나 '스토우' 같은 여러 영국정원을 여행하고 나서 이를 자신의 일기에 기록해 놓았는데, 이 일기를 통해 당시 영국 풍경식 정원들의 면모들을 생생히 읽어낼 수 있다. 이후 유럽대륙인들의 영국으로의 정원 여행이 더욱 가속화되었는데, 23년 후인 1791년, 마침내 하이든이 영국 정원여행에 합류하기에 이른다. 하이든은 1790-1792년과 1794-1795년 두 차례에 걸쳐 런던을 방문하였는데, 1791년 11월, 영국의 황태자인 요크 공작의 초대를 받아 이틀 동안 오틀랜즈(Oatlands) 궁정에 머물게 되었다. 이때 하이든은 영국 정원의 아름다움 즉, 다양한 측면에서 흐르는 물줄기, 그로토(작은 동굴), 눈부시게 아름다운 전경 등에 대해 크게 감탄했음을 기록해 놓았다(H. C. Robbins Landon, 1977: 109). 하이든은 또한 1791년 여름, 5주 동안 하트퍼드셔(Hertfordshire)의 은행가 나다니엘 브라시(Nathaniel Brassey)의 록스퍼드(Roxford) 저택에도 머물렀었는데, 여기에서도 역시 영국 정원의 픽처레스크함에 크게 이끌렸던 것으로 보인다(Annette Richards, 2001: 103).

하이든이 영국에 머무는 동안, 그가 보고 감탄했던 픽처레스크풍의 정원들이 그에게 여러 영감을 주었다면, 런던의 청중들은 하이든의 음악이 들려준 픽처레스크한 면모에 사로잡혔다. 그는 당시 영국 청중들의 음악적 취향을 충분히 연구했다고 전해지는데, 이러한 영국 취향에 대한 연구는 음악 자체뿐 아니라, 픽처레스크한 정원에서 드러나 보이는 갑작스러움, 거칠음, 인공의 요소 등에 대한 인식을 통해서도 이루어진 것으로 보인다. 왜냐하면 하이든이 영국의 청중들을 위해서 작곡한 새로운 교향곡들에는 음색의 대조, 다이내믹의 다양한 변화, 돌연한 휴지, 갑작스러운 스포르찬도, 불협화음 등 음악적인 놀람, 환상, 갑작스러움 등의 요소들이 적재적소에 놓여 있을 뿐 아니라, 음악 양식의 다양성이 다채롭게 펼쳐져 있기 때문이다. 하이든이 선사한 음악은 지루하고 평이한 음악에서 벗어나 상상력의 즐거움을 주는 새로운 차원의 음악이었던 것이다. 픽처레스크한 풍경에 심취해 있는 영국 청중에게 픽처레스크한 음악으로 다가간 하이든의 노력과 지적 능력은 교향곡 작곡가로서의 그의 업적에 또다른 의미를 부여할 수 있으리라 생각한다. 그는 교향곡을 통해 음악적 지형의 다양성을 보여준 것이다.

두 번째 런던 여행 때 하이든은 그의 마지막 3개의 피아노 소나타(Hob. XVI: 50-52)를 작곡하였다. 이 작품들은 이전의 소나타와는 달리 그 규모와 영역, 음색의 측면에 있어서 큰 차이를 보이고 있다. 이전 소나타들과

악보 9-1. 하이든의 <피아노 소나타 Hob. XVI: 50>의 3악장, 마디 1-15

악보 9-2. 하이든의 <피아노 소나타 Hob. XVI: 50>의 3악장, 마디 64-74
단조로 제시되는 주제 첫머리

구별되는 중요한 특징으로, 강약 표현의 증가, 다양한 리듬과 폭넓은 음역의 사용, 조성의 갑작스런 변화, 음형의 변화, 화려한 기교 등을 들 수 있는데, 예를 들어 <피아노 소나타 Hob. XVI: 50>의 3악장 주제는 주제 후반부의 화음이 해결되지 않고 끝나면서 갑작스럽게 페르마타가 달린 쉼표로 이어진다. 이것은 마치 자연스럽게 펼쳐지는 정경에서 폐허를 만난 느낌과 비슷하다. 이후에 무슨 일이 일어날 것 같은 상상력을 고취시켜주는 청각적 효과이다.

또한 이 작품은 프레이즈가 변칙적으로 다루어지며, 이후에 나오는 주제의 첫머리 부분이 다양한 조성으로 제시되고, 쉼표의 잦은 사용으로 긴장감이 고조된다. 주제가 평온하게 나오는가 싶더니 다시 단조로 나오기도 하며(마디 64-65), 음역의 자유로운 변화를 통해 펼쳐지기도 한다(마디 66-74). 브라운식의 단조로움이 아닌 픽처레스크적인 상상력의 즐거움을 주는 음악이라고 할 수 있다. 해결되지 않은 화성과 휴지부를 연결하여 긴장과 놀람을 주고 있는 하이든의 작곡 방식은 가히 픽처레스크적이라 표현할 수 있다.

하이든의 〈천지창조〉

하이든은 1791년 웨스트민스턴 사원에서 열린 헨델 페스티벌에서 헨델의 《메시아》(Messiah, 1741)를 들은 감명을 바탕으로 《천지창조》(The Creation, 1798) 작곡에 착수한다. 《천지창조》는 영국의 시인 리들리(Thomas Lidley)가 창세기에 기초하고 시편과 밀턴의 서사시 『실낙원』을 참고하여 쓴 것을, 고트프리트 판 슈비텐 (Gottfried van Swieten, 1733-1803) 남작이 독일어로 번역한 것을 대본으로 한다. 전 3부 가운데 1부와 2부는 6일간에 걸친 하나님의 천지창조의 사건이 3명의 대천사인 가브리엘(Soprano), 우리엘(Tenor), 라파엘(Bass)을 중심으로 노래된다. 3부는 아담과 이브의 사랑과 하나님이 창조하신 만물이 찬양되고 있다.

오늘날 하이든은 기악음악, 특히 교향곡과 현악4중주의 아버지라 불릴 만큼 기악음악 작곡에 있어서 새로운 세계를 개척한 작곡가로 평가되고 있다. 즉 하이든은 교향곡, 현악4중주에 새로운 구조적 차원을 제시했을 뿐 아니라, 변주와 발전을 통해 음악적 아이디어를 활용하는 주제 발전의 기술을 선보였다. 이러한 하이든이 말년에 오라토리오 《천지창조》를 작곡하기에 이른다. 이 작품에서 하이든은 자연에 대한 깊은 애정과 신에 대한 찬미를 음악으로 표현하기 위해 가사가 있는 성악부분에만 주의를 기울인 것이 아니라, 자연을 표현하는 이상적 언어로 기악을 선택하여 오케스트라가 가진 다채로운 관현악적 색채를 십분 활용하는 진면모를 보여주었다. 또한 화성이 선율에 종속되는 고전주의 방식의 표현에서 한 걸음 더 나아가 대담한 화성과 불규칙적인 리듬, 다양한 다이내믹과 텍스처 등을 활용하여 픽처레스크 미를 발산하였다.

《천지창조》는 레치타티보, 아리아, 합창, 2중창, 3중창, 4중창이 기악반주와 함께 다양한 조합으로 노래되면서 전체 32곡을 이룬다. 이 가운데 12곡과 13곡을 집중조명해 보고자 한다. 12곡은 내레이터 역할의 천사 우리엘이 천체의 창조, 즉 태양과 달과 별들의 운행을 오케스트라의 반주와 함께 레치타티보로 노래한다. 12곡의 구성은 다음과 같다.

《천지창조》 제12곡의 구성

구분		마디	조성	빠르기	다이내믹	내용
I	전주	1-15	DM	***Andante***	*pp*→*ff*	일출
	A	15-25			*f*	
II	B	26-36	GM	***Piu Adagio***	*pp*	달의 운행
III	C	36-42	DM	***Allegro***	*f*, *p*	별
	D	42-50	CM		*f*	찬미

전주에서 제1바이올린과 플루트가 d″음에서 f♯‴음까지의 10도 음역을 차례로 상행하며 *pp*에서 *ff*까지의 크레셴도로 일출을 묘사하는데 이때 베이스는 반진행하며 이것을 더욱 강조해준다. 일출로 인해 풍경이 변화하는 모습을 오케스트라의 다양한 음색으로 표현한 것이다. 이러한 의미에서 한 걸음 더 나아가 해돋이 광경의 새로운 의미를 정원 조영과의 연관성을 통해 유추해 볼 수 있다. 즉 마디 10부터는 프랑스 서곡풍의 리듬과 관악기의 조화를 통해 자연의 위대함이 표현되고 있다. 바로크 시대 내내 프랑스 서곡은 느리고 장중한 부점 리듬으로 궁정의 위엄을 알리는 중요한 역할을 해 왔다. 하이든은 이러한 관습을 해돋이 인상에 사용하여 궁정의 위엄에

서 한걸음 더 나아가 창조된 자연의 위대함을 묘사하는데 응용하였다.

이어지는 Ⅱ부분과 Ⅲ부분은 다양한 빠르기, 다양한 다이내믹, 조성의 변화 등으로 각각 밤의 고요함과 달의 운행을 표현했으며, 이어 13곡에서

악보 9-3. 하이든의 《천지창조》 제12곡 전주부분, 마디 1-15

는 하나님의 행하신 일과 그 영광을 합창과 3중창(가브리엘, 우리엘, 라파엘)으로 찬미한다.

《천지창조》 제13곡의 구성

<table>
<tr><th>구분</th><th colspan="2">마디</th><th>조성</th><th>구성</th><th>짜임새</th><th>내용</th></tr>
<tr><td>I</td><td colspan="2">1-18</td><td>CM</td><td>합창</td><td>호모포니</td><td>저 하늘은 주의 영광 나타내고
창공은 놀라운 주의 솜씨 알리네</td></tr>
<tr><td rowspan="2">II</td><td rowspan="2">18-54</td><td>18-38</td><td>CM→
Cm</td><td>3중창</td><td>호모포니</td><td>날은 날에게 말을 전하고
밤은 밤에게 그 일 알리네</td></tr>
<tr><td>37-54</td><td>CM</td><td>합창</td><td>2성부씩
짝지어 모방</td><td>I 과 같은 가사</td></tr>
<tr><td rowspan="2">III</td><td rowspan="2">54-109</td><td>54-95</td><td>CM</td><td>3중창</td><td rowspan="2">폴리포니와
호모포니의
교대</td><td>그 말 퍼져 나가네
온 세상에 널리 울려퍼지네
울려 울려 울려 퍼지네</td></tr>
<tr><td>95-109</td><td>CM</td><td>합창</td><td>I 과 같은 가사</td></tr>
<tr><td>IV</td><td colspan="2">109-145</td><td>CM→
Am→
Dm→
CM</td><td>합창</td><td>푸가풍의
대위적 합창</td><td>I 과 같은 가사</td></tr>
<tr><td rowspan="2">V</td><td rowspan="2">145-
196</td><td>145-
166</td><td rowspan="2">CM</td><td rowspan="2">합창</td><td rowspan="2">대위적 합창,
호모포니 합창</td><td rowspan="2">I 과 같은 가사</td></tr>
<tr><td>166-
196</td></tr>
</table>

I 부분은 호모포니 텍스처의 4성부 합창이 주의 영광을 찬미하며, 이어지는 3중창에서는 낮과 밤의 가사에 맞추어 같은 으뜸음조, 즉 C장조와 C단조를 사용하여 대조적으로 표현한다. 이 곡에서는 진지함과 무게감을 주기 위해 트롬본이 사용되고 있다.

III부분의 3중창 '모르는 자가 아무도 없다'는 뜻의 'keiner Zunge fremd' 가사 중에 'keiner'는 3중창과 오케스트라가 교대로 나타나서 강조되다가 긴 휴지로 이어지는데, 이것으로 하나님의 말씀이 널리 울려 퍼져 나감이

악보 9-4. 하이든의 《천지창조》 제13곡 시작부분, 마디 1-4

오히려 더욱 강조된다. 갑작스런 휴지는 우리에게 잔잔한 풀밭을 걷다가 갑자기 폐허를 만난 느낌처럼 강렬하게 다가온다.

악보 9-5. 하이든의 《천지창조》 제13곡, 마디 87-94

'keiner' 후의 쉼표

Ⅳ부분의 합창은 앞부분의 합창과는 달리, 푸가풍의 대위적 전개를 보이는 부분으로 상행 헥사코드에 기초한 주제를 사용하고 있다. 이 4성 푸

가는 동형진행적인 기법과 스트레토, 전위 등의 기법을 사용하고 있는데, 이는 다수의 선율선을 동등하게 여기는 후기 바로크의 대표적 양식으로 복잡하고 고도로 양식화된 작곡기법이다. Ⅰ부분의 합창과 같은 가사를 사용하고 있지만 Ⅰ부분의 합창은 호모포니 스타일로 되어 있었던 반면, Ⅳ부분의 합창에서는 이전 양식인 폴리포니 기법을 사용해 절충적인 모습을 보여주고 있다. 창조된 자연의 위대함을 표현하기 위해 이전 시기의 기법을 선택하여 적절한 위치에 배치해 놓은 것인데, Ⅰ부분의 호모포니적 합창은 창조된 자연 풍경의 매력을 환기시키는 우아함과 자연스러움에 초점을 맞춘 것이었다면 후자의 대위적 합창은 창조자와 창조된 자연의 위대함, 장엄함에 초점을 맞춘 것이라 할 수 있다. 자연을 주관자의 의지대로 배치하고자 했던 바로크 시기의 정원이 갖는 정형성, 규칙성, 질서미 등은 사실 천지를 창조하신 하나님의 의지를 인간이 모방한 예술품이었던 것이다. 하이든은 이것을 다시 하나님의 창조원리에 부여하여 제자리에 가져다 놓았다고 할 수 있다.

푸가의 발전 끝에 "저 하늘은 주의 영광 나타내고, 창공은 놀라운 주의 솜씨 알리네"가 호모포니 방식의 합창으로 되풀이 되면서 곡이 끝난다. 하나님의 질서 원리로 창조된 세계는 이제 인간이 쉽게 이해하고 적응할 수 있는 방식으로 치환되어야 하는 것이다. 따라서 이 마지막 부분은 브라운식 정원과 같은 미학적 원리인, 하나의 선율선이 강조되는 호모포니 스타일의 음악으로 작곡되었다. 이러한 자연 상태여야 인간이 보편적으로 공감가능하고 즉각적으로 즐거움을 느끼게 되기 때문이다. 이 부분의 합창은 지속음, 마디 176에서 시작하는 강한 베이스의 반음계적 상행 패시지, 그 다음에 이어지는 감7화음과 증6화음 등으로 클라이맥스를 이루게 되는데, 이때 베이스음들은 처음에는 두 개의 8분음표의 약박음들로, 이후에는 삼연음부와 16분음표로, 그리고 심지어 *fz*로 더욱 강조된다. 앞의 합창 부분에서는 사용되지 않았던 재료들이다.

악보 9-6. 반음계적 상행 패시지와 감7화음, 증6화음이 사용된 예, 마디 176-187

폐허가 된 사원이나 뒤틀린 나무뿌리, 울퉁불퉁한 길과 같이 자연의 풍광을 즐길 때 나타나는 갑작스러운 거친 요소들이 시각적 미를 더욱 아름답고 진기하게 보이도록 하는데 일조하고 있는 것처럼, 이 부분에 사용된 갑작스러운 음악적 재료들도 상상력을 더욱 자극하도록 의도된 것이다. 즉 하이든은 단조롭고 밋밋하고 지루한 선율 위주의 음악에 거칠고 다양한 자연의 성질을 보여주는 반음계적 패시지, 갑작스런 스포르찬도의 사용, 감7화음과 증6화음 등의 요소들을 집어넣어 픽처레스크한 면모를 드러낸 것이다. 이 '아름다운 혼란'을 통해 자연을 보는 새로운 태도가 정립되고 상상력의 즐거움이 상승되며 낭만적 감수성이 자라나게 된다.

하이든은 분명 이 작품을 통해 텍스처의 변화, 다이내믹의 변화, 대담한 화성의 사용, 다양한 리듬, 관현악적 색채, 3중창과 합창의 융합 등의 아이디어를 풍부하게 발전시켜 픽처레스크 미를 발산하였다. 즉 하이든은 자연주의적이며 표현적인 음악에 거칠고 불규칙적이며 갑작스러운 요소들을 적절히 혼합하여 시각적으로는 미처 볼 수 없는 천지창조의 사건을 상상력 풍부하게 표현하였음은 물론 창조자와 창조물들이 가지는 의미를 청각적으로 장려하게 펼쳐보인 것이다.

정원은 인간이 자연에 적응하여 생존과 번영을 누리기 위한 문화 활동의 표현물로 종합 예술적 성격을 띠고 있기 때문에, 정원 조영의 변화를 통해 음악 양식의 변화를, 예술 전반의 변화를, 더 나아가 사회문화적 중심사고의 변화를 도출해 낼 수 있으리라 생각했다. 따라서 정원과 음악과의 연관성을 모색해봄으로써, 이 시대가 이성의 시대였던 만큼 감성의 시대이기도 했다는 나름의 결론에 이르게 되었다. 이 시대는 새로운 사운드로 공감과 상상에 이르고자 한 시대였던 것이다.

Codetta: 3장을 마무리하며

3장은 18세기를 크게 전반기, 중반기, 후반기로 나누어 정원미학의 내용을, 음악을 만들고 향유하는 방식에 접목해 본 것이다. 즉 정원과 음악이 가지는 각각의 속성에서 공통점을 찾아내고, 그 공통점을 토대로 당대 음악에 대해 색다른 차원에서의 접근을 시도해 보았다. 이를 통해 음악의 새

18세기 풍경식 정원의 변천

	18세기 전반기	18세기 중반기	18세기 후반기
정원이론가	애디슨, 포프	호가스, 웨이틀리	길핀, 프라이스, 나이트, 렙톤
정원실행가	켄트, 하워드, 호어 2세	브라운	프라이스, 나이트, 렙톤
탄생배경	그랜드 투어, 풍경화, 정치적 자유		픽처레스크 투어 기존정원비평
정원의 특성	상징적, 아카르디아적, 도상학적	자연주의적, 표현적	야생적, 불규칙적
향유계층	왕실, 귀족	상류층	중산층

로운 문화적 의미를 찾아보고자 했다. 18세기 정원가들은 '만들어진 풍경'인 조경을 통해 가상적 이상세계를 실현해 왔을 뿐 아니라, 특히 18세기 말에서 19세기 초에 이르면 상상력의 즐거움을 일으키는 다양하고 거친 요소들의 사용으로 그림 같은 풍경을 정원에 재현해 내었다. 이와 비슷하게 작곡가들도 상상력을 불러일으키는 그림 같은 공간을 청각적으로 즐길 수 있도록 음악을 만들어 내었다. 18세기 철학자들이 그토록 동경했던 자연은 '보는' 것만이 아니라 '듣는' 행위를 통해서도 그 감각이 느껴지고 전해졌던 것이다.

필자는 기억 속의 장소와 사건들, 그리고 시시각각 변하고 있는 주변의 풍경에 좀 더 주의를 기울이고, 주변의 소리에 좀 더 집중한다면 현실의 의미가 새롭게 보이고 들리게 될 것이라는 믿음을 가지고 있다. 우리 주변의 사운드스케이프에 귀를 기울이자. 소리풍경은 우리에게 많은 것을 이야기해 주고 있다. 그리고 모두들 나만의 정원을 만들어 보자. 그것은 꼭 눈에 보이지 않아도 된다. 상상 속에서 완성되어져 가는 즐거움을 만끽하면 된다. 음악을 통해 느끼게 되는 과거와 연결된 공간을 상상하자. 이것은 결국 현재가 울려 퍼지는 것으로 연결될 것이다. 기억 속에만 있는, 내 눈 앞에선 사라진 것들이 하나둘 늘어가고, 하나둘 생각날 때마다 주변의 소리에 귀를 기울이자. LP판의 먼지 긁히는 소리도 소중히 느껴진다.

04

음악적 상상력

"기적은 일어날 수 있답니다. 믿음만 가지면요.
희망은 흔들리기 쉽지만 포기해선 안돼요.
어떤 기적을 이룰지는 아무도 알 수 없지만 믿음만 가지면
기적을 이룰 수 있답니다. 이젠 이룰 수 있답니다."

- 애니메이션《이집트의 모세》 중 미리암의 노래

•

•

•

10. 모세와 미리암의 노래

중세 이후의 서양음악사는 종교음악의 역사와 그 맥을 함께 한다. 가톨릭교회 음악과 함께 16세기 종교개혁을 통해서 등장한 루터교회와 칼뱅교회의 음악은 서로간의 영향은 물론, 다양한 세속음악과도 영향을 주고받으며 변화되어 왔다. 서양의 종교음악은 시편의 내용을 바탕으로 만들어져서 예배에 직접 사용되기도 했고, 성경 이외의 종교적인 시를 사용하여 예배나 그 밖의 종교적인 모임에서 부르기도 했으며, 성서의 내용을 바탕으로 오라토리오 같은 극음악으로 만들어져서 교회는 물론, 극장에서 공연되기도 했다. 중세부터 현재에 이르는 종교음악의 장르로는, 오르가눔에서부터 시작하여 미사, 모테트, 코랄, 쌀터, 앤섬, 서비스, 오라토리오, 칸타타, 수난곡, CCM 등 그 종류도 다양하다. 또한 종교음악을 표방하지 않는 장르인 오페라와 같은 장르에서도 종교적인 내용을 소재로 작곡되는 경우가 많았다. 한 예로, 로시니(Gioacchino Rossini, 1792-1868)의 오페라 《이집트의 모세》를 들 수 있는데, 로시니는 신화나 전설을 주요 소재로 삼았던 오페라 세리아의 전통에서 벗어나 성경을 바탕으로 오페라를 작곡하기도 했다.

로시니의 오페라뿐 아니라 영화나 애니메이션 같은 장르에서 성경의 이야기를 어떻게 영상과 음악으로 풀어내는지를 모세의 이야기를 통해 살펴보려 한다. 종교음악을 표방하는 장르만이 아니라 다양한 음악장르를 통해 음악적 상상력이 빚어낸 성경의 세계를 맛보고자 하는 것이다. 먼저 모세가 40만 이스라엘 민족을 이끌고 이집트를 빠져나와 홍해 앞에 다다른 상황부터 시작하고자 한다. 성경의 기록과 작곡가의 상상력이 만나 음악작품으로 어떻게 극화되는지 살펴보자.

홍해에 맞닥뜨린 모세! 이때 과연 그는 어떤 심정이었을까? 앞에는 바다, 뒤에는 변심한 람세스의 군대가 있다. 이집트를 탈출하여 나올 때에만 해도 홍해가 앞을 가로막고 있을 줄 상상도 못했을 것이다. 가나안까지의 여정은 그저 순탄할 줄로만 알았을 것이다.

영화 《엑소더스: 신들과 왕들》에서 홍해 앞에 도달한 모세와 이스라엘 백성들

그가 비록 하나님이 행하신 기적들을 여러 차례 경험했고 그에 대한 강한 믿음도 생겼지만, 이러한 상황에선 당황할 수밖에 없었을 것이다. 백성들은 아우성치고 있다. 모세에게 모든 책임을 돌리며 그를 원망하고 있다. 성경은 이렇게 기록하고 있다.

애굽에 매장지가 없어서 당신이 우리를 이끌어 내어 이 광야에서 죽게 하느냐. 어찌하여 당신이 우리를 애굽에서 이끌어 내어 우리에게 이같이 하느냐. 우리가 애굽에서 당신에게 이른 말이 이것이 아니냐. 이르기를 우리를 내버려 두라. 우리가 애굽 사람을 섬길 것이라 하지 아니하더냐. 애굽 사람을 섬기는 것이 광야에서 죽는 것보다 낫겠노라. (출14:11-12)

이렇게 원망하는 백성들에게 모세는 다음의 성경구절과 같이 하나님의 구원의 역사를 보게 될 것이라고 위로하며 격려하고 있다. 아우성치는 백성들에게 이렇게 침착하게 대응한다는 것은 대단한 내공이 아닐 수 없다.

모세가 백성에게 이르되 너희는 두려워하지 말고 가만히 서서 여호와께서 오늘 너희를 위하여 행하시는 구원을 보라. (출14:13)

그러나 홍해 앞에 선 모세가 과연 이렇게 침착했을 수 있었을까? 어쩌면 모세는 그만 넋이 나가 백성들 못지않게 당황하고 원망하고 체념했을지도 모른다. 그 누구보다도 두려웠을 것이다. 그러다가 하나님께 부르짖었던 모양이다.

여호와께서 모세에게 이르시되 너는 어찌하여 내게 부르짖[기만 하]느냐 이스라엘 자손에게 명령하여 앞으로 나아가게 하고 (출14:15)

성경에는 "부르짖었다"라고만 적혀 있지만, 이 표현이 모세의 심경을 아주 잘 대변하고 있다고 생각된다. 간절함이라기보다는 원망과 두려움이 섞인 기도였을 것이기 때문이다. 자신을 믿고 따라온 40만의 목숨이 달려 있었다. 모세는 원망 섞인 어투로 통곡하며 부르짖었을 것이다. '이집트를 나오게 하실 때는 언제이고 이제 와서 진퇴양난의 상황을 맛보게 하십니까?' 라고 말이다.

영화 《엑소더스: 신들과 왕들》에서 홍해 앞에서 망연자실한 모세

그러나 동시에 모세는 지난 세월 동안 자신을 통해 이스라엘 백성에게 행하신 무수한 기적들을 알고 있기에, 하나님에 대한 믿음 역시 강하게 지니고 있었을 것이다. 그 기적들을 다시 행해 달라고, 지금 시간이 너무 없으니 빨리 행하시라고 절박하게 기도를 드렸을 것이다. '이런 상황에 놓이게 하신 만큼 우리를 대신해 싸워주십시오, 제발!' 이것이 모세의 부르짖음의 내용이 아니었을까?

모세의 기도, 로시니의 오페라 《이집트의 모세》

홍해 앞에 선 모세의 부르짖음은 많은 세월 동안 다양한 음악작품으로 발현되어 왔다. 로시니의 오페라 《이집트의 모세》(Mosè in Egitto, 1818/1827)에 나오는 유명한 아리아 <별이 빛나는 하늘의 옥좌에서>(Dal Tuo Stellato Soglio)가 바로 모세의 기도를 노래로 표현한 것 중의 하나이다. 이 작품에서 모세의 '부르짖음'은 모세의 기도로만 묘사되지 않고 모세에 이어 그의 형 아론도, 유대 여인 엘차도 함께 노래하도록 하고 있다. 더불어 이스라엘 백성도 다 함께 모세의 기도에 참여하고 있음이 합창을 통해 연출된다. 성경의 "부르짖었다"는 표현과는 조금 다르게, 그들이 모두 합심하여 간절한 마음으로 기도를 드린다는 설정을 바탕으로 아리아, 중창, 합창이 등장한다. 별이 총총 뜬 밤하늘을 바라보며 침착하고 경건하게 노래된다.

로시니의 오페라 《이집트의 모세》 중 '모세의 기도' 장면

이 곡은 세 번에 걸쳐 같은 멜로디에 다른 가사가 노래된다. 다음은 로시니의 오페라 《이집트의 모세》의 3막 중 홍해 앞에서 모세가 드리는 기도 <별이 빛나는 하늘의 옥좌에서>가 어떻게 진행되는지를 대본의 형태로 구성해 본 것이다.

오케스트라 전주 후에, 하프로 반주되면서 모세의 노래가 시작된다.

모세 (하늘을 바라보며 노래 부르기 시작한다. 모세 역은 베이스가 맡는다)

"별이 빛나는 하늘의 옥좌에서, 위대한 하나님 우리에게 말씀 하소서. 우리들은 두려움과 공포로 꽉 차 있습니다. 우리의 기도를 들어주소서"

백성들 (이어서 합창으로 이스라엘 민족 전체가 모세 기도의 마지막 두 구절을 함께 노래하며 간구한다) "우리들은 두려움과 공포로 꽉 차 있습니다. 우리의 기도를 들어주소서"

엘차와 아론 (엘차 역은 소프라노가, 아론 역은 테너가 맡는다) "위대하신 하나님"

백성들 (합창으로 다시 한번 노래한다) "위대하신 하나님"

아론 (이어서 아론이 기도한다. 클라리넷도 등장하여 아론이 부르는 선율을 이어간다) "주님, 우리를 사막에서 이끄셨고, 하늘의 만나로 우리를 먹이셨습니다. 당신께 울부짖습니다. 우리를 인도하소서. 우리를 안전하게 고향으로 인도하소서"

백성들 "하늘의 만나로 우리를 먹이셨습니다. 당신께 울부짖습니다. 우리를 인도하소서. 우리를 안전하게 고향으로 인도하소서"

모세, 엘차, 아론 (3중창) "위대하신 하나님"

백성들 (합창) "위대하신 하나님"

엘차 (유대여성 엘차가 이어서 기도한다) "땅과 하늘이 당신을 경배합니다. 모든 나라들이 당신 앞에 머리 숙입니다. 우리의 기도를 들어주소서. 우리가 해 받지 않도록 지켜주소서"

백성들 (합창) "땅과 하늘이 당신을 경배합니다. 우리의 기도를 들어주소서"

모세, 엘차, 아론 (3중창) "위대하신 하나님"

백성들 (합창) "위대하신 하나님"

(그리고 이어지는 마지막 합창에서는 다함께 결연하게 이 기도의 노래를 다시 한번 반복한다. 이때에는 오케스트라 반주도 더욱 강렬해지고, 합창도 더 당당하게 울린다. 하나님께서 행하실 위대한 일을 믿는다는 마음으로 노래한다.

이 부분은 진짜 '부르짖음', '울부짖음'처럼 들린다.)

백성들 (합창) "별이 빛나는 하늘의 옥좌에서, 위대한 하나님 우리에게 말씀하소서. 당신의 백성들이 두려움에 떨고 있습니다. 우리를 고향으로 인도하소서"

모세, 엘차, 아론 (마지막으로 더욱 간절하게) "위대하신 하나님, 당신 백성의 간구를 들으소서"

악보 10-1. 로시니의 오페라 《이집트의 모세》 중 <별이 빛나는 하늘의 옥좌에서> 시작 부분

앞서 살펴본 것처럼, 이 오페라에서 모세 역은 베이스가 맡는다. 모세의 낮고 절절한 목소리로 시작되는 기도는 테너와 소프라노, 합창으로 이어진

다. 성경에선 구구절절 묘사되어 있지 않은 홍해 앞에서의 모세의 기도 내용과 이때 모세의 심정이 로시니의 오페라를 통해 생생히 재현되고 있는 것이다. 즉 로시니에 의해 이 장면은 모세가 두려움에 떨고 있는 이스라엘 백성들과 함께 간절한 마음으로 하나님께 기도를 드리는 장면으로 연출된 것이다.

로시니의 이 기도 선율은 19세기 작곡가 파가니니(Niccolò Paganini,

악보 10-2. 파가니니의 <로시니의 모세 주제에 의한 변주곡> 서주부분

1782-1840)에 의해 바이올린 선율로도 재탄생된다. 변주형식으로 작곡되었는데, 모세의 기도 선율은 서주에서 등장한다. 서주부분이 연주되는 동안 모세의 기도 주제는 단조에서 장조로 전환되고, 이어 장조 조성으로 주제가 제시된다. 모세의 노래가 주었던 간절함과 장중함은 어느새 사라지고 밝고 경쾌한 선율로 변한다. 이후 3개의 변주가 생생하고 다채롭게 연주된다. 모세의 절절한 그 기도가 이미 응답받고 이제는 그 사건을 기쁨으로 화답하고 있음을 내포하고 있는 것 같다. 이 곡을 통해 모세의 기도는 그 내용 없이 선율만 주로 기억에 남게 되었는데, 가사가 없음에도 불구하고 홍해 앞에 선 모세의 '부르짖음'의 감성이 여전히 전해지고 있는 듯하다.

다시 '홍해 앞 모세'로 돌아가 보자. 모세의 이 기도는 홍해가 갈라지는 기적으로 이어지고, 모세는 이스라엘 백성들을 이끌고 홍해를 건넌다.

> 지팡이를 들고 손을 바다 위로 내밀어 그것이 갈라지게 하라 이스라엘 자손이 바다 가운데서 마른 땅으로 행하리라. (출14:16)

1950년대부터 성경 속 출애굽의 사건은 영화로 만들어지기 시작했다. 영화는 이스라엘 백성들이 광야에서 헤맬 때 구름기둥과 불기둥이 그들을 인도하는 장면이나, 홍해가 갈라져서 바다 한 가운데를 마치 육지처럼 건너는 장면, 추격해온 람세스의 군대가 홍해 한 가운데서 모두 수장되는 장면들을 상상 이상의 영상과 음향으로 재현해냈다. 애니메이션에서도 이 부분은 만화적 상상력을 기반으로 기발한 영상이 만들어졌다. 그런데 오페라에서는 이런 부분의 무대장치와 스케일이 너무 어렵고 크기 때문에 창작 자체도 잘 되지 않았지만, 작곡되었다 하더라도 공연이 자주 이뤄지지는 못하였었다. 반면 영화와 애니메이션은 한번 제작하고 나면 오랜 기간 상

홍해가 갈라지는 사건에 대한 영화 속 표현들

영화 《십계》(1956)

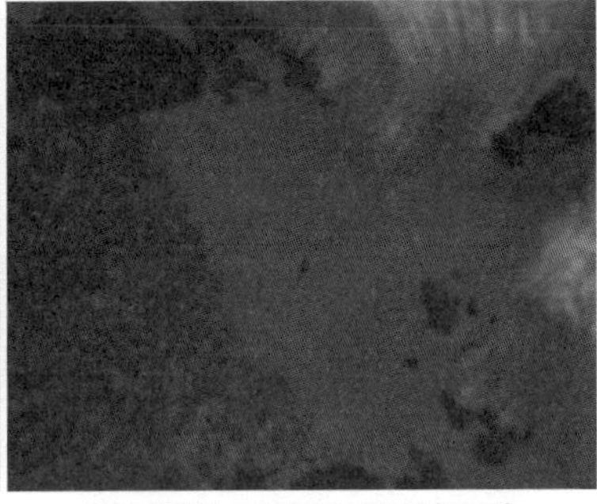

애니메이션 《이집트의 왕자》(1998)

영화 《엑소더스: 신들과 왕들》(2014)

영될 수 있기 때문에 종종 제작되고 있으며, 지금까지 영화나 애니메이션으로 제작된 출애굽의 내용은 크게 흥행해 왔다. 제작된 영화나 애니메이션들은 현재에도 간간히 TV를 통해 재방영되고 있다.

홍해가 갈라지는 사건은 영화나 애니메이션 등에서 환상적으로 묘사되고 있다. 영화 《십계》(1956)와 드림웍스의 애니메이션 《이집트의 왕자》(1998)에서는 바닷물이 좌우로 벽을 만들며 길을 내고 있는 장면으로, 영화 《엑소더스: 신들과 왕들》(2014)에서는 바람이 물을 밀어내어 땅이 드러나게 된 것으로 연출되었다. 그런데 왜 하나님은 모세와 이스라엘 민족을 가나안으로 가는 빠른 길을 놔두고 홍해로 이끌었을까? 홍해 사건을 겪게 함으로써 400년간 노예생활을 했던 이집트에서의 관습과 미련을 모두 떨어버리게 하고자 함이었을까? 아니면 뒤따라오는 람세스의 군대를 수장시킴으로 이스라엘 민족과 영원히 갈라놓게 하기 위함이었을까? 아무튼 이스라엘 민족은 홍해 사건 이후부터 광야생활에 접어들게 된다.

모세의 노래, 헨델의 오라토리오 《이집트의 이스라엘인》

홍해를 건너온 모세와 이스라엘 백성들은 하나님이 행하신 기적을 노래하기 시작한다. 홍해 사건을 다룬 출애굽기 14장에 이어, 출애굽기 15장에는 모세와 미리암의 노래가 기록되어 있는데, 이것은 성경에 기록된 최초의 노래이다. 홍해를 건너게 하고 애굽의 모든 군대를 수장시켜 버린 하나님을 찬양하는 내용으로, 1~19절은 모세의 노래이고, 20~21절은 모세의 누이 미리암의 노래이다. 출애굽기 15장에 있는 모세와 미리암의 노래는 헨델(George Frideric Handel, 1685-1759)에 의해 오라토리오로 작곡되었다.

헨델은 1739년에 출애굽의 사건을 바탕으로 《이집트의 이스라엘인》(Israel in Egypt)이라는 제목의 오라토리오를 발표했다. 초연 당시에는 3부로 구성되어 있었는데, 1부는 요셉의 죽음을 애도하는 이스라엘인을, 2부에서는 10가지 재앙을 통해 이스라엘 민족이 이집트의 노예생활에서 해방되는 과정을, 3부는 홍해의 기적을 행하신 하나님을 찬양하는 모세와 이스라엘 백성의 노래를 다루고 있다.

이 오라토리오의 초연은 1739년 4월 4일 런던의 왕립극장(King's Theatre)에서 이루어졌다. 구체적인 등장인물이 없고, 아리아나 레치타티보보다 합창의 비중이 지나치게 높았던 점이 당시 이탈리아 오페라 세리아에

헨델의 오라토리오 《이집트의 이스라엘인》 2부 '모세의 노래' 구성 및 내용

번호	구분	구절	출처
14	합창	이때에 모세와 이스라엘 자손이 이 노래로 여호와께 노래하니 일렀으되 내가 여호와를 찬송하리니 그는 높고 영화로우심이요 말과 그 탄 자를 바다에 던지셨음이로다	출15:1
15	이중창 (소프라노 2명)	여호와는 나의 힘이요 노래시며 나의 구원이시로다	출15:2
16	합창	그는 나의 하나님이시니 내가 그를 찬송할 것이요 내 아비의 하나님이시니 내가 그를 높이리로다	출15:2
17	이중창 (베이스 2명)	여호와는 용사시니 여호와는 그의 이름이시로다 (4)그가 바로의 병거와 그 군대를 바다에 던지시니 그 택한 장관이 홍해에 잠겼고	출15:3-4
18	합창	큰 물이 그들을 덮으니 그들이 돌처럼 깊음에 내렸도다	출15:5
19	합창	여호와여 주의 오른손이 권능으로 영광을 나타내시니이다 여호와여 주의 오른손이 원수를 부수시니이다 (7)주께서 주의 큰 위엄으로 주를 거스리는 자를 엎으시니이다 주께서 진노를 발하시니 그 진노가 그들을 초개 같이 사르니이다	출15:6-7
20	합창	주의 콧김에 물이 쌓이되 파도가 언덕 같이 일어서고 큰 물이 바다 가운데 엉기니이다	출15:8
21	아리아 (테너)	대적의 말이 내가 쫓아 미쳐 탈취물을 나누리라, 내가 그들로 인하여 내 마음을 채우리라, 내가 내 칼을 빼리니 내 손이 그들을 멸하리라 하였으나	출15:9
22	아리아 (소프라노)	주께서 주의 바람을 일으키시매 바다가 그들을 덮으니 그들이 흉용한 물에 납 같이 잠겼나이다	출15:10
23	합창	여호와여 신 중에 주와 같은 자 누구니이까 주와 같이 거룩함에 영광스러우며 찬송할만한 위엄이 있으며 기이한 일을 행하는 자 누구니이까 (12)주께서 오른손을 드신즉 땅이 그들을 삼켰나이다	출15:11-12
24	이중창 (알토와 테너)	주께서 그 구속하신 백성을 은혜로 인도하시되 주의 힘으로 그들을 주의 성결한 처소에 들어가게 하시나이다	출15:13
25	합창	열방이 듣고 떨며 블레셋 거민이 두려움에 잡히며 (15)에돔 방백이 놀라고 모압 영웅이 떨림에 잡히며 가나안 거민이 다 낙담하나이다 (16)놀람과 두려움이 그들에게 미치매 주의 팔이 큼을 인하여 그들이 돌 같이 고요하였사오되 여호와여 주의 백성이 통과하기까지 곧 주의 사신 백성이 통과하기까지였나이다	출15:14-16

26	아리아 (알토)	주께서 백성을 인도하사 그들을 주의 기업의 산에 심으시리이다 여호와여 이는 주의 처소를 삼으시려고 예비하신 것이라 주여 이것이 주의 손으로 세우신 성소로소이다	출15:17
27a	합창	여호와의 다스리심이 영원무궁하시도다 하였더라	출15:18
28	레치타티보 (테너)	바로의 말과 병거와 마병이 함께 바다에 들어가매 여호와께서 바닷물로 그들 위에 돌이켜 흐르게 하셨으나 이스라엘 자손은 바다 가운데서 육지로 행한지라	출15:19
27b	합창	여호와의 다스리심이 영원무궁하시도다 하였더라	출15:18
29	레치타티보 (테너)	아론의 누이 선지자 미리암이 손에 소고를 잡으매 모든 여인도 그를 따라 나오며 소고를 잡고 춤추니 (21)미리암이 그들에게 화답하여 가로되 너희는 여호와를 찬송하라 그는 높고 영화로우심이요 말과 그 탄 자를 바다에 던지셨음이로다 하였더라	출15:20-21
30	소프라노 독창과 합창	미리암이 그들에게 화답하여 가로되 <u>너희는 여호와를 찬송하라 그는 높고 영화로우심이요 말과 그 탄 자를 바다에 던지셨음이로다</u> 하였더라	출15:21

익숙해 있던 관객들에게 다소 생소하게 다가간 모양이다. 이런 점들로 인해 결국 초연에 실패하게 되고, 이후 헨델은 기존의 1부를 없애고 2부 구성으로 재조정하였다. 재조정된 2부에는 '모세의 노래'라는 제목을 따로 붙였는데, 여기서 헨델은 홍해사건을 체험한 모세와 미리암, 그리고 이스라엘 백성들의 찬양을 다채롭게 그려냈다. 오늘날에는 이 2부 구성의 오라토리오가 주로 공연된다.

2부는 출애굽기 15장의 21절까지의 구절을 그대로 사용하여 노래한다. 모세는 "여호와의 다스리심이 영원무궁하시도다"(18절)라고 하나님의 영원한 통치를 찬양하며 노래를 끝맺는다. 이어 미리암이 소고 치고 춤을 추면서 백성들과 함께 찬양의 목소리를 높여 나간다. 이 곡의 악기 편성은 트롬본 3, 트럼펫 2, 팀파니, 오보에 2, 바순, 현악기군과 바소 콘티누오, 오르간이다. 노래는 독창자 5~6명과 이중 합창단이 맡는다. 승리의 노래답게 금관악기와 팀파니로 곳곳이 강조된다.

2부는 10마디로 된 오케스트라의 전주 후에 8성부로 된 웅장한 합창으로 시작된다. "모세와 이스라엘 백성이 주 하나님께 이렇게 노래하며 말하기를"이라는 가사를 호모포니 양식으로 노래한다. 오케스트라 반주부에서는 지속적인 부점 리듬을 사용하여 기쁨과 더불어 장중함을 표현하고 있고, 금관악기와 팀파니의 사용으로 승리의 기쁨을 배가시키고 있다.

'모세의 노래'는 제목처럼 남성솔로로만 불리지 않는다. 남성솔로는 물론 여성솔로, 여성듀엣, 남성듀엣, 혼성듀엣, 그리고 합창, 이중합창으로 구

악보 10-3. 헨델의 오라토리오 《이집트의 이스라엘인》 2부 첫 합창곡 시작부분

성되어 모세 혼자만의 노래가 아니라 이스라엘 백성 모두가 참여하고 공감하고 있음으로 연출된다. 대조되는 여러 음악의 세력들, 즉 합창과 합창 사이의 음색의 대비, 독창과 합창의 대비, 오케스트라와 성악의 대비, 관악기와 현악기의 대비 등을 통해 다양한 음색의 향연을 선보이고 있는데, 이는 남녀노소 40만 이스라엘 백성의 다양성을 조화롭게 표현하고 있는 것처럼 느껴지게 한다.

영화 《엑소더스: 신들과 왕들》에서는 홍해를 어렵사리 건너가 해안가에 앉아 건너편을 망연자실하게 바라보고 있는 모세의 모습이 등장한다. 영화에서 모세는 방금 건너온 홍해를 한참을 바라보다가 여호수아에게 이렇게 말을 건넨다.

모세 (지친기색이 역력하다) 그곳에 무사히 도착한다 해도….

여호수아 가나안 사람들이 우리 정착을 막을까요?

모세 우릴 침략자로 여길 거야.

여호수아 우린 어느 부족보다 숫자가 많잖아요.

모세 나라를 세울 만큼 많지. 그래서 더 걱정이야

여호수아 왜요?

모세 사람이 많을수록 다툼도 많아지는 법이니까

여호수아 하지만 목적이 다 같잖습니까?

모세 지금은 그렇지. 자유를 얻은 후에도 과연 그럴까?

여호수아 …….

출애굽하여 홍해를 건너기까지 모세가 감당해야 했던 어려움들, 40만의 이스라엘 백성들을 가나안으로 인도해야 하는 막중한 임무에 대한 부담

감, 가나안에 도착했을 때 예상되는 문제들, 위기상황에 닥쳤을 때마다 아우성치는 백성들, 이 모든 것들이 한꺼번에 떠오르며 인간 모세는 맥이 풀려 주저앉아 있을 수밖에 없었을 것이다. 이것이 이스라엘 백성을 이끌고 사력을 다해 홍해를 건너온 모세의 진짜 모습이 아니었을까? 그리고 홍해를 건넜다는 기적의 사건보다는 앞으로 가나안까지 가는 여정과 가나안에 도착해서의 상황이 몹시 걱정이 되었을 것이다.

그러나 성경에는 모세가 홍해사건을 겪고 나서 애굽을 이기신 하나님의 승리를 찬양했다는 기록만 남아 있다. 즉 성경에는 모세가 하나님이 거룩하심, 영광, 능력에 있어서 그 누구와도 비교될 수 없으신 분임을 홍해 사건과 연관지어 노래하고 있는 모습으로 등장한다. 어찌 보면 이것은 불안한 미래에 대한 반어적 표현이었을 것이다. 무사함의 기쁨 속에서 나온 찬양이기도 했겠지만, 오히려 어려움을 극복하고 지쳐 있는 인간의 마지막 절규가 찬양으로 터져 나온 것일 수도 있다.

헨델은 이 성경구절들을 별 각색 없이 충실하게 인용하여 노래로 만들었다. 각색을 할 이유가 없었을 것이다. 이 자체만으로도 노래였기 때문이다. 헨델은 성경구절에 아름다운 선율과 웅장한 효과를 넣어 모세의 노래가 영원성을 갖도록 만들었다. 모세는 마지막에 "여호와의 다스리심이 영원무궁하시도다"로 찬양을 마무리하고 있는데, 헨델은 이를 오케스트라의 모든 악기와 이중 합창으로 장대하게 처리하여 모세의 노래 중에 클라이맥스가 되게 하였다.

악보 10-4. 헨델의 오라토리오 《이집트의 이스라엘인》 2부 중
합창 <여호와의 다스리심이 영원무궁하시도다> 시작부분

미리암의 노래

미리암은 이에 화답하며 당당한 목소리로 반주 없이 선창한다.

악보 10-5. 미리암의 노래

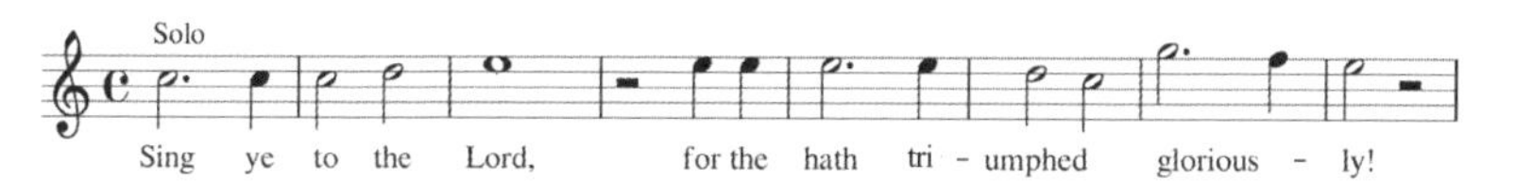

너희는 여호와를 찬송하라, 그는 높고 영화로우심이요!

이어 합창이 나오는데, 합창은 오케스트라의 막강한 지원을 받으며 하나님의 영화로우심을 화려하게 노래한다. 여기에 모든 음악적 요소들이 집대성된다. 호모포니와 폴리포니, 실라빅과 멜리스마틱, 현악과 관악, 독창

악보 10-6. 헨델의 오라토리오 《이집트의 이스라엘인》 2부 중 미리암의 노래 (솔로, 합창부분)

과 합창, 합창과 합창 등이 다채롭게 조합되며 장대하게 울려 퍼진다. 소고 치며 춤을 추고 있는 미리암과 이스라엘 백성들도 연상된다. 미리암은 단순히 모세의 누이가 아니라 모세와 함께 출애굽을 이끈 지도자 중 한 사람이다.

그런데 많은 성서학자들이 미리암의 이 노래가 모세에 노래보다 앞선 원형이라고 전하고 있다. 그렇다면 스토리를 다시 재구성해 보자.

> 모세는 홍해를 건너와 여러 가지 감정이 교차되면서 망연자실해 앉아 있다. 이때 미리암이 지쳐있던 모세와 백성을 격려하기 위해 선창을 하였고, 소고를 치며 춤도 춘다. 이에 모세가 노래를 이어 부른다. 점차 이스라엘 백성들도 함께 참여하여 하나님의 위대하심을, 승리의 기쁨을 노래한다.

이런 스토리가 아니었을까? 헨델 역시 이 미리암의 노래를 더 강조하여 표현하고 있다. 단지 마지막 곡이어서가 아니라 미리암의 노래에 어떤 힘이 있다고 생각했기 때문일 것이다. 그 힘을 헨델은 반주 없는 노래 선율로 홀로 울려 퍼지도록 작곡하였다. 미리암이 앞서 매긴 소리는 소박하지만 그의 위대하심을 찬양하라는 본질을 담고 있다. 목소리로만 울려 퍼지면서 강한 메시지와 울림을 전달하고 있다. 진정성 있는 이 선율은 환희와 감격으로 이어져 이스라엘 백성을 찬양토록 이끌었다.

그러고 보니 '모세의 노래' 시작부분과 마지막 미리암의 노래는 같은 내용이다. 미리암은 2인칭을 사용하여 이스라엘 백성들로 하여금 찬양하게 유도하고 있다. "너희는 여호와를 찬송하라 그는 높고 영화로우심이요 말과 그 탄 자를 바다에 던지셨음이로다." 이에 모세는 "내가 여호와를 찬송하리니 그는 높고 영화로우심이요 말과 그 탄 자를 바다에 던지셨음이로

다"라고 1인칭을 사용하여 노래한다. 미리암의 노래로 인하여 모세 자신도 여러 걱정거리로부터 벗어나 하나님의 권능과 승리의 사건을 찬양하게 되었고, 이를 통해 이스라엘 백성들도 이에 화답하여 춤을 추며 찬양하게 된 것이다. 미리암의 이 노래는 더 나아가 성경 속 한나의 기도로, 마리아의 기도로 이어지고, 그리고 우리에게도 이어져 계속 노래되고 있다.

그런데, 승리의 기쁨과 감사의 찬양도 잠시에 지나지 않는다. 이스라엘 백성들은 사흘 동안 마실 물을 얻지 못하게 되자 곧 하나님을 또다시 원망하기에 이른다. 출애굽기를 읽으면서 어쩌면 그렇게 이스라엘 백성들은 불평이 많고 제멋대로일까라고 생각한 적이 있었다. 앞이 보이지 않는 답답함, 그로 인한 인도하심에 대한 불신이 이스라엘 백성들로 하여금 순종하기 어렵게 만들었을 수도 있다. 그렇다 하더라도, 위기 상황에서 구원을 행하신 하나님을 수차례 경험했음에도 불구하고 이들은 매순간 의심하며 두려워하고 불평한다. 불편이 해소되는 순간에만 하나님의 기적을 찬양한다. 그러나 상황이 조금이라도 다시 불편해지면 곧 원망이 쏟아진다. 불평과 원망을 듣고도 하나님은 일하신다. 보란 듯이, 홍해를 가르고 만나를 내려주신다.

우리나라의 근대사와 비교를 해보자면, 해방의 감격에 들떴던 우리 민족도 곧 이념전쟁의 소용돌이에 휘말리게 되었고, 일제의 잔혹함에 못지 않는 같은 민족끼리의 잔혹사도 겪게 되었다. 누군가에게 책임을 전가하며 원망해야만 그 억울함이 풀릴 것 같았다. 이스라엘 민족이 모세에게 늘 책임을 물으며 불평했듯이 말이다. 책임전가를 받은 대상은 이유도 모른 채 오랜 세월 또 다른 억울함 속에서 세상을 살아내야 했다. 모세와 미리암의 기도처럼, 그들의 기도도 세상에 노래로 울려 퍼지게 되길 기원한다. 제주에서, 광주에서, 여수에서, 서울에서…. 해방 이후 우리도 70여 년이 지났지만 우리는 여전히 광야인가 아니면 가나안인가? 그리고 가나안에 가야만 행복한 것인가? 해방이 되면 모두 자유로운 세상에서 행복할 줄로만 알았다. 날선 이념전쟁과 빈부격차 등으로 세상이 또 다른 고통 속에 놓이게 될 줄은 상상하지 못했다. 이스라엘 민족이 애굽의 노예 신분으로부터 해방되어 나온 날, 그날 이후로의 삶은 자유롭고 행복할 줄로만 알았던 것과 마찬가지로 말이다. 해방의 감격은 컸지만 가나안으로 가는 여정은 쉽지 않은 길이었다. 가나안에 도착해서도 맞닥뜨려진 수많은 난제들이 있었다. 광야와 가나안, 이 둘은 동의어일지도 모른다. 인간의 삶은 어디든 광야이고 어디든 가나안일 것이다. 광야이든 가나안이든 기쁨과 행복과 감사와 찬송의 조건들은 스스로 찾아야 한다. 미리암이 진력을 다해 홍해를 건너고 나서, 홀연히 하나님의 영광과 위대하심을 찬양하며 기뻐했던 것처럼 말이다. 찬양하는 그 순간이, 바로 그곳이 진정한 가나안이지 않을까? 미리암의 찬양의 기운은 퍼져나가 전체의 기쁨으로 변한다. 미리암은 그런 선지자였다.

출애굽 직전의 상황으로 다시 돌아가 보자. 10가지 재앙을 통해 이미 이스라엘 백성들은 물론, 이집트인들도 하나님의 역사하심을 체험하고 있었다. 장자가 죽고 나서야 람세스는 드디어 고집을 꺾고 이스라엘인들을 해방시키기에 이른다. 모세의 맘도 편치만은 않았을 것이다. 이집트는 장자를 잃은 부모들의 울음바다가 되었고, 이스라엘 백성들은 하나 둘 이집트를 떠나 무리를 이루어 간다. 드림웍스의 애니메이션 《이집트의 왕자》에서는 이 순간에 미리암의 노래를 들려주고 있다. 미리암이 천천히 단조 조성의 선율로 조심스럽게 노래를 시작한다.

밤마다 기도 드렸어요

누가 들을지 확신도 없이

이루어질 희망인지 알 길도 없이

가슴 속의 희망을 품고

하지만 이젠 두렵지 않아요

수많은 두려움이 기다려도 말이죠.

태산을 움직일 수 있다는 걸 알지 못한 채

우린 오래 전부터 큰일을 하고 있었답니다.

(조성이 장조로 바뀌며 분위기가 변한다)

기적을 이룰 수 있어요 믿음만 있으면요

희망은 흔들리기 쉽지만 포기해선 안 된답니다.

어떤 기적이 일어날 지는 아무도 알 수 없지만

믿음을 가지면 기적을 이룰 수 있어요

믿음과 희망만 있으면요 (허위종지가 되면서 다시 단조로 바뀐다)

(치포라가 이어서 노래한다)

지금처럼 두려울 땐

기도해도 힘이 되지 않을 때에는

희망은 여름날 새처럼

쏜살같이 사라지기도 하죠.

하지만 이렇게 여기 서서

(이렇게 여기 서서) (미리암에 의해 피처링된다)

설명할 길 없는 벅찬 감동을 품고

(둘이 화음을 맞추어)

자신 있게 이런 말을 하게 될 줄은 꿈에도 몰랐답니다.

(날이 밝고 점점 많은 이스라엘인들이 합류한다)

기적은 일어날 수 있어요. 믿음만 가지면요

희망만 있으면 살아갈 수 있답니다.

어떤 기적을 이룰지는 아무도 알 수 없지만

믿음만 있으면 기적을 이룰 수 있답니다.

믿음과 희망만 가지면 말이죠.

(이 노래의 끝은 자연스럽게 한 아이의 히브리어 노래로 이어진다)

영광스럽게 승리하신 주님께 찬양하리라 (아쉬라 라도나이…)

영광스럽게 승리하신 주님께 찬양하리라

주님, 하늘에 있는 자 가운데 그 누가 당신과 같으리이까

그 누가 지엄하고 거룩한 당신과 같으리이까

(점점 빨라지며 밝은 노래로 바뀌고, 아이들은 뛰어 다니며 서서히 축제의 분위기, 희망의 분위기로 바뀌어 간다)

당신의 사랑으로 민족을 이끄시어 해방하셨도다.

당신의 사랑으로 민족을 이끄시어 해방하셨도다.

찬양하리라, 찬양하리라, 찬양하리라. (아쉬라 아쉬라 아쉬라)

(모두 합창한다)

기적은 일어날 수 있답니다. 믿음만 가지면요

희망은 흔들리기 쉽지만 포기해선 안돼요

어떤 기적을 이룰지는 아무도 알 수 없지만

믿음만 가지면 기적을 이룰 수 있답니다.

이젠 이룰 수 있답니다.

믿음만 있으면요

믿음만 잃지 않으면 기적을 이룰 수 있답니다.

(그리고 마침내 홍해 앞에 다다른다)

이 노래는 머라이어 캐리(Mariah Carey)와 휘트니 휴스턴(Whitney Houston)이 함께 불러 큰 화제를 모았던 곡이다. 애니메이션 속에서는 미리암이 출애굽 이전부터 노래를 통해 모세와 이스라엘 백성들에게 감성적 측면에서 큰 역할을 해 온 것으로 묘사되고 있다. 이처럼 성경 속 출애굽의 사건은 시간이 지나 오라토리오로, 오페라로, 영화로, 애니메이션으로 제작되어 그 사건이 오늘날 우리에게 여전히 반복되는 사건으로 느껴지게 하고 있다. 모세의 기도와 미리암의 노래로부터 말이다. 그리고 미리암은 단순한 조연이 아니라 출애굽의 주역이었다.

광야에서의 기도, C. P. E. 바흐의 오라토리오 《광야의 이스라엘인》

홍해 사건 이후 한 달여가 지날 무렵, 물과 양식이 없는 광야에서 고통스런 나날을 보내는 이스라엘 백성들은 모세와 아론을 다시 원망하기 시작한다. 그들은 심지어 애굽의 노예시절로 되돌아가는 것이 더 낫다고 얘기하고 있다. 풍성하게 넘치던 애굽 땅을 왜 떠나야 했는지까지 반문한다. C. P. E. 바흐(Carl Philipp Emmanuel Bach, 1714-1788)는 오라토리오 《광야의 이스라엘인》(Die Israeliten in der Wüste, 1769)에서 이스라엘 백성들과 모세와의 사이에 나타나는 이러한 갈등의 상황을 다음과 같이 음악적으로 구성하였다.

모세 (레치타티보 아콤파냐토) 하나님, 나의 조상의 하나님, 당신은 나로 무엇을 보게 하십니까? 내가 무엇을 들어야만 합니까?

이스라엘 (합창) 우리가 망하도다.

모세 (레치타티보 아콤파냐토) 너희들의 마음의 불평이 죄악이라는 것이 엿보이는 순간 내 마음에 망조가 느껴진다. 하나님이 너희를 대적하리라.

이스라엘 (합창) 우리가 죽는구나.

모세 (레치타티보 아콤파냐토) 전능자시여 용서하소서, 용서하소서! 주여 이 순간에 열어보이소서, 보배로운 자비를.

이스라엘 (합창) 어찌할꼬.

모세 (레치타티보 아콤파냐토) 진노하시는 이여, 당신은 처벌하기를 원하시나요. 당신의 법으로 주여 나를 처벌하십시오. 단지 여기에 이들은 돌봐주십시오.

이스라엘 (합창) 우리는 파멸입니다.

레치타티보 아콤파냐토(recitativo accompanato)란 레치타티보가 단순하게 하프시코드와 저음악기의 반주만을 갖는 것이 아니라 오케스트라 반주를 가질 때 사용되는 용어이다. 아리아가 아닌 레치타티보이지만 극적으로 중요한 부분일 경우 이렇게 오케스트라의 지지를 받게 된다. 《광야의 이스라엘인》의 오케스트라는 호른 2, 바순, 오보에 2, 플루트 2, 팀파니, 트롬바 3, 현악기군, 바소 콘티누오로 구성되어 있으며, 성악파트는 이스라엘 여인 2명, 아론(테너), 모세(베이스), 이스라엘 백성(합창)으로 구성된다.

모세의 레치타티보가 나오기 전에 현악기가 한숨 모티브를 연주한다. 슬픔을 표현하는 바로크와 고전시대 음악 관습 중 하나이다. 한숨 모티브가 나오면 우리는 그만 가슴이 철렁 내려앉는 것만 같다. 눈물이 뚝 떨어질 것만 같다. 이런 모티브는 요즘에도 드라마나 영화의 배경음악으로 종종 등장하여 슬픈 상황을 강조해 주는 역할을 하고 있다. 이어 모세는 탄원하듯 하나님께 고한다. "하나님, 나의 조상의 하나님, 당신은 나로 무엇을 보게 하십니까? 내가 무엇을 들어야만 합니까?"라고.

모세의 말을 절단하듯 합창은 포르테로 강하게 부르짖으며 "이제 우린 망했네"라고 노래한다. 이때 현악기도 잠시 16분음표의 짧은 음가로 빠르게 요동친다. 갑자기 다시 조용하게 모세가 레치타티보를 부른다. 모세가

악보 10-7. C. P. E. 바흐의 오라토리오 《광야의 이스라엘인》 1부 14곡
'한숨 모티브'

부르는 레치타티보의 마지막 소절에서 합창이 함께 나온다. "이제 우린 죽었네"를 노래하는데, 음정들은 하행하고, 현악기군은 g″음에서 천천히 하행하다가 어느 순간 빠르게 더 아래로 떨어지며 G음에 이른다. 죽음으로 추락하는 이미지를 음악을 통해 그려내고 있다.

악보 10-8. C. P. E. 바흐의 오라토리오 《광야의 이스라엘인》 1부 14곡 중에서

모세가 이어 "전능자시여 용서하소서, 용서하소서! 주여 이 순간에 열어 보이소서, 보배로운 자비를"을 침착하게 노래하는데, 모세의 이러한 비탄에 잠긴 심정을 대변하듯 반주부가 한숨 모티브를 연속 연주한다. 그러다가 갑자기 합창이 상승하는 선율로 강하게 우리는 어찌해야 하는지 부르짖

악보 10-9 C. P. E. 바흐의 오라토리오 《광야의 이스라엘인》 1부 14곡 중에서
반주부의 한숨모티브와 합창의 상승하는 선율

는다.

다시 조용히 모세가 노래한다. "진노하시는 이여, 당신은 처벌하기를 원하시나요. 당신의 법으로 주여 나를 처벌하십시오. 단지 여기에 이들은 돌봐주십시오"라고. 처음에 현악기군은 지속음처럼 조용히 받쳐주기만 한다. 그러다가 모세의 마음 속 절규가 아래 악보의 네모 부분처럼 오케스트라 반주로 표현된다. 이어지는 합창은 피아니시모로 기운 없이 사라지듯 마무리 된다. "우리는 파멸이다"라고 하는 백성들의 합창은 너무도 슬프고 불쌍하게 느껴진다. 합창에 이어 후주에서 현악기군은 한숨 모티브를 연달아 연주하면서 조용히 사라진다.

악보 10-10. C. P. E. 바흐의 오라토리오 《광야의 이스라엘인》 1부 14곡 중에서

이스라엘 백성들의 하는 짓을 봐서는 벌이라도 받았으면 좋겠는데, 음악을 들으면서는 그들의 고통이 전해져 오는 것처럼 그들의 목마름과 배고픔으로 인한 괴로움에 공감하게 된다. '이스라엘 백성들에 동조하면 안 되는데…'라고 생각하면서도 나도 모르게 그들과 동일시되어 그들의 괴로움에 함께 참여하게 되어 버린다. 지금까지 성경 속에서 글로만 읽었던 이스라엘 백성들의 불평과 원망들은 한심해 보이기까지 했다. 그러나 음악을 들으면서는 그들의 실제의 고통을 진정으로 느끼게 되면서 그들의 원망을

이해할 수 있게 되었다. 모세도, 그가 하나님의 선택을 받은 특별한 사람이어서가 아니라 그들과 고통을 함께 겪고 있었기 때문에 자기를 원망하는 사람들을 위해 이런 기도를 할 수 있게 된 것이 아닐까?

모세의 탄원조의 기도가 이어진다. 성경에는 모세가 이스라엘 백성의 원성을 듣고 그 심정을 대신하여 하나님께 기도드렸다는 내용은 나타나지 않지만, 음악적 상상력으로 C. P. E. 바흐는 모세의 기도를 아리아를 통해 표현해 내고 있다. 모세의 아리아 <하나님, 흙먼지를 뒤집어 쓴 당신의 백성을 보소서>는 바순과 함께 노래하는 베이스 아리아로, 이 오라토리오에서 가장 호소력이 짙은 노래 중 하나이다. 이 노래는 목마름과 배고픔으로 고통당하는 이스라엘 백성들을 위한 모세의 진심어린 기도이다.

> 하나님, 흙먼지를 뒤집어 쓴 당신의 백성들을 보소서.
>
> 오 자비하신 아버지, 알아주십시오.
>
> 나의 간곡한 탄원을 알아주십시오.
>
> 당신은 나의 소망을 속이지 아니 하십니다.
>
> 나의 간청을 버려두지 않습니다.
>
> 바위시요, 강하신 하나님
>
> 우리의 고통을 누그려 뜨려 주십시오.
>
> 주여 야곱의 후손을 살려내어 주십시오.
>
> 당신을 경외토록 하기 위하여, 높이기 위하여.
>
> 영원하신자여 우리를 은혜가운데 바라보아 주십시오.

전주에 바순이 등장한다. 바순의 첫음 G음은 절절하게 한 마디 전체에 걸쳐 울리며 우리에게 줄 감동을 예고한다. 현악기는 느린 템포의 시종일관 하강하는 부점 리듬으로 곡 전체의 분위기를 탄원조로 몰아간다. 바순의 선율에 이어 모세가 “하나님, 하나님” 이렇게 두 번 간절히 부르며 기도를 시작한다. 처음에 나온 바순과 같은 멜로디를 사용하여 이 기도를 이어간다. 바순은 이 곡 전체를 통해 모세와 이중주로 서로 주거니 받거니 하며 나온다. 마치 모세 마음 속의 깊은 묵상을 표현해내듯 내면의 소리를 들려주고 있다. 부점 리듬은 깊은 한탄을 대변해 준다. 진정어린 마음으로 기품있게 기도하는 모세의 탄원은 마지막 바순의 여운을 통해 멀리 공명된다. 말로 표현할 수 없는 모세의 간절함이 나의 간절함으로 연결된다. 성경 속의 사건들은 음악을 통해 현재진행형이 된다.

모세의 기도 이후, 기적이 일어났나 보다. 이어지는 합창곡은 요란하다. 생수가 솟아나고 고통이 사라짐을 빠르고 경쾌하게 노래하고 있다. 바이올린의 16분음표로 시종일관 오르락내리락하는 음형들이 이러한 느낌을

악보 10-11. C. P. E. 바흐의 오라토리오 《광야의 이스라엘인》 1부 15곡 모세의 아리아

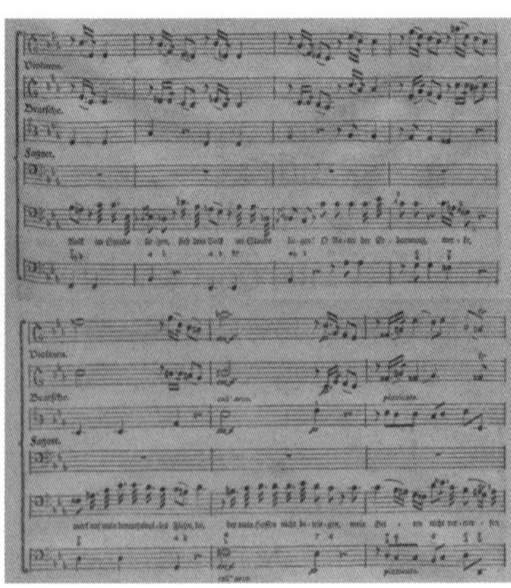

한층 강조해 주고 있다. 이렇게 1부가 끝나고 2부의 곡은 모두 하나님을 경외하고 찬양하는 내용들로 가득 차 있다.

C. P. E. 바흐는 J. S. 바흐의 아들로, 아버지와는 다른 방식으로 새로움을 이끌던 작곡가였다. 그는 북독일에서 다감양식을 주도한 작곡가로, 인간의 다양한 감정을 섬세하고 민감하게 표현해 내고자 애쓴 인물이다. 그의 《광야의 이스라엘인》은 이러한 양식으로 쓰여져 많은 사람들로 하여금 좀 더 인간에 대한 동정과 공감을 느끼도록 해 주고 있다.

이렇듯 모세의 기도는 로시니, 파가니니, 헨델, C. P. E 바흐를 통해 하나님의 심판에 대한 슬픔을 노래하는 애가로, 슬픔이 기쁨으로 변하기를 원하는 송가로 울려 퍼지고 있다.

11. 로렐라이의 노래

이제, 독일의 슬픈 전설 이야기 하나를 하려 한다. 19세기에 등장한 로렐라이 이야기다.

파괴적인 힘을 가지고 있는 매혹적인 마녀 로렐라이. 그녀는 주교에게 잡혀서 처벌을 받게 되지만, 여러 과정을 거치면서 수녀원에서 참회하며 살 수 있게 된다. 그러나 수녀원으로 가는 도중 악녀의 기질이 다시 발휘되면서 라인 강변 언덕 위의 바윗돌을 향해 도망가게 되고, 3명의 기사가 그녀를 뒤쫓는다. 산꼭대기에 오른 로렐라이는 강에 몸은 던지고, 그녀를 뒤쫓던 기사들도 따라서 강물에 뛰어 들어 모두 죽게 된다. 그 이후로 로렐라이의 마법적인 힘은 라인 강의 바윗돌에 새겨져 영원히 작동하게 된다.

이 이야기는 1800년경 독일의 낭만주의 작가 클레멘스 브렌타노(Clemens Brentano, 1778-1842)가 사이렌(Siren) 신화에 기원을 두고 만들어낸 창작전설의 내용을 요약한 것이다. 이후 많은 시인들이 이 창작전설에서 소재를 잡아 로렐라이 이야기를 시로 지어냈다. 우리에게 가장 잘 알려져 있는 작품은 하이네(Heinrich Heine, 1797-1856)의 시 <로렐라이>이다. 이 시에 질허(Friedrich Silcher, 1789-1861)가 음악을 붙이면서 더 널리 알려지게 되었고, 오늘날에도 여러 나라에서 자국어로 번역되어 즐겨 불리고 있다.

악보 11-1. 질허의 <로렐라이>

옛날부터 전해오는 쓸쓸한 이 말이
가슴 속에 그립게도 끝없이 떠오른다.
구름 걷힌 하늘아래 고요한 라인강
저녁 빛이 찬란하다 로렐라이 언덕

저편 언덕 바위 위에 어여쁜 그 색시
황금빛이 빛나는 옷 보기에도 황홀해
고운 머리 빗으면서 부르는 그 노래
마음 끄는 이상한 힘 노래에 흐른다.

질허의 이 노래처럼, 독일어 시에 피아노 반주를 붙여 노래하는 장르를 리트(Lied)라고 부르는데, 이 장르는 19세기에 들어서면 시에 내포된, 혹은 시에서는 미처 표현되지 못한 감정과 의미들이 음악으로 다양하게 재생산되면서 새로운 차원으로 나아가게 된다. 음악과 시의 이상적인 결합이라 칭해지는 19세기 독일의 리트는 언어만으로는 표현할 수 없는 삶의 무수한 형태들을 표출해 내는 기능을 발휘하고 있었다. 루소(Jean Jacques Rousseau, 1712-1778)는 시와 노래는 공동 기원을 갖는다고 이야기했다. 다시 말해 시와 노래가 일치했던 인류역사의 초창기는 자유롭고 평등했던 그야말로 자연의 시대였다는 의미이다. 19세기 독일은, 말과 노래가 일치함으로 서로의 감정을 자연스레 공감할 수 있었던 태고적 그 시대는 아닐지언정, 시를 노래함으로, 즉 음악과 문학이 서로를 예술적으로 강화시켜 줌으로써 서로의 마음을 더욱 공감토록 이끌고자 한 시대였다고는 할 수 있다. 공감은 인간의 평등을 기반으로 하기 때문에, 프랑스 혁명 이후의 독일 사회에서 어떠한 노력이 이루어졌는지를 리트를 통해 짐작해 볼 수 있다.

당시 독일에서는 사람들이 카페나 살롱에 모여서 그 당시 시에 대해 논하고, 그 시가 작곡가에 의해 어떻게 음악이 붙여졌는지에 대해 논하는 토론 문화가 활성화되어 있었다. 예술만을 논한 것이 아니라 예술에 빗대어 사회와 정치를 논하면서 음악이 사회문화와의 관련성 속에서 만들어지고 향유되기도 하였다. 다음은 하이네의 시 <로렐라이>가 작곡가들마다의 성향에 따라 어떻게 다르게 음악으로 발현되었는지에 대한 가상의 시나리오이다. <로렐라이>를 통해 정치, 사회, 문화에 대해 어떤 논의가 오고가는지 상상의 시공간으로 들어가 살펴보자.

'시가 노래하도록, 음악이 말하도록'

1843년 겨울, 독일 라인 강변에 위치한 한 카페. 하이네, 질허, 로베르트 슈만이 피아노 가까이에 있는 테이블에 앉아서 시와 음악에 대해 이야기를 나누고 있다.

로베르트 (하이네를 바라보며) 이번에 아내로부터 생일 선물을 하나 받았는데, 선생님의 시에다 곡을 붙인 리트입니다. 제목은 <로렐라이>입니다. 근데 곡이 좀…. 한번 들어보시겠습니까?

하이네 (놀라며) 내 시에 곡을 붙였다고? 자네 부인이? 자네 부인은 피아니스트 아닌가? 작곡도 하는 줄은 몰랐네. 로렐라이를 어떻게 해석하고 있는지 궁금하군. 얼른 들어보고 싶네.

로베르트 네, 조금 있다가 클라라가 노래하는 친구랑 같이 와서 들려준다 하였습니다.

질허 (하이네를 보며) 자네 시 <로렐라이>는 도대체 몇 곡이나 나온 겐가? 내 곡은 아직 기억하고 있지?

하이네 형님 곡이야 부르기도 쉽고 한번 익히면 기억에도 오래 남아서…. 아마 21세기까지 쭉 불리게 될 것 같네요. 그런데 리스트 양반은 로렐라이로 5곡이나 작곡을 했던데….

질허 리스트는 그걸로 오페라를 만들 모양이야. 오페라 아리아처럼 작곡을 했더라구.

클라라 (이때 친구와 함께 자신이 작곡한 로렐라이 악보를 들고 들어온다)

하이네 어이! 어서 오시게. 기다리고 있었네.

클라라 안녕하셨어요? 건강은 좀 괜찮아지셨어요? 독일에 자주 좀 오세요. 왜 프랑스에만 가 계세요. 저희 음악도 비평해 주셔야죠. 로베르트가 요즘 리트 말고 교향곡을 쓰고 있어요. 제가 오페라를 써야 한다고 그렇게 얘기하고 있는데, 오페라는 거들떠보지도 않네요. 프랑스에선 마이어베어의 오페라가 또 대성공을 거뒀다죠?

하이네 하하. 뭐가 그리 궁금한 게 이렇게 많은가. 아무튼 자네 활약상은 늘 듣고 있네. 얼마 전엔 부다페스트에서 연주를 했다지? 그 음악회에 갔다 온 내 친구 녀석이 자네 연주를 극찬하더군. 그런데, 로베르트 얘기로는 작곡도 하는 모양인데, 자작곡을 연주해 볼 생각은 없나? 남편 것만 너무 연주해 주지 말고….

클라라 작곡은 남편 몫이죠. 저는 여자라…. 독창곡이나 독주곡 정도 쓰고 있는데, 부끄러워요. 근데 하이네 선생님. 이번에 제가 쓴 <로렐라이>는 한번 들어봐 주시겠어요?

하이네 안 그래도 궁금해 하던 참이네. 자 들어보자구.

클라라와 친구 (클라라의 반주로 노래가 시작된다)

하이네 (속으로 생각한다) '전주가 한음도 없군.'

하이네 (곡이 끝나고 잠시 생각에 잠긴다. 침묵이 흐른다)

로베르트 무시무시하군!

클라라 (하이네의 반응을 살피며 조용히 테이블에 앉는다)

(모두들 한동안 말이 없다.)

하이네 내 의도를 이처럼 명확하게 표현해 준 사람은 그동안 없었는데…. 어떻게 이렇게 작곡을 한 겐가?

클라라 (조심스럽게) 제 해석이… 마음에 드세요…? 선생님께서 그런 의도로 시를 쓰셨을 거라 생각했어요. 선생님의 최근 작품들을 읽으면서, <로렐라이>에도 반드시 풍자와 은유가 있겠다 싶었습니다. 그래서 저는 이 시가 일종의 경고문이라고 생각했어요.

하이네 허어, 참! 프랑스에서 쓴 글들에 들어 있는 내 날카로운 비유와 풍자를 읽어내는 사람은 봤어도, <로렐라이>를 이렇게 해석한 사람은 없었는데….

클라라 질허 선생님은 민요풍의 선율로 전설 이야기를 재미나게 해주셨고, 리스트 오빠는…. 도대체 몇 번이나 작곡을 한 건지 모르겠어요. 제가 아는 것만 5번이에요. 오케스트라 버전으로 편곡도 했더라구요. 이번에 나온 건 독창곡이지만 마치 오페라 같이 극적이구요. 다 나름대로 시를 파악해서 쓰신 거라 나름의 의미가 있는 좋은 작품들인데…. 근데 저는 이 시가 담고 있는 너무 강한 경고의 메시지를 알아버렸기 때문에, 그렇게 쓸 수가 없었어요. 아름답지 못하죠? 노래인데….

하이네 노래가 아름다워야만 하는 건 아니지 않은가. 사람들의 사랑은 조금 덜 받겠지만, 나는 이 노래가 아주 소중해 질 것 같네. 모두들 전설로만 여겼을 텐데…. 이제야 내 진심이 음악으로 알려지게 되겠군. 우리 민족이 정신을 차릴 때가 됐지 않은가. 이 노래가 많이 들려지고, 많이 불려지면 좋으련만. 자넨 시대의 해독자라는 평가가 하나 더 생기겠어. 로베르트가 장가를 잘 갔네. 현실을 직시하고 있는 이런 아내를 두었으니. 로베르트! 자네 『음악신보』의 신작안내에 이 곡에 대한 소개를 한번 올리면 어떻겠나?

클라라 선생님, 별말씀을요.

질허 (클라라의 리트를 듣고 하이네의 숨은 의도를 파악한 듯 반응을 보이며) 하이네 자네의 시에 이런 의도가 있었던 게야? 나는 시를 너무 액면 그대로 받아들였구먼. 클라라가 시대를 냉철하게 읽는 눈을 갖췄군. 굉장히 이성적이야. 연주는 그토록 로맨틱하게 하는데 말이야.

로베르트 저도 선생님 시에 이런 의미가 들어있었는지 미처 몰랐습니다. 몇 년 전에 저는 로렌츠 선생님의 시로 <로렐라이>를 작곡했는데, 그 시엔 이런 의미가 전혀 없어서….

하이네 작가마다 주안점을 두는 부분이 다 다른 것이지. 브렌타노 형님의 전설에서 어떤 면을 부각시킬지 결정하는 것은 작가 개개인의 개성에 달려 있는 게야. 그리고 어떤 시를 선택할지는 작곡가의 취향인 거고. 개성과 취향이 좋고 나쁜 게 어디 있겠나. 아무튼 클라라의 작품이 무대에도 올라가고, 출판도 되고 하면 좋으련만…. 그런데 리스트는 오늘도 못 오는 모양이군. 클라라의 곡을 같이 들었으면 좋으련만.

클라라 요즘 너무 인기가 많으셔서….

질허 오늘 공교롭게도 로렐라이를 작곡한 사람들이 다 함께 모였네, 그려. 자! 클라라. 다시 한번 연주해 주겠나? 아까 그 부분, "Weh"(비탄) 부분 말일세. 갑자기 옥타브 도약하면서 스포르잔도로 표현하는 그 부분. 마치 비명소리처럼 들리더군. 섬뜩했어. 허상을 바라보는 우리 젊은이들에게 경각심을 줄 만한 그런 표현이었어.

하이네 (속으로) '슬픈 이야기, 슬픈 노래 하나가 뭔가 제대로 된 메시지를 전해주게 되겠군.'

※ 팩트체크: 하이네는 이 당시 프랑스에 머물고 있었다. 클라라의 <로렐라이> 작품은 끝끝내 출판되지 못하다가, 150년이 지난 1993년에야 출판된다. 하이네가 클라라의 작품에 흡족해 했다는 기록은 없다. 리스트는 1841년(메조소프라노용), 1844년(1841년판을 피아노곡으로 편곡), 1856년(1841년판 수정), 1860년(1856년판을 오케스트라곡으로 편곡), 1862년(1856년판을 피아노곡으로 편곡)에 걸쳐 <로렐라이>를 5번이나 작곡, 편곡했다. 따라서 1843년에는 아직 1곡밖에 작곡되지 않았다.

위의 이야기는 <로렐라이>를 작곡했던 수많은 작곡가들 가운데, 질허(Friedrich Silcher, 1789-1861), 리스트(Franz Liszt, 1811-1886), 로베르트 슈만(Robert Schumann, 1810-1856)과 클라라 슈만(Clara Schumann, 1819-1896)을 등장인물로 하여 가상의 상황을 시나리오로 엮어 본 것이다. 그렇다면 클라라가 표현해 낸 하이네의 시 <로렐라이>는 도대체 어떤 작품인지, 어떤 작품이어서 하이네가 위의 이야기 속에서 그토록 흡족해 한 것인지를 살펴보려 한다. 우선 하이네의 <로렐라이>부터 다시 읽어보자.

하이네의 〈로렐라이〉

하이네의 『노래책』(Buch der Lieder, 1827)의 「귀향」 편에 실린 <로렐라이>는 우리가 이미 잘 알고 있는 것처럼, 라인 강변의 바윗돌 위에 앉아 있는 금발의 인어가 지나가는 사공들을 유혹해 그들로 하여금 그 부근의 암초를 보지 못한 채 소용돌이에 휩싸여 빠져죽게 한다는 내용이다. 겉보기에 이 시는 옛날부터 전해오는 전설 속의 금발머리 인어의 마력을 묘사한 것처럼 보이지만, 단순히 전설만을 얘기하고 있는 것은 아니다. 언뜻 보기에는 낭만주의 문학의 주요 소재였던 환상의 세계, 알 수 없는 비밀스러움, 현실이 아닌 꿈과 같은 무의식적인 것, 중세의 마력적인 것 등을 다루고 있는 것처럼 보이지만, 이 안에는 '비유의 달인' 하이네가 의도한 또 다른 의미가 들어 있다.

현실 참여 시인으로서의 하이네가 <로렐라이>를 통해서 말하고 싶었던 것은, 현실을 외면한 채 꿈과 신비, 관념의 낭만적 세계에 빠져 있는 독일민족의 어리석음이었다. 꿈과 관념의 세계는 현실과는 거리가 먼 낭만주의적 환상의 세계이다. 이 세계는 금발의 로렐라이가 만들어내는 세계이다. 독일민족을 의미하는 사공은 로렐라이의 노래에 현혹되어 환상에 빠지게 되며, 결국 파멸에 이르게 된다. 따라서 이 시는 현실을 직시하지 못하고 낭만주의에 빠져 있는 독일 민족에게 보내는 강한 경고장의 역할을 하고 있었던 것이다. 이러한 사실을 직시하면서 시의 전문을 읽어보자.

Ich weiß nicht, was soll es bedeuten,
Daß ich so traurig bin;
Ein Märchen aus alten Zeiten,
Das kommt mir nicht aus dem Sinn.

무엇을 뜻하는지 나는 모르겠노라,
나를 그리도 슬프게 하는 것이.
옛날의 동화 하나가
잊혀 지지 않는다.

Die Luft ist kühl, und es dunkelt,
Und ruhig fließt der Rhein;
Der Gipfel des Berges funkelt
Im Abendsonnen schein.

대기는 차고 어두워 오는데
라인 강은 고요히 흐르고,
산봉우리 위에는
석양의 햇살이 반짝이고 있구나.

Die schönste Jungfrau sitzet
Dort oben wunderbar,
Ihr goldenes Geschmeide blitzet,
Sie kämmt ihr goldenes Haar.

저 산봉우리 위에는 황홀하게도
아름다운 선녀가 앉아 있고,
황금빛 장신구를 번쩍거리며
황금빛 머리칼을 빗어 내린다.

Sie kämmt es mit goldenem Kamme
Und singt ein Lied dabei;
Das hat eine wundersame,
Gewaltige Melodei.

황금의 빗으로 머리를 빗으며
그녀는 노래를 부른다.
기이하고도 강렬한
선율의 노래를.

Den Schiffer im kleinen Schiffe
Ergreift es mit wildem Weh;
Er schaut nicht die Felsen riffe,
Er schat nur hinauf in die Höh.

조그마한 배 속의 사공은
격렬한 비탄에 사로잡혀,
암초는 바라보지 않고서
언덕의 높은 곳만 쳐다보고 있구나.

Ich glaube, die Welllen verschlingen
Am Ende Schiffer und Kahn;
Und das hat mit ihrem Singen
Die Lorelei getan.

마침내 사공과 배는
물결에 휩싸였으리라.
이는 그녀의 노래와 함께
로렐라이의 조화였다.

– 오한진, 『하이네 硏究』(서울: 文學과 知性社, 1990), 44.

겉보기에는 순수하게 로렐라이의 전설만을 그린 것처럼 보이지만, 하이네는 자신의 깊은 뜻을 직접 들어 내지 않고 은유를 통해 독일 낭만주의를 비판하고, 이에 빠져 멸망하게 될 독일의 운명을 우려하는 내용을 담아냈다.

하이네는 정치적, 사회적 격동기 속에서 더 이상 외부의 현실을 외면할 수 없음을 강하게 느끼며 공격적인 풍자문으로 정치적, 사회적 현실 참여에 적극적으로 뛰어든 인물이다. 1831년 보수적이고 반유대적 분위기의 독일을 떠나 파리로 이주한 하이네는 시인, 산문가, 비평가, 저널리스트, 사상가로 활약하며 독일신문에 프랑스의 정치, 사회, 문화의 상황을 알렸다. 하이네는 시인의 사명으로 시대적 고통을 가슴에 안고, 신랄한 비판으로 사회에 적극적으로 참여했던 낭만주의 시대를 살아 간 탈낭만주의 시인이었던 것이다.

하이네의 <로렐라이>는 1900년까지 67번이나 작곡되었는데(이홍경, 2010: 99), 작곡가들의 해석 방식에 따라 하이네가 가진 사회 참여적인 성향이 음악으로 드러나기도, 전혀 드러나지 않기도 했다.

클라라의 〈로렐라이〉

앞서 가상의 이야기에서 언급했던 것처럼 클라라의 <로렐라이>는 하이네의 사회 참여적 성향을 가장 명확히 드러내 준다. 클라라는 72마디 길이의 통절형식으로 하이네의 시 <로렐라이>를 선보였다. 이 곡은 1843년 남편의 33번째 생일 선물로 작곡됐는데, 출판은 150년 후인 1993년에야 이루어졌다. 여성 작곡가의 작품이 출판되기 어려웠던 당시의 사회적 관습이 절실히 느껴지는 부분이다. 그러나 다른 한편으로 클라라가 이 작품을 널리 알리지 않은 다른 이유는, 이 작품이 가지고 있는 일종의 '폭력성' 때문인 것으로도 보인다. 1837년 질허, 1840년 로베르트 슈만, 1841년 리스트의 <로렐라이>들과는 다르게, 작품 전체에 깔려 있는 강한 비트, 격렬함, 강도 높은 터치는 전혀 '여성다워' 보이지 않는 것은 물론 폭력적이기까지 하다. 당시 사회에서는 받아들여지기 힘들었을 것이다. 클라라가 왜 이렇게 작곡했는지, 이 시를 어떻게 읽은 것인지를 음악을 통해 살펴보자. 먼저 시의 구조와 음악의 구조를 한번 비교해 보자. 시의 각 연이 음악으로는 새롭게 조정되었다. 각 부분에는 피아노 간주가 삽입되었는데, 이것은 시의 의미를 나누거나 부연 설명하는 기능을 하고 있다.

클라라 슈만의 〈로렐라이〉 구조

시의 구조		음악의 구조		
연	가사	부분	마디	조성
1	무엇을 뜻하는지 나는 모르겠노라, 나를 그리도 슬프게 하는 것이.	I	1-4	Gm
	옛날의 동화 하나가 잊혀 지지 않는다.	간주 II	4-19	G Hypodorian → Gm→ B♭M
2	대기는 차고 어두워 오는데 라인 강은 고요히 흐르고,			
	산봉우리 위에는 석양의 햇살이 반짝이고 있구나.			
3	저 산봉우리 위에는 황홀하게도 아름다운 선녀가 앉아 있고,	간주 III	19-36	B♭M → Gm
	황금빛 장신구를 번쩍거리며 황금빛 머리칼을 빗어 내린다.			
4	황금의 빗으로 머리를 빗으며 그녀는 노래를 부른다.			
	기이하고도 강렬한 선율의 노래를.	간주 IV	36-48	G Hypodorian → Gm
5	조그마한 배 속의 사공은 격렬한 비탄에 사로잡혀,			
	암초는 바라보지 않고서 언덕의 높은 곳만 쳐다보고 있구나.	간주 V	48-72	Gm
6	마침내 사공과 배는 물결에 휩싸였으리라.			
	이는 그녀의 노래와 함께 로렐라이의 조화였다.	후주		

한 음의 전주도 없이 바로 노래로부터 시작된다. 왜 그럴까? 전주를 듣고 있을 시간이 없을 만큼 긴박하게 메시지를 전해야 하기 때문이다. “무엇을 뜻하는지 나는 모르겠노라, 나를 그리도 슬프게 하는 것이”라는 시적 화자의 이야기가 d′음에서 d″음까지 빠르게 상승하며 노래되고, 이를 통해 경고의 메시지가 시작된다. 피아노는 긴박하게 연주되는 셋잇단음표 음형

악보 11-2. 클라라의 <로렐라이> 1연 “무엇을 뜻하는지 나는 모르겠노라. 나를 그리도 슬프게 하는 것이” 부분

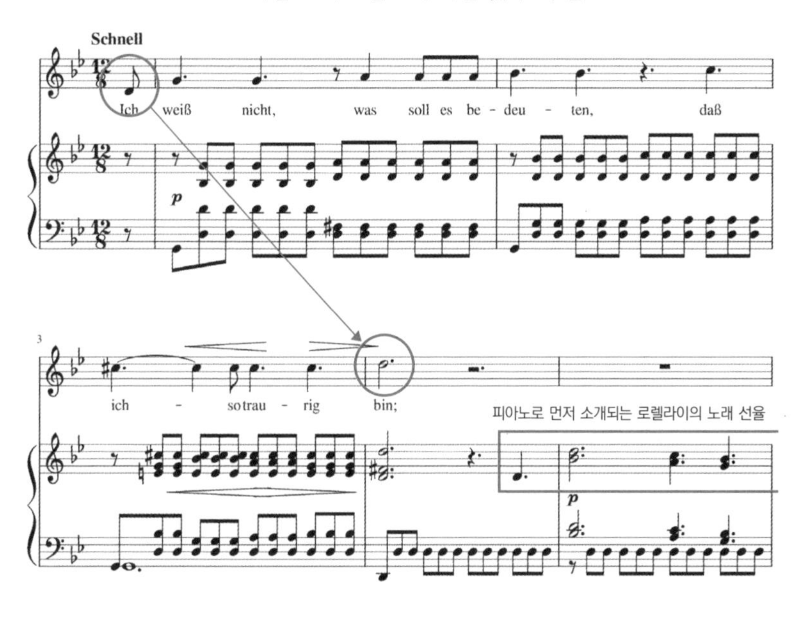

을 통해 그 효과를 증폭시켜 준다.

시적 화자의 슬픔에 뒤따르고 있는 마디 5-8의 피아노 솔로 패시지는 매우 중요한 역할을 한다. 이 부분의 피아노 선율이 바로 시에서 표현된 로렐라이의 노래 선율이다. 이 선율은 이후 4연에서는 로렐라이의 멜로디가 가진 힘을 묘사하는 가사 "기이하고 강렬한 선율의 노래를"과 함께 다시 노래로 불려진다. '이 노래 조심해, 이 노래 들리면 어떤 일이 일어나는 줄 알아? 그 노래를 향해 고개를 돌리면 안 돼.' 이렇게 미리 들려주며 조용히 경고하고 있다.

이 노래 선율은 단조가 아닌, 교회선법이 사용되고 있다. 클라라는 이 부분에서 G단조 조성 대신 G히포도리아 선법을 사용하여 로렐라이가 만들어 내는 세계가 현실과는 거리가 먼 다른 세계, 다른 시간대임을 은연중에 드러내 보였다. 그러나 여기서 더 중요한 것은 클라라가 로렐라이의 노래를 가사가 없는 피아노로 먼저 제시하고 있다는 점이다. 불안과 긴장을 유발하는 피아노의 삼연음부는 왼손에서 지속적으로 울리게 하면서 그 위에서 병행 3도로 이루어진 선율이 천천히 하강하며 점점 가까이 들려오도록 연출했다. 황홀하게 넋을 잃게 만드는 로렐라이의 목소리는 바로 클라라 자신의 악기였던 피아노에서 가사가 없는 음의 본질을 통해 발현되었다. 하이네는 로렐라이의 노래가 지닌 힘을 언어로 묘사했다면, 클라라는 시에 내포된 로렐라이의 노래를 음악으로 재현해냈다.

2연의 시작은 1연과 같은 선율로 시작되지만 곧 조성이 바뀐다. 불안과 공포의 정서로 시작되지만 관계 장조인 B♭장조로 전조되면서 로렐라이의 등장을 알리고 있다. 현실의 우울한 상황을 표현할 때 단조가 지배적인 것과는 달리, 장조는 비현실적이고 몽환적인 상황을 전자에 대비시키려는 목적에서 주로 사용된다. 따라서 마디 15부터 나타나는 B♭장조로의 전환은 악보 11-3. 클라라의 <로렐라이> 2연과 3연, 장조로 전환되는 부분(마디 15)과 반주패턴의 변화(마디 20-24), 하프를 연상시키는 펼침 화음 음형과 선율에 대한 피아노 반주의 에코효과(마디 25-28)

로렐라이가 만들어내는 환상의 세계가 펼쳐질 것을 예고하고 있다.

반주 유형도 변하는데, 지금까지 연타로 이루어졌던 삼연음부의 반주 유형이 마디 20-24의 간주에서부터는 하프에서 연주되는 것 같은 펼침 화음의 형태로 변형된다. 로렐라이를 묘사하는 삽화들 중에는 음악의 상징으로 하프가 그려져 있는 것이 많다. 따라서 하프의 음형으로 연주되는 피아노 반주는 로렐라이의 등장을 알린다.

또한 간주 이후에도 계속해서 이어지는 이 반주음형은, 세 갈래로 나누어진 황금 빗으로 부드럽게 머리를 빗으면서 유혹하는 모습과, 이때 일렁이는 물결의 모형을 암시하기도 한다. 그려져 있고, 글로 쓰여 있는 내용에 대한 표현을 실제로 들리게 하는 능력이 바로 이 리트에 있는 것이다. 그래서 더욱 그 시의 내용을 공감케 이끌 수 있었다. 마디 25-28의 “저 산봉우리 위에는 황홀하게도 아름다운 선녀가 앉아 있고” 부분은 낭만적 환상의 세계, 즉 하이네가 경고하고 있는 세계를 비유하고 있는 부분인데, 감미로운 선율로 표현된다. 반주에서 삼연음부의 세 번째 음이 노래 선율에 에코 효과

악보 11-4. 클라라의 <로렐라이> 4연, 로렐라이의 노래 선율이 가사와 함께 제시되는 부분

40

das hat ei - ne wun - der - sa - me, ge -

를 넣어주고 있다. 마치 라인 강의 메아리치는 절벽의 공명인 것처럼 말이다.

반주의 펼침 화음 음형은 4연 2행 “그녀는 노래를 부른다”에서 끝난다. 곧 실제 로렐라이 노래 소리가 들려온다. 물론 마디 5-8에서와 같이 피아노를 통해 먼저 제시된다. 이어지는 3-4행 “기이하고도 강렬한 선율의 노래를”은 이 선율을 반복한다. 이 반복을 통해 시의 첫 연에서 시적 화자가 느꼈던 슬픔이 그녀의 노래에서 비롯된 것임이 더욱 뚜렷해진다.

5연에서 로렐라이의 노래를 들은 사공은 비탄에 사로잡히게 되고 더 이상 거기서 빠져 나올 수 없게 된다. 이 부분은 d′, e♭′, g′의 세 음으로만 읊조리다가 “Weh”(비탄) 부분에서 한 옥타브 위인 g″음으로 ***sf*** 되면서 급상

악보 11-5. 클라라의 <로렐라이> 5연, 비명, 절규의 표현

악보 11-6. 클라라의 <로렐라이> 6연, 배의 침몰

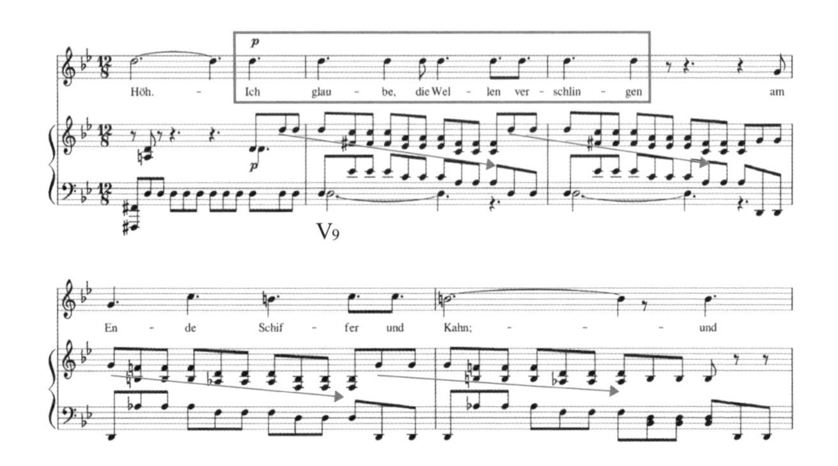

승한다. 이것은 노래라기보다는 비명, 절규와도 같다. 청중에게 두려움을 주는 부분이기도 하지만, 시적 화자 자신의 불안을 느낄 수 있는 부분이기도 하다. 이 절규를 들으며, 로렐라이 이야기는 이제 먼 옛날의 전설이 아니라 금방이라도 닥칠 듯한 현재의 경험으로 작용하게 된다. 관념, 꿈, 환상의 세계인 허상만을 바라보는 독일 민족에게 강한 경각심을 일으키게 하는 부분이다.

6연에서 끝내 사공은 비참한 최후를 맞이한다. 암초에 부딪혀 배가 난파하게 된 것이다. 노래 부분은 d″음을 반복하며 결연한 태도를 유지하지만, 반면 반주는 d″음에서 하행하는 패턴을 반복하며 배가 침몰해감을 표현한다. V_9의 불협화적 화성, 불규칙한 리듬 패턴 사이에서 이 시를 '듣는' 사람들은 위태로움을 느낀다.

마지막 "이는 그녀의 노래와 함께 로렐라이의 조화였다"라는 가사는 원래의 시와는 다르게 두 번 반복되어 제시되는데, 이는 오직 꿈과 신비와 낭

악보 11-7. 클라라의 <로렐라이> 후주, 배 안의 투쟁에서 살아남지 못함

만적 세계관에 빠져 현실을 직시하지 못한 채 멸망의 구렁텅이로 빠져들고 있는 독일 민족에게 보내는 경고의 메시지이기 때문에 한번 더 반복하여 강조한 것으로 보여진다.

후주는 결국 사공이 배 안의 투쟁에서 살아남지 못했음을 부연 설명해 주고 있다. g″음까지 여러 차례에 걸쳐 상행함은 물 밖으로 빠져 나오려고 발버둥 치는 것을 암시하고 있고, 그리고 이어지는 G음까지 하행하는 패턴은 배와 함께 침몰해 버리고 말았음을 암시하고 있다. 비화성음을 *sf*를 통해 더욱 강조함도 독일민족이 그러한 태도를 계속 유지하는 한 결국 멸망하고 말 것이라는 메시지를 강하게 전하기 위한 것으로 보인다.

클라라는 하이네의 시에 내포되어 있는 다양한 측면들을 음악으로 전환시켜 더욱 부각시켰다. 가사의 의미가 조성, 선율, 화성, 반주 패턴, 음역, 다

이내믹 등을 통해 효과적으로 전해지게 된 것이다. 그녀는 시인이 시를 통해 전하고 싶었던, 즉 당시 낭만주의가 독일 민족을 사로잡아 현실을 바라보지 못하게 하고 있음을 경고하는 메시지를 누구보다도 강하게 인지하고 있었다.

리스트의 〈로렐라이〉

리스트는 선율, 빠르기, 조성, 박자를 시의 내용에 따라 각기 달리 전개하여, 하이네의 <로렐라이>를 131마디에 달하는 대규모의 통절형식으로 엮어냈다. 리스트 역시 간주를 효과적으로 이용하여 시의 형식을 음악의 형식으로 영리하게 전환시켰다. 즉 1연과 6연의 시적 화자의 시점과, 2연~5연까지 로렐라이가 만들어내는 환상적 세계를 간주를 통해 분리해 놓고 있다. 이러한 리스트의 <로렐라이> 구조를 시의 구조와 함께 제시하면 다음과 같다. 매우 복잡해 보이지만, 결국 가사의 의미에 따라 빠르기, 조성, 박자가 이처럼 다채롭게 변하고 있다는 것을 보여주고 있는 것이다.

리스트의 〈로렐라이〉 구조

<table>
<tr><th>시의 구성</th><th>음악 구조</th><th>구분</th><th>마디</th><th>빠르기</th><th>조성</th><th>박자</th></tr>
<tr><td rowspan="2">1</td><td rowspan="2">I</td><td>서술</td><td rowspan="2">1-30</td><td rowspan="2">Moderato non Strascinando → Allegretto</td><td rowspan="2">GM → Em</td><td rowspan="2">3/4→ 4/4→ 3/4</td></tr>
<tr><td>간주</td></tr>
<tr><td>2</td><td>II</td><td rowspan="4">낭만적 환상의 세계</td><td>30-50</td><td>Adagio</td><td>EM</td><td>9/8</td></tr>
<tr><td>3</td><td rowspan="2">III</td><td rowspan="2">50-74</td><td rowspan="2">Adagio → Allegro</td><td rowspan="2">B♭M → DM → GM</td><td rowspan="2">9/8</td></tr>
<tr><td>4</td></tr>
<tr><td>5</td><td>IV</td><td>75-99</td><td>Allegro agitato molto</td><td>GM → ···</td><td>4/4</td></tr>
<tr><td rowspan="2">6</td><td rowspan="2">V</td><td>간주</td><td rowspan="2">99-131</td><td rowspan="2">Langsamer → Come prima</td><td rowspan="2">··· → GM</td><td rowspan="2">4/4→ 3/4→ 9/8</td></tr>
<tr><td>서술</td></tr>
</table>

8마디의 전주 후에, 간결한 반주 위에서 해설하듯 낭송조로 이야기풍의 노래가 시작된다. 마치 오페라에서의 레치타티보처럼 말이다. 하이네의 시에서 1연과 6연의 마지막 2행은 전설과 거리를 취하면서 액자 틀의 역할을 하고 있는 특이한 형태를 띠고 있는데, 리스트는 말하는 느낌으로 노래하게 함으로써 전설을 이야기하기 전 시적 화자의 특수위치를 적절히 연출하였다(이홍경, 2010: 101). 곡의 시작 부분에 '말하듯이'(gesprochen)라는 지시어가 이것을 확증하고 있다. 운율과 리듬을 맞춘 시이지만, 음악적으로는 불규칙한 리듬과 빠르기를 사용하여 극적 요소를 강조한 것이다.

악보 11-8. 리스트의 <로렐라이>, 노래 시작부분의 낭송조 선율과 'gesprochen'(말하듯이)라는 나타냄말

1연이 끝나고 간주가 나온다. 마치 연극에서 해설자가 퇴장하고 막이 열리는 것과 같은 역할을 하고 있다. 리스트는 2연부터 4연까지의 로렐라이가 만들어내는 낭만적 환상의 세계를, 해설자는 들어가고 배우가 나와 아름다운 아리아를 노래하는 것처럼 연출했다. 이 부분은 고요히 흐르는 라인 강의 정경, 메아리치는 멜로디, 반짝이는 햇살, 황금빛 장신구와 머리칼, 황금 빛, 로렐라이의 노래 소리를 음악으로 표현하고 있다. 부드러운 아치형의 선율, 하프를 연상시키듯 역시나 등장하는 아르페지오 음형, 피아노와 노래 간의 에코 효과 등이 매혹적인 로렐라이의 세계를 완성한다.

악보 11-9. 리스트의 <로렐라이> 2연, 라인 강의 정경 묘사 시작부분

뭔가 불길한 느낌이 깔려 있는 클라라의 리트와는 다르게, 리스트는 로렐라이의 세계를 경고하고 있기보다는 환상의 세계 그 자체를 감미롭게, 극적으로 묘사하고 있다.

그런데 5연에서 갑자기 분위기가 변한다. 빠르기, 조성, 음형, 다이내믹이 모두 순식간에 바뀐다. 피아노에서 망치로 두드리는 듯한 긴박한 삼연음부가 등장하고 노래하는 속도가 빨라져서 무슨 일이 일어났음을 음악만으로도 알아차릴 수 있다.

악보 11-10. 리스트의 <로렐라이> 5연, 분위기의 급전환

6연에서는, 오른손의 격렬한 트레몰로와 왼손의 반음계적 상하행, 그리고 $e^{\flat\prime\prime}$음에서 $e^{\flat\prime}$음까지 반음계적으로 하행하는 노래선율의 음형을 통해, 불안이나 공포의 감정은 물론, 결국 암초에 부딪혀 소용돌이에 휘말리고 배가 침몰하게 되는 사건까지를 긴박하게 연출해내고 있다.

악보 11-11. 리스트의 <로렐라이> 6연, 배가 난파되는 사건

6연의 마지막 2행은 두 번 더 반복되는데, 말하는 듯한 어조로 먼저 부르고, 마지막 두 번은 2연에서 고요히 흐르는 라인 강의 정경을 묘사했던 그 감미로운 선율과 비슷한 감성으로 부른다. 언제 무슨 일이 있었냐는 듯이 말이다.

악보 11-12. 리스트의 <로렐라이> 6연 3-4행 "이는 그녀의 노래와 함께 로렐라이의 조화였다"의 두 번째 반복 부분, 라인강의 정경묘사 선율과 비슷하다.

리스트의 <로렐라이>는 한 편의 오페라를 보는 듯하다. 리스트는 음악만이 표현해 낼 수 있는 장점을 극대화하여 드라마틱한 구성으로 로렐라이의 전설을 무대에 올려놓았다. 환상에 빠져 현실을 직시하지 못하고 죽음에 이르게 하려는 로렐라이의 마력을 클라라처럼 경고하듯이 직접화법으로 청중에게 전달한 것이 아니라, 무대에 올려놓고 관람하게 함으로써 그 의미를 되새겨보게 한 것이다.

로베르트 슈만의 〈로렐라이〉

로베르트 슈만의 <로렐라이>는 《로망스와 발라드, Op. 53》(1840)에 수록되어 있는 세 개의 곡 중 두 번째 곡이다. 세 곡은 각각 자이들, 로

로베르트 슈만의 〈로렐라이〉 구조

가사	형식	마디	조성
파도가 속삭이고 살랑거린다. 그녀의 조용한 집 너머로 목소리가 크게 울린다. "나를 생각하세요! 달이 차고 조용한 밤이 오면 나를 생각하세요!"	A	1-10	EM → G♯m
그리고 파도가 넘쳐흐르며 속삭인다. 그녀의 조용한 집 너머로 "나를 생각하세요!"	A′	11-21	EM

렌츠, 하이네의 시를 채택하였다. 클라라와는 달리 로베르트는 로렌츠(Wilhelmine Lorenz, 1784-1861)의 시를 사용하여 <로렐라이>를 작곡하였다. 로베르트 슈만은 이 시에 E장조의 AA′형식, 21마디의 길이로 곡을 붙이면서, 로렐라이가 전하는 메시지를 감미롭고 부드럽게 표현하였다.

딸림음의 페달 포인트 위에서 vii_7/V의 펼침 화음 음형이 짧은 전주로 나온다. 곡 전체에 지배적으로 흐르고 있는 피아노에서의 아르페지오 음형은 역시 로렐라이의 하프를 연상케 한다. 보름달이 뜨는 조용한 밤이 오면 자신을 생각해달라는 A부분의 "Gedenke mein!"이라는 주술적인 외침은 어떠한 폭력성도 없이 G♯단조의 Ⅴ-Ⅰ의 화성에서 몽롱한 음성으로 은은하게 노래되고, A′부분의 "Gedenke mein!"은 종지의 연장 역할을 하는 Ⅳ-Ⅰ의 패턴으로 3번 반복되면서 메아리친다.

첫 "Gedenke mein!"부분은, 클라라처럼 현실의 우울한 상황을 표현하고자 단조를 선택한 것이 아니라, 전체적으로 감미롭고 부드러운 분위기 속에서 몽롱하며 멜랑콜리한 분위기를 잠시 연출하고자 단조를 선택한 것이다. 이것은 마디 11에서 다시 장조로 단번에 돌아온다. 이런 점에서, 이 곡

악보 11-13. 로베르트 슈만의 <로렐라이> A부분

은 천천히 하프를 뜯으며 감미롭게 “나를 생각하세요”라고 말하는 로렐라이에게, 즉 결국 환상의 세계에 빠지도록 더욱 독려하는 노래인 것처럼 보인다. 주로 중음역대에서 강하게 타악기처럼 연타하며 그토록 빠지지 말도

록 경고했던 클라라의 목소리와는 매우 다르게, 감미롭게 하프를 뜯으며 로렐라이의 유혹에 더욱 빠지도록 하는 로베르트의 목소리는 이 주제에서 만큼은 클라라와 극과 극이다. 처음에 리트는 주로 친밀한 장소에서 친구들끼리 음악을 즐기기 위한 가정음악 정도로 생각되었던 장르로, 작곡가가 자신의 이름을 알리거나 대중적인 큰 파급효과를 올리기엔 적합하지 않은 장르였다. 로베르트 슈만은 <로렐라이>를 이런 가정음악 용도로 로렌츠의 감상적인 시를 가지고 부드럽고 가볍게 작곡한 것으로 보인다.

하이네의 시 <로렐라이>는 외면적으로는 민요처럼 단순해 보이지만, 그 자연스러운 첫인상과는 달리 전혀 소박한 내용의 시가 아니었다. 시대상황을 끊임없이 성찰해 나가는 과정을 통해 완성된 하나의 예술 작품이었으며, 그 시대를 사는 사람들의 현실을 우려하며 써 내려간 일종의 경고문이었다. 당시 독일에는 어떤 작곡가가 어떤 시를 얼마만큼 이해하여 표현했는가를 놓고 작품을 논하는 분위기가 만연했다. 이것은 19세기에 독일에서 리트가 성행하게 된 중요한 요인 중 하나이다. 이러한 분위기 속에서 당대 수많은 작곡가들에 의해 작곡된 <로렐라이>는 다양한 형태로 오늘날까지 전해지고 있는데, 그 가운데 클라라와 로베르트 슈만, 리스트, 질허의 리트를 집중적으로 살펴보면서, 하이네가 의도했던 시의 진정한 의미를 각 작곡가들이 어떻게 수용하고 적용하였는지를 살펴보았다. 클라라뿐 아니라, 리스트, 질허, 로베르트 슈만 모두 하이네의 시들이 가지고 있는 날카로운 풍자와 비유의 경향을 인지하고 있었을 것이다. 다만 그들이 <로렐라이>를 통해 표현해 내고 싶은 주안점은 각기 달랐다. 리스트는 한편의 오페라처럼 드라마틱한 구성으로 <로렐라이>를 재창조했으며, 질허는 유절형식으로 이루어진 단순한 민요풍의 선율과 가벼운 반주로 <로렐라이>가 더욱 광범위하게 입에 오르내리며 노래 불려질 수 있도록 작곡했다. 로베르트 슈만은, 같은 주제이지만 로렌츠의 감상적인 시를 채택하여 감미롭고 속삭이는 듯한 분위기로 부드럽고 가볍게 작곡했다.

그러나 클라라는 하이네의 시에 내포되어 있는 숨은 뜻을 음악적으로 직접 들려주려 하였다. 클라라는 하이네의 시가 가지고 있는 진정한 의미를 음악을 통해서 더 잘 이해할 수 있도록 작곡한 것이다.

> 음악은 말이나 언어가 그렇게 하듯 사물의 이름을 명칭할 수는 없지만, 말이나 언어보다 더 많은 것을 말할 수 있으며, 사물의 본질을 완벽하게 드러내는 재현으로서 기능한다.
>
> \- 카스너(Rudolf Kassner, 1873-1959)

오스트리아의 저명한 작가이자 예술비평가였던 카스너의 이 표현처럼, 19세기 독일의 리트는 시대상황을 끊임없이 성찰해 가는 과정을 통해 완성된 복합적인 사회문화 현상으로서 무수한 삶의 형태를 반영하고 있었던 것이다.

12. 오르페오의 노래

뒤돌아보지 마!

왜 오르페오 신화에서 제우스는 오르페오에게 지상으로 나가기 전까지 절대 그녀를 돌아봐선 안 된다고 한 것일까? 오르페오의 노래에는 어떤 힘이 있었기에 지옥의 신들은 오르페오에게 동화되었을까? 오르페오 신화 이야기에는 어떤 진실과 상징이 숨겨져 있는 것일까? 여기에 대해 시대마다의 답은 다 다르다.

오르페오 이야기는 '잃어버린 사랑을 찾아 목숨을 걸고 모험을 떠나는 오르페오의 지고지순한 사랑 이야기'라는 메시지로 각 시대마다 다양한 예술장르로 표현되어 왔다. 오늘날 오르페오 신화는 연극과 오페라는 물론이고 영화, 무용, 심지어 창극으로까지 각색되어 국내외 무대에서 활발하게 공연되고 있다. 그리고 영원히 비극적으로 헤어지고야 마는 고대 신화의 서사와는 달리, 그들이 결국 다시 만날 수 있게 되는 결론도 보여주고 있다.

여기서, 17세기 오르페오부터 20세기 오르페오에 이르기까지 오르페오 이야기의 의미가 시대마다 어떻게 다르게 등장하는지 각 시대를 대표하는 예술작품의 예를 통해 살펴보려 한다. 각 시대의 예술가들은 오르페오에게 어떤 동감을 느낀 것일까? 오르페오와 에우리디체의 사랑에는 어떤 진정성이 내포되어 있는가? 이러한 사랑의 모델이 각 시대와 사회에서 어떻게 해석되고 있는가? 아니면 어떻게 이용되고 있는가? 우리는 어떤 의미로 읽어야 하는가? 등의 질문으로부터 시작하고자 한다.

오르페오 신화는 오페라 탄생 직후부터 오페라의 주요 주제로 자주 등장해 왔다. 오르페오 이야기는 출처에 따라 조금씩 서로 다른 서사로 등장하고 있기는 하지만, 오페라에서는 서로 사랑하는 아름다운 남녀가 온갖 시련과 방해에도 불구하고 시행착오를 거치면서 결국은 영원한 결합에 이른다는 내용으로 주로 다루어져 왔다. 오페라 탄생 직후 오페라 작곡에 있어 중요한 의미를 지닌 17세기 몬테베르디(Claudio Monteverdi, 1567-1643)의 《오르페오》(L'Orfeo, 1607)와 오페라 개혁을 주도한 작곡가인 18세기 글루크(Christoph Willibald Gluck, 1714-1787)의 《오르페오와 에우리디체》(Orfeo ed Euridice, 1762/1764) 그리고 음악적 풍자를 통해 프랑스 제2제정기 사회의 본 모습을 그려낸 19세기 오펜바흐(Jacques Offenbach, 1819-1880)의 《지옥에 간 오르페》(Orphée aux enfers, 1858/1874), 그리고 20세기 리우데자네이루를 배경으로 만들어진 영화 《흑인 오르페》(Orfeu Negro, 1959)를 집중적으로 들여다보자.

음악의 힘: 몬테베르디의 《오르페오》(1607)

오르페오는 음악의 신 아폴론과, 뮤즈 아홉 자매 중 막내인 현악기의 여신 칼리오페와의 사이에서 태어난 아들이라는 것이 일반적인 속설이다. 태생부터 노래와 악기 연주에 뛰어난 오르페오는 수목의 요정인 에우리디체와 결혼한다. 이 둘은 에우리디체가 뱀에 물려 죽음으로 말미암아 그만 헤어지고 마는데, 오르페오는 지하세계로 그녀를 찾으러 떠난다. 희망의 여신이 그를 격려해 주기도 했지만, 지옥의 문을 지키는 나룻배 사공 카론테는 그를 막아선다. 이때 오르페오가 노래를 부르며 자기를 에우리디체에게 보내달라고 간절히 호소한다. 우여곡절 끝에 에우리디체를 만나게 되지만 지상으로 나가는 도중 절대 뒤를 돌아봐서는 안 된다는 조건이 붙는다. 그러나 우리가 예상한대로, 지상에 도달하기 전에 뒤를 돌아보고야 마는 오르페오, 그리고 다시 사라지는 에우리디체….

오페라에서는, 이야기 속 글로만 존재하는 오르페오의 노래와 악기 연주를 실제로 들을 수 있다는 묘미가 있다. 몬테베르디는 오르페오가 음악을 통해 어떻게 지옥의 신들을 감화시키는지를 보여준다. 대표적인 예로, 오르페오 노래의 정수 중 하나로 꼽히고 있는 3막의 <위대한 정령이여>를 들 수 있는데, 이 노래는 오르페오가 지하세계로 들어가는 강의 뱃사공 카론테에게 길을 열어달라고 애원하며 부르는 노래이다.

전체 6절로 되어 있는 이 노래를 오르페오는 반복되는 베이스 선율 위에서 다채로운 장식음을 포함하면서 변화무쌍하게 노래한다. 바이올린, 코르넷, 하프와 같은 악기들이 노래 중간 중간에 등장하면서 분위기를 더욱 고조시킨다. 이러한 요소들을 통해 에우리디체에게 가야만 하는 간절한 마음이 전달된다. 모든 음악적 능력을 동원해야만 표현해 낼 수 있을 것처럼 가사에 따른 감정들을 표현하기 위한 상당한 양의 장식음들, 그리고 다양한 악기들의 음색과 기교가 등장한다.

그런데, 총 6절로 되어 있는 가사가 모두 기교적으로 화려하게 노래되는 것은 아니다. 정말로 중요한 말을 하고자 할 때에는 단도직입적으로 표현한다. 즉 실라빅(syllabic)하게 노래한다. 장식은 최소화하고 주로 음절 하나에 음표 하나씩만을 노래한다는 얘기이다. 길을 열어달라는 메시지를 정

몬테베르디의 《오르페오》 3막 중 〈위대한 정령이여〉 가사

1	위대한 정령이여, 힘있는 신이여 그대 없이는 육체에서 자유로워진 영혼이 저 너머 강둑에 이르는 희망이 헛될 것입니다.
2	나는 살아있지 않습니다. 아니예요, 죽음 이후에 내 사랑하는 아내의 죽음 이후에, 내 심장은 더 이상 내 것이 아닙니다. 심장이 없는데, 내가 어찌 살아있다는 말입니까?
3	그녀를 향해 나는 발걸음을 옮겼어요. 보이지 않는 대기를 지나서. 지옥을 향해서가 아니랍니다. 왜냐하면 그녀가 있는 곳은 어디나 지극히 아름다운 곳이기 때문이지요. 마치 천국과도 같이.
4	오르페오예요, 나는. 에우리디체의 발자취를 따라왔어요. 이 음침한 땅을 통과해서 인간이 밟아 본 적이 없는 땅에.
5	오, 빛, 찬란한 빛이여 당신의 단 한번의 눈길로도 내게 생명을 돌려줄 수 있는데 아, 내 고통을 잠재울 수 있는 방법을 막을 건가요? (아, 내 고통을 잠재울 수 있는 방법을 막을 건가요?)
6	오직 그대만이, 고귀한 신이여, 나를 도울 수 있습니다. 그러니 두려워 마세요, 이것은 달콤한 현, 금빛 리라의 현이예요, 내가 무기로 삼는 것은. 아무리 간청해도 듣지 않는 완고한 영혼에 맞서 싸우는.

음영으로 표시되어 있는 1~4절은 화려한 장식음이 포함되어 멜리스마틱하게 노래되는 부분이며, 5~6절은 실라빅한 스타일로 노래되는 부분이다.

확하게 전달해야만 하기 때문이다. 1절부터 4절까지는 기악파트와의 조화와 갈수록 기교를 더한 장식으로 오르페오의 간청이 화려하게 들리도록 하였다면, 5절과 6절은 단순한 선율로 단호하게 이야기 하는 것처럼 들리도록 하였다. 이때는 악기의 역할도 축소된다.

오르페오의 전략은 통했다. 결국 이 애절하고 단호한 호소의 노래로 카론테는 깊은 잠에 빠지고 오르페오는 무사히 강을 건넌다. 장식음들을 통해서 만들어지는 멜리스마틱한 황홀의 순간들, 동음으로 만들어낸 영혼의 떨림들, 말과 말 사이 기악 부분에서 전달되는 이름 모를 숭고한 감정들을

악보 12-1. 몬테베르디의 《오르페오》 3막 <위대한 정령이여> 1절
악기의 삽입(네모)과 노래에 달려 있는 긴 장식음(동그라미)

악보 12-2. 몬테베르디의 《오르페오》 3막 <위대한 정령이여> 5절

실라빅한 선율

통해 지옥의 신은 감화되었다. 더군다나 악기반주도 축소된 채 실라빅하게 노래되는 5절과 6절의 선율을 통해서는 오르페오의 단호함도 전해졌다.

그러나 오르페오는 그토록 어렵사리 구해 낸 에우리디체를 뒤돌아봄으로 인해 다시 잃게 되고, 지상에 홀로 올라와 비통의 나날들을 보내게 된다. 이런 오르페오에게 아버지인 아폴론이 나타나 그를 하늘로 데리고 올라간다는 설정으로 오페라가 끝난다. 즉 오르페오와 아폴론은 2중창 <노래하면서 하늘에 오르리>를 부르면서 승천하고, 양치기들은 "가라, 오르페오여, 복이 다하는 동안에 천국의 영예를 받으라"라는 피날레의 합창으로 그를 배웅한다. 오르페오가 트라키아 여인들에게 갈기갈기 찢겨 죽고 만다는 고대 신화의 내용과는 다르게 순화되어 있긴 하지만, 에우리디체와 다시 만나지 못한다는 슬픔은 여전히 남는다.

그런데, 이 오페라의 처음에 등장하는 '라 무지카'(La Musica)라는 음악을 의인화 한 역에 의심이 간다. 라 무지카는 오페라 초두에 등장하여 오페라를 소개하는 역할을 하는 캐릭터이다. 그는 음악이 지닌 위대함에 대해 다음과 같이 노래한다.

> 황금으로 된 리라에 맞추어 노래하면서 나는 이따금씩 생명이 있는 것들의 귀를 매료시킨다오. 그리하여 천국에서 울려 퍼지는 리라의 소리에 대한 갈망으로 영혼을 충만케 한다오.

위의 가사는 라 무지카가 부르는 노래 전체 5절 중 3절의 내용이다. 이 부분을 들으면 리라에 맞추어 노래하는 오르페오가 바로 연상된다. 아니나 다를까 라 무지카는 이어서 오르페오에 대해 이야기한다.

지금 어떠한 욕망이 나로 하여금 말하게 하는군요. 바로 오르페오에 대해, 노래로써 야수를 길들이고 하데스로 하여금 자신의 탄원을 외면치 못하게 한 자. 핀두스와 헬리콘에서의 그의 영광에 대해.

어쩌면 라 무지카는 오르페오 자신일 수도 있다. 오르페오는 이제 음악의 신이 되어 '라 무지카' 즉 '음악'이라는 이름으로 오페라 초두에 나와서 음악의 힘에 대한 중요한 메시지를 자신의 이야기로 들려주려 하고 있었던 것이다. 그런데 운명의 굴레에서 벗어나지 못하고 끝내 결합하지 못하는 비극적 사랑 이야기로 들려준 이유는 무엇이었을까? 몬테베르디는 이러한 이유를 라 무지카라는 의인화 된 인물의 입을 통해 이 오페라가 행복과 슬픔이 엇갈리는 노래라고 표현함으로 대답하고 있다.

행복과 슬픔이 엇갈리는 노래를 내가 부르는 동안
이 숲의 새들은 미동도 않고
여기 둑의 강물 역시 파랑을 일으키지 않으리
그리고 미풍마저도 갈 길을 잠시 멈추리라.

불행을 극복하는 음악의 '힘', 사랑의 '힘'을 보여줄 것이라는 얘기이기도 하다. 결국 이 오페라는 음악과 사랑의 힘으로 시련과 이별과 죽음을 극복하고 하늘로 올라간 오르페오의 '승리'에 대해 이야기하려는 것이다.

하늘로 올라가 신의 반열에 오르기 위해서는 고난과 실패와 상실은 피할 수 없는 운명이다. 이 오페라가 사랑하는 여인과의 지상에서의 행복한 삶으로 결말짓지 않고, 시련을 극복하고 삶과 죽음의 비밀을 깨달은 승리자로서 고결하게 하늘로 승천했다는 내용으로 마무리되었다는 것은 사랑보다 더 큰 신분의 가치가 내재해 있다는 것을 반증하는 것이기도 하다. 즉 오르페오가 뒤돌아보지 말라는 중요한 명령을 어긴 대가로, 결국은 죽음을 극복하고 신의 반열에 오르게 된다는 이 기이한 결말은 신분 가치가 영원하길 바라는 그 시대 귀족문화의 정서를 반영하고 있는 것이라 할 수 있다.

진실의 힘: 글루크의 《오르페오와 에우리디체》(1762/1774)

오르페오 이야기는 몬테베르디 이후 수없이 많은 오페라의 주제로 등장하였다. 오페라 개혁을 주도했던 글루크도 1762년에 오르페오 이야기로 오페라를 작곡하였다. 글루크와 대본가 칼차비지(Ranieri de' Calzabigi, 1714-1795)는 부차적인 줄거리와 복잡성을 제거하고 본질적인 이야기에만 집중하고자, 이전 오페라들과는 다르게 에우리디체가 뱀에 물려 죽은 이후의 상황부터를 다루었다.

사랑의 신 아모르로부터 지하세계로 내려갈 수 있는 허락을 받게 된 오르페오는 아케론 강에 이르러 복수의 여신과 정령들을 만나게 된다. 그들이 길을 내어 주지 않자 아름다운 노래와 리라 연주로 허락을 받아낸다. 마침내 에우리디체를 만나게 되지만, 지상으로 함께 돌아오는 길에 그만 뒤따라오던 에우리디체의 의심과 불안을 달래줄 길이 없어 오르페오는 더 이상 참지 못하고 몸을 돌려 아내의 얼굴을 보게 된다. 동시에 에우리디체는 그 자리에서 또다시 죽고 만다. 여기까지는 앞선 오페라들과 비슷한 내용이다. 이후에는 많은 각색이 이루어지는데, 결국 아내를 다시 잃은 오르페오가 절망하며 아내와 영원히 하나가 되기 위해서 스스로 목숨을 끊으려 한다. 그러나 그 순간 사랑의 신 아모르가 다시 나타나 그를 제지한다. 에우리디체를 두 번째 잃고 부르는 아리아 <에우리디체 없이 무엇을 할 수 있을까?>에 나타난 오르페오의 진실한 사랑의 의지가 사랑의 신 아모르로

하여금 조건 없이 에우리디체를 부활시켜주는 요인으로 작용하게 한 것이다. 아모르는 지고지순한 사랑과 정절은 보답 받아 마땅하다고 말하며 에우리디체를 다시 살려준다.

여기서 오르페오의 노래는 누구를 감동시키기 위해 꾸미는 노래가 아니라, 자신의 마음에 진심을 담아 고백하는 노래이다. 남을 위한 노래가 아니라, 자신에게 말하는 노래인 것이다. 화려하지도 않고, 인위적이지도 않고 단순하다. 그러나 아름답다. 가사의 의미를 담백하게 전하고 있기 때문이다. 아울러 오케스트라 반주는 등장인물의 느낌이나 말로 설명할 수 없는 세세한 부분을 극적으로 표현하도록 돕고 있다.

예를 들어, 2막 1장에 오르페오가 에우리디체를 만날 수 있다는 희망을 가지고 저승 입구에서 원령들과 이야기를 주고받으면서 부르는 노래가 나온다. 오르페오는 에우리디체를 잃은 슬픔과 고통을 지옥의 원령들과 복수의 여신에게 알리려 한다. 무대 뒤에는 현악기의 피치카토와 하프 연주로 오르페오의 리라를 나타내는 오케스트라가 따로 포진해 있다. 앞서 몬테베르디는 이 부분에서 오르페오로 하여금 장식음을 넣어 화려하게 노래하게 하고, 여러 악기들의 이중주로 다양하게 채색하였으며, 가사는 길고 베이스는 순환적으로 등장하게 만들었다. 그러나 글루크의 방식은 달랐다. 가사가 길지도 않고, 음악이 화려하지도 않다. 단지 오케스트라 반주가 조금 단단하게 지지해 주고 있을 뿐이다.

가사를 통해 마음의 상태를 전하고 음악은 담백하게 울린다. 그러나 오케스트라만큼은 그 심정을 대변해 주고 있다. 지옥의 원령들이 만들어내는 합창의 반격 이후, 오르페오는 에우리디체를 잃은 슬픔을 호소하며 저승의 문을 열어줄 것을 애원한다.

이렇게 오르페오의 슬프고도 아름다운 진심에 감동하여 저승의 원령들

악보 12-3. 글루크의《오르페오와 에우리디체》2막 1장 중

당신들처럼 나또한 많은 죄악과 경멸적인 혼들을 이겨내고 있소.
나의 마음속에 온통 지옥으로 가득하오.
내 마음속에서 그것을 절실히 느끼고 있소. 내 마음속에서
그것을 절실히 느끼고 있소.

악보 12-4. 글루크의 《오르페오와 에우리디체》 2막 1장 중

멘티란네, 당신이 나의 고통과 나의 울음이요.
사랑이 멀어져가는 아픔이 무엇인지 한순간이라도 경험해 본다면….
사랑이 멀어져가는 아픔이 무엇인지 한순간이라도
경험해 본다면…. 사랑이 멀어져가는 아픔을….

은 문을 열어 오르페오를 통과시켜 주게 된다. 노래의 힘이라기보다는 진실의 힘이다. 지옥의 정령들과 복수의 여신들은 오르페오의 진심에 탄복하여 지옥으로 향하는 길을 열어주게 된다.

그러나 오르페오와 함께 지상으로 향하는 길에서 에우리디체는 들려주는 것만으로는 믿지 못하고 오르페오가 봐 주기를 강요한다. '보는 것'의 중

악보 12-5. 글루크의 《오르페오와 에우리디체》 3막 1장 중

아리아 <에우리디체 없이 무엇을 할 수 있을까?>

Dm. d. Tk. in Oest. XXI. 2.

[A] 에우리디체 없이 무엇을 할 수 있을까? 내 사랑 없이 어디로 갈 수 있을까? 내 사랑 없이 무엇을 할 수 있을까? 내 사랑 없이 어디로 갈 수 있을까? [B] 에우리디체! 에우리디체! 오, 신이시여! 에우리디체 대답해! 나는 아직 당신에게 최선을 다하고 있소! 진정으로, 진정으로…. [A] 에우리디체 없이 무엇을 할 수 있을까? 내 사랑 없이 어디로 갈 수 있을까? 내 사랑 없이 무엇을 할 수 있을까? 내 사랑 없이 어디로 갈 수 있을까? 당신 없이 어디로…. [C] 에우리디체! 에우리디체! 세상으로부터도 하늘로부터도 이젠 더 이상 아무런 도움도 받을 수 없고 희망 또한 없다. [A] 에우리디체 없이 무엇을 할 수 있을까? 내 사랑 없이 어디로 갈 수 있을까? 에우리디체 없이 무엇을 할 수 있을까? 내 사랑 없이 어디로 갈 수 있을까? 당신 없이 어디로….

요성이 부각된다. 왜 꼭 봐야만 하는 것일까? 결국 에우리디체는 다시 죽고 만다. 에우리디체를 두 번째 잃고 부르는 아리아 <에우리디체 없이 무엇을 할 수 있을까?>에 나타난 오르페오의 진실한 사랑의 의지는 앞서 이야기한 것처럼, 조건 없이 에우리디체를 부활시켜주는 요인으로 작용한다. 이 노래에는 어떤 진실의 힘이 담겨 있었던 것일까?

악보 12-5의 가사 앞에 써놓은 알파벳은 이 곡의 형식을 구분해 놓은 것이다. 즉 이 노래는 ABACA라는 론도 형식으로 되어 있다. 그동안 유행했던 다카포 아리아 형식(ABA′)에서 벗어나 있다. 다카포 아리아 형식은 악보에는 A와 B부분만이 적혀 있고 B부분 끝에 Da Capo가 표시되어 있어서 A부분이 다시 반복되는 형식이다. 그런데 이때 반복되는 A부분에서 가수에 의해 엄청난 기교와 장식이 즉흥적으로 덧붙여지게 된다. 그러나 이 론도 형식에서는 모든 부분들이 악보에 적혀 있기 때문에 가수의 임의대로의 즉흥적 패시지가 끼어들 틈이 별로 없다.

따라서 이 노래는 단조롭고 반복이 많다. 또한 언뜻 들으면 슬프지도 않고, 어찌 보면 명랑하기까지 하다. 이 노래는 장조 조성의 주요 3화음 위주로 반주되고 있기 때문에 사랑하는 에우리디체를 두 번째 잃고 부르는 노래라고 하기에는 슬픔의 감정이 결여되어 있는 것처럼 보인다.

바로크 시기를 전후로 슬픔을 표현하는 노래에 대한 작곡 관습이라는 것이 생겨서 우리는 그러한 방식으로 작곡된 노래에 길들여져 왔고, 지금도 바로크가 표현하고자 하는 슬픔의 방식대로 작곡된 노래를 들으며 슬퍼한

악보 12-6. 글루크의 《오르페오와 에우리디체》 3막 1장 중 <에우리디체 없이 무엇을 할 수 있을까?>에서 '에우리디체'를 부르는 부분

다. 그러나 이 노래는 그 방식에서 많이 벗어나 있다. 베이스가 천천히 반음계적으로 하행하고 있지도 않고, 단조를 사용하고 있지도 않으며, 한숨효과를 주는 음형들이나 전타음과 같은 비화성음의 사용도 빈번하지 않다. 그럼에도 불구하고 전체 맥락에서 이 노래를 들으면 우리는 오르페오의 담백하고 진실된 마음에 동화된다. '에우리디체'라고 연달아 부르는 부분에서는 애절함도 느껴진다. 다른 말이 필요 없다. '에우리디체'라는 이름만 불러도 그 마음이 무엇인지 알 것만 같다.

또한 가사를 찬찬히 읽어보면 무기력함마저 느껴진다. 그런데 이러한 무기력함에 대한 진정한 고백이 아모르 신의 마음을 움직이게 한 것이다. 그렇다면 이 오페라는 진실과 정직이 주는 힘에 대해 이야기하고 있던 것이라 할 수 있다. 긴 변명보다, 진실의 한 순간, 진심의 한마디가 더 강력한 것이다. 글루크는 음악 자체의 힘보다는, 음악을 가지고 진실을 어떻게 표현하느냐에 대한 감각을 가지고 있는 작곡가였다. 따라서 글루크가 주도했던 오페라 개혁은 음악을 통해 진실에 다가가고자하는 노력의 결과라고 할 수 있다. 화려한 미사여구가 진실에 얼마나 방해가 될 수 있는지도 깨닫게 한다. 글루크는 이 작품을 프랑스어로 개작하여 프랑스 공연에서도 성공을 거둔다. 그리고 이후 프랑스에서의 오페라 작곡가로서 명성을 구가하며 이후 오페라 작곡가들에게 큰 영향을 미치게 된다. 진실의 힘은 작품 내에서만이 아니라 작품을 넘어 장르사와 양식사에도 크게 영향을 미쳤다.

다시 오르페오 이야기로 돌아와 보자. 오르페오와 에우리디체는 다시 감격의 해후를 하고 아모르에게 깊은 감사를 드리게 된다. 아모르는 그들에게 이렇게 말한다. "더 이상 사랑의 힘을 의심하지 말라. 나는 이 음습한 장소에서 너희들을 데리고 나갈 것이다. 이제부터 사랑의 기쁨을 만끽하라." 시련의 과정을 통해 사랑의 의지와 그에 따른 진실을 보여주었고 이를 통해 이들은 행복한 결말을 이룰 수 있는 기회를 부여받게 된 것이다. 바로크 시기 신분가치에 무게를 둔 몬테베르디의 《오르페오》의 결말과는 다르게, 글루크는 한 개인의 의지와 진실이 운명을 바꿀 수 있다는 결말을 보여줌으로써 18세기 계몽주의 사상을 음악적으로 실천했다고 볼 수 있다.

이렇듯 오르페오 이야기는 변주의 가능성을 내포하고 있다. 오르페오 신화에서 오르페오의 지고지순한 사랑은 작품의 기본 골격이며, 오르페오의 노래는 이승과 저승을 연결해주는 수단이다. 이러한 기본 틀을 바탕으로 다양한 오르페오 이야기가 시대를 넘나들며 확대 재생산되고 있다. 이러한 오르페오 이야기들을 통해 우리는 상상하고 꿈꾸며, 나 자신을 돌아보게 된다.

풍자의 힘: 오펜바흐의 《지옥에 간 오르페》(1858/1874)

앞서 살펴본 바와 같이, 고대 신화는 각 시대와 지역의 사회문화적 성향을 반영하며 수천 년에 걸쳐 재생산되고 있다. 신화의 원형이 각 시대마다, 각 지역마다 각기 다른 내러티브로 전개됨으로 각 시대의 신화이야기들을 통해 우리는 그 시대와 그 사회의 의식체계와 분위기를 읽어낼 수 있다. 19세기 유럽 낭만주의 시대에도 오르페오 신화는 문학작품과 예술작품의 주요 소재로 자주 등장했다.

오펜바흐(Jacques Offenbach, 1819-1880)의 《지옥에 간 오르페》(Orphée aux enfers)에서는 오르페오와 에우리디체 사이에 더 이상의 사랑은 없다. 그리고 여기서의 지옥은 제2제정(1852-1870) 하의 부패된 프랑스 사회를 의미한다. 이 작품은 크레미외(Hector Crémieux, 1828-1892)와 알레비(Ludovic Halévy, 1834-1908)가 대본을 쓰고 오펜바흐가 음악을 붙인 오페라 부프(opéra bouffe) 혹은 오페레타(operetta)라는 새로운 장르로 등장한다. 여기서 신화의 내용은 당시의 퇴폐적이고 타락한 사회상을 신랄하게 비꼬기 위해 상당히 각색되어진다. 풍자의 의미를 전달하기 위해 고대 신화의 가장 감동적인 사랑 이야기를 가져다가 비틀어 놓은 것이다.

신화와 달리, 오르페오와의 결혼 생활에 싫증이 난 에우리디체는 양치기 아리스테를 사랑한다. 그런데 아리스테는 지옥의 왕인 플루톤이 변장한 모습이다. 오르페오도 양치기의 딸을 따로 사랑하고 있다. 오르페오는 아리스테가 위험에 처하도록 뱀을 풀어 놓았는데, 이 사실을 미리 안 아리스테는 에우리디체가 뱀에 물리게 만든 후, 자신이 살고 있는 지옥으로 데려간다.

에우리디체의 죽음을 알게 된 오르페오는 잠시 기뻐하지만, 곧 '여론'(L'opinion publique)이라는 이름의 등장인물이 나타나 후세에 길이 남길 교훈을 세우기 위해 사랑하는 아내를 찾으려고 지옥까지 내려가는 '귀감이 될 남편'이 필요하다고 압박을 가한다. 오르페오는 이 '여론'에 떠밀려 마지못해 에우리디체를 찾아 나서게 된다. 신화가 전하는 메시지와는 전혀 딴판으로 전개되는 것이다. 오르페오가 에우리디체를 찾아 지옥으로 내려가는 것은 '사랑' 때문이 아니라 '여론' 즉 명예와 교훈을 위해서인 것이다.

오르페오는 '여론'의 안내에 따라 먼저 제우스를 찾아가 플루톤의 죄를 탄원한다. 제우스는 다른 신들과 함께 환락이 지배하는 지하세계에 내려간다. 플루톤은 순순히 에우리디체를 내어주지 않고, 제우스는 파리로 변신하여 에우리디체의 방에 숨어 들어간 후, 에우리디체를 유혹하여 함께 올림포스로 도주하려 하지만 플루톤에게 들키고 만다. 이때 오르페오가 '여론'과 함께 나타나 아내를 되돌려달라고 간청하고, 이에 제우스는 신화에서처럼 지옥을 완전히 빠져나가기 전에 뒤를 돌아보아서는 안 된다는 조건을 내걸며 이를 허락한다.

오르페오는 '여론'에 이끌려 조금씩 나아간다. 이에 자신의 실패를 두려워한 제우스가 번개를 내리치자 오르페오는 깜짝 놀라 뒤를 돌아보게 되고, 에우리디체는 다시 지옥으로 사라진다. 에우리디체는 플루톤의 기대와는 달리 그의 연인이 아닌, 제우스의 명령에 따라 바쿠스의 여사제가 되고 모두 즐겁게 캉캉 춤을 추면서 막이 내린다.

이렇듯 이 작품은 신화의 내용과는 아예 딴판으로 전개된다. 이 오페라에서 '여론'은 비중은 작지만 매우 중요한 역할을 담당하고 있다. 막이 열리면서 처음 등장하는 '여론'이라는 인물은 가정과 사회에서 지켜야 할 윤리적 표준을 제시하는 상징적인 캐릭터로 중요한 역할을 한다.

악보 12-7. 오펜바흐의《지옥에 간 오르페》중 '여론' 등장장면의 악보

대사의 양이나 참여율은 현저히 낮으나 이 오페라에 등장하는 인물들, 아니 신들을 움직이게 하는 큰 힘을 가지고 있다. 에우리디체의 죽음을 알게 된 오르페오가 기뻐하다가 '여론'의 얘기를 듣고 놀라는 모습이나, 제우스가 여신들 및 플루톤과 싸우다가도 여론의 등장에 놀라 난잡한 분위기를 감추려고 애쓰는 모습 등에서 여론의 힘을 체감할 수 있다. 위대한 권력을 가진 자가 여론을 두려워하고 있는 것이다. 반대로, 권력자가 여론을 이용하는 모습도 연출된다. 제우스가 에우리디체를 플루톤이 아닌 바쿠스의 여사제를 만드는 일도 여론의 힘을 빌려 자신이 원하는 방향으로 처리한 것이며, 또한 제우스가 여신들의 반란을 잠재우고 다 같이 지옥으로의 여행을 실행에 옮길 수 있게 되는 것도 여론을 이용해서 할 수 있었다. 여론은 정의로 이끌기도 하지만, 권력에 이용되어 악을 행하는 앞잡이가 되기도 한다.

제우스와 여러 신들의 모습에서 프랑스 제2제정 당시 권력층의 모습을 읽어낼 수 있다. 그들의 부패하고 사회적인 평판에만 신경을 쓰는 모습이 오페라 속 신들의 세계를 통해 그려지고 있다. 오늘날의 정치판의 모습과도 많이 닮아 있다. 이 작품에서 오르페오의 노래는 중요하지 않다. 그의 음악은 여기서는 바이올린 선생이라는 직업으로서만 의미를 가진다. 타인을 감화시키거나 자신의 진심을 담아 진실을 전하고자 하는 노력 등은 등장하지 않는다. 단지 패러디될 뿐이다.

글루크의 <에우리디체 없이 무엇을 할 수 있을까?> 선율이 이 오페라에서는 우스꽝스럽게 패러디되고 만다. 별 의미 없다는 듯 성의 없이 연주되는 장면으로 대체되어 버린다. 이 장면에서 항상 청중들의 폭소가 터져 나온다.

대중의 인기에 기반을 둔 나폴레옹 3세 정권은 이전의 어느 정권보다 여

악보 12-8. 오펜바흐의《지옥에 간 오르페》1막 2장 중
글루크의 오페라 아리아 선율이 패러디된 부분

론에 민감했고, 오펜바흐의 오페라에 등장하는 인물들 역시 그러한 모습으로 연출되어 등장한다. 오펜바흐의 오페라에서도 여론은 결국 자신의 목적을 이루는 데는 실패한다. 즉 제우스의 전략에 의해 오르페오는 결국 에우리디체를 잃고 마는 것이다. 그리고 그 '여론'을 이용해 제우스는 에우리디체를 플루톤에게도 넘기지 않고, 바쿠스의 여사제가 되는데 동의하도록 이끈다. 여론을 이용해 제우스는 손해를 본 것이 없는 셈이다. 따라서 오펜바흐는 이 오페라를 통해 우리가 믿고 있는 여론이라는 것도 결국 권력에 의해 통제받고 조작될 수 있다는 사실을 들춰내어 주고 있었다.

이 오페라는 제우스의 위선, 환락에 물든 사치스런 지배층의 삶, 도덕적 위상을 세우려는 여론, 그 여론을 역으로 이용하는 권력자 등을 통해 제2제정기 황제와 부르주와 계급의 실상을 노골적이고 익살스럽게 투영하고 있다. 오펜바흐는 물질적 풍요를 어떻게 누려야 하는지에 대한 지혜가 없었던 제2제정 시기의 부르주아 계급에게 이 오페라를 보며 제발 깨어나라고 호소하고 있었던 것이다. 제우스와 같이 지옥의 향락에 빠져 있지 말고, 제우스의 전제에 항거하는 신들의 모습으로 되돌아오라고 말이다. 제우스에 대항하는 신들의 모습은 오페라 중반에 '라 마르세예즈'(La

악보 12-9. 오펜바흐의 《지옥에 간 오르페》 1막 2장 중
'라 마르세예즈' 차용 부분

Marseillaise) 선율을 오케스트라가 연주하게 하는 것으로 표현했다.

그러나 신들의 반란은 부르주아가 추구했던 자유, 정의, 평등의 가치가 더 이상 혁명의 주제가 되고 있지 않음을 오히려 입증하고 있다. 그들은 단지 제우스가 벌인 일련의 스캔들에 대한 사실을 입증하고 사과 받으려 하고 있을 뿐이다. 신들은 '라 마르세예즈'를 패러디하며 항거하고 있지만, 진정한 혁명의 의미는 사라진지 오래임이 오히려 더 강조된다.

악보 12-10. 오펜바흐의 《지옥에 간 오르페》 2막 4장 중
지옥의 연회에서 캉캉 춤을 추는 신들

따라서 제우스는 부패한 신들을 손쉽게 제압하고, 그들은 쾌락의 탐닉을 지속한다. 술 마시고 노래 부르고 춤을 추면서 무아지경에 빠지는 향락 속에서 캉캉 춤을 추며 오페라가 마무리된다.

이 마지막 장면은 퇴폐와 타락의 모습을 그대로 보여주며 우리가 지금 여기에 와 있음을 보여주고 있다. 그 다음 단계는 말하지 않는다. 결국엔 쾌락에 물든 향락적인 본능이 파괴적인 양상으로 드러나게 될 것이라는 점을 간접적으로 예고만 하고 있다. 즐겁게 축제적인 분위기로 마무리 된 것이 아니라, 이 분위기가 가지는 위험을 경고하고 있는 것이다. 비록 희극 오페라를 가벼운 오락물 정도로 여겼던 습성 때문에, 당대는 물론 오늘날에도 이 작품이 갖고 있는 날카로운 풍자와 비유의 의미는 많이 가려진 채 향유되고 있지만 말이다. 그럼에도 불구하고, 이 오페라는 부르주아의 속물 정신과 부패에 대해 어느 정도 방패막이 역할을 담당하고 있었음에는 틀림없다.

오르페오 신화는 패러디됨으로써 비극 오페라의 범주를 넘어서는, 즉 풍자와 해학의 역할을 하는 '오페라 부프'라는 희극 오페라 장르로 재탄생되었다. 풍자의 힘을 탑재하여 신화를 재해석함으로써 또 다른 의미를 지닌 구성체가 된 것이다. 당시 사회상을 담은 이 오페라를 통해 우리는 권력과 여론의 힘, 그리고 그 힘이 얼마나 남용되며 이용될 수 있는가에 대한 교훈을 얻는다.

삶과 죽음의 찬가: 영화 《흑인 오르페》(1959)

20세기 오르페오는 어떤 형상이며 어떤 노래를 부르며 어떤 사랑을 보여주고 있을까? 그가 부르는 노래 속의 의미는 또 무엇일까? 앞서 고대 신화 한편이 17세기, 18세기, 19세기에 각각 유럽에서 어떻게 재해석되어 표현되어 왔는지를 살펴보았다. 오르페오 신화는 각 시대에 저마다의 중요성을 바탕으로 서사가 구축되어 예술작품으로 소통되어 왔다. 이제 20세기의 이야기로 넘어와 보자. 오르페오 이야기는 20세기에도 꾸준히 오페라로, 연극으로, 혹은 영화로 재탄생되었다. 예를 들면 장 콕토(Jean Cocteau, 1889-1963)의 영화 《오르페우스》(1950)와 이 영화를 시각적 배경으로 하여 새로운 차원의 오페라를 완성시킨 필립 글래스(Philip Glass, 1937-)의 필름 오페라 《오르페》(Orphée, 1993)가 있고, 피에르 쉐퍼(Pierre Schaeffer, 1910-1995)가 작업한 구체음악 《오르페 51》(Orphée 51, 1951)과 쉐퍼가 피에르 헨리(Pierre Henry, 1927-2017)와 함께 작업한 《오르페 53》(Orphée 53, 1953)이 있다. 또한 21세기로 넘어오면 한국의 국립창극단이 새롭게 오페라와의 결합을 시도하여 내놓은 퓨전창극 《오르페오전》(2016)이라는 작품도 등장한다. 이렇듯 다양한 예술의 형태로 오르페오 신화는 계속 무대에 오르내리고 있다. 이 가운데 《흑인 오르페》(Orfeu Negro, 1959)라는 영화를 통해 오르페오 서사의 현대적 의미를 읽어내어 보려고 한다. 이 영화를 굳이 고른 이유는 결말 부분에서 밝혀질 것이다.

비니시우스 드 모라에스(Vinícius de Moraes, 1913-1980) 원작의 《흑인 오르페》는 프랑스, 이탈리아, 브라질이 합작하여 만든 영화로, 마르셀 카뮈(Marcel Camus)가 감독을 맡았다. 배경은 브라질의 리우데자네이루의 삼바축제 현장이다. 이 영화에는 신화와 연관된 수많은 상징과 모티브들이 들어 있으며 이들의 해석을 통해 다양한 메시지를 건네받을 수 있다.

주인공 오르페오는 리우데자네이루 중에서도 산중턱에 위치한 바빌로니아라는 이름의 빈민가에 살고 있다. 전차 운전을 하며 생계를 유지하고 있는 그는 삼바 춤과 노래의 명수로 많은 여성들로부터 사랑을 받고 있는 인물이다. 영화는 축제에 참여하는 바빌로니아라는 판자촌 사람들을 배경으로 하고 있다.

오르페오는 바빌로니아 마을팀을 이끌고 리우의 삼바 축제에 참여하기로 되어 있다. 영화는 곳곳에 오르페오가 노래를 부르기 시작하면 늘 태양이 떠오른다는 설정을 하고 있다. 이 영화에서 태양은 삶에 대한 희망을 의미한다. 또한 긴 겨울을 지내고 재생하는 자연의 생명력과 그 기쁨을 상징한다. 그리고 삼바 축제는 바로 이러한 태양의 순환하는 생명력을 찬미하는 축제이다. 다시 말해 오르페오는 음악을 통해 태양이 떠오르게 하면서 바빌로니아 사람들에게 희망과 기쁨을 선사해 주고 있는 인물이다.

축제준비 기간이다. 따뜻한 햇살과 함께 춤과 흥이 넘치는 하루가 시작된다. 이때 에우리디체라는 이름의 여자가 강을 건너 전차를 타고 바빌로니아에 도착한다. 에우리디체는 자신을 죽이려고 하는 고향 남자를 피해 사촌이 사는 이 곳에 오게 됐다. 에우리디체는 여기에서 우연히 오르페오의 노래를 듣게 되고, 이들은 이들의 이름이 예고하고 있듯 서로 사랑에 빠지게 된다. 오르페오가 기타를 치며 아이들에게 <카니발의 아침>(Manhã de Carnaval)을 들려주고 있는데, 이 노래를 우연히 '듣게' 되는 에우리디체는 이 노래 가락에 맞추어 춤을 춘다.

아침, 너무나 아름다운 아침
내게 다가온 행복한 하루
태양과 하늘이 높이 솟아
그것은 온갖 색채로 빛을 내지
희망이 가슴 속에 다시 파고들었지
이 행복한 하루가 지나면
어떠한 날이 올지 몰라

우리들의 아침에

너무나 아름다운 카니발의 마지막 아침에

내 마음은 노래 하네

행복은 되돌아 왔네

너무나 행복한 사랑의 아침

'너무나' 행복하고 '너무나' 아름답다고 노래하고 있어서 오히려 안타깝게 들린다. 더욱이 이처럼 찰나의 행복과 희망에 대한 찬사가 가득 배어 있는 가사에 보사노바 리듬이 합쳐져서 더욱 애잔하게 들린다. 즐거운 축제의 날 아침이지만, 그것이 순간적으로 지나갈 것임을, 그래서 행복과 사랑도 그렇게 짧고 덧없게 흘러갈 것임을 예고하고 있다. 가사는 즐겁지만 선율과 음색은 너무 애달프다. 마치 카니발이 끝난 아침에 어떠한 비극이 벌어질지에 대해 이 노래가 그 감성을 담지하고 있는 것처럼 들린다.

악보 12-11. 《흑인 오르페》의 주제곡 <카니발의 아침>

영화의 전반부는 시종일관 타악기 소리가 깔려 있으며, 이 타악기 리듬과 함께 삼바 춤을 추는 사람들이 화면에 가득 등장한다. 맥박이 뛰는 소리, 생명의 소리, 젊음의 소리가 타악기 리듬으로 청각화 되어있고 그것을 춤이라는 시각적 요소로 보여주고 있는 것이다. 브라질의 빈민가 흑인들은 가난과 절망과 비참함을 뒤로 하고 축제 기간 중에 춤과 노래에 열광하며 집중한다. 가난한 사람들의 삶의 고단함이 무색하게 느껴질 만큼 축제는 이 곳 사람들에게 큰 위안을 주고 있다.

축제를 맞이해서 정작 산중턱 마을 사람들은 즐거워하고 있는데, 그들의 삶을 엿보고 있는 우리들은 저 아래로 내려다보이는 대도시의 화려함과 비교되면서 이상한 기분이 든다. 그들의 즐거움이 오히려 역설적인 상실감으로 느껴진다. 전당포에 물건을 맡기고 돈을 받아 축제를 즐기는데 사용한다. 나흘간의 축제는 도시나 산동네나 할 것 없이 모든 사람을 흥분 속으로 몰아넣는다. 언덕 위 바빌로니아 마을에서 보면 거대한 도시는 한참 아래로 내려다보인다. 하계인 것이다. 그 지하 세계에서 4일간의 향연, 삼바축제가 펼쳐진다. 마지막 축제날 아침이 밝아 온다. 오르페오는 노래로 에우리디체를 깨운다. 이 노래는 광란의 밤과는 다른 조용한 쉼과 위안을 준다.

> 행복은 당신과 함께 날 기다리네.
> 드디어 행복은 내게 오리니 난 오직 당신만을 사랑하오.
> 이제 먼동이 트고 우릴 위한 아침이 밝아오네.
> 오늘의 사랑은 나의 것
> 사랑의 키스를 목말라하네.

슬픔과 고통은 끝이 없고 행복은 하루에 그치네.

하지만 행복은 진주 빛 이슬처럼 햇살과 함께 오네.

조용히 빛나면서

행복은 돌아서서 사랑의 눈물처럼 떨어지네.

이러한 서정적인 오르페오의 노래에 이어, 축제 준비로 분주한 마을 사람들 장면이 나온다. 사람들은 이 기간 동안 삶의 열정을 발산한다. 4일이라는 짧은 이 기간을 위해 인생을 사는 사람들처럼 1년간 어렵게 모은 돈으로 축제를 준비하는데, 나흘 만에 탕진하고는 다시 고단한 삶 속으로 들어간다. 악순환처럼 보인다. 이승에서의 삶은 잠깐의 쾌락을 위해 준비하는 지옥과 같은 삶이다. 잠깐의 쾌락은 그나마 허락된 지옥의 선물과도 같은 것이다.

시종일관 들렸던 타악기의 리듬소리는 영화 후반부에 이르면 사이렌 소리로 옮겨간다. 타악기의 소리가 삶의 소리였다면, 사이렌 소리는 죽음의 소리라 할 수 있다. 축제가 절정에 달아오를 무렵, 에우리디체는 자신을 죽이려 뒤쫓아 온 남자를 피해 도망을 가다가 전차 종점에서 고압전선에 매달리게 되는데, 이때 오르페오가 그녀를 찾기 위해 전원을 켜면서 그녀는 그만 전기에 감전되어 죽고 만다. 오르페오도 그 미지의 남자에게 맞아 기절을 하게 되고, 이후 정신이 들어 이미 죽었다는 에우리디체를 찾아 리우 시내를 헤매게 된다. 이러한 상황 내내 사이렌 음향이 들린다. 구급차가 긴 터널을 지나가며 내는 사이렌 소리, 경찰 오토바이의 사이렌 소리가 죽음의 소리, 지옥으로 가는 신호음처럼 들린다.

오르페오는 에우리디체를 찾아 헤매다가 마쿰바 의식이 벌어지는 종교적 공간에 당도하게 되고, 이 곳에서 노래를 따라 부르면서 영적인 체험을 하게 된다. 마쿰바는 아프리카의 부두교와 서양의 기독교가 혼합된 토속종교이다. 그 곳의 사람들과 함께 노래를 부르는 순간 에우리디체의 목소리가 들려온다.

에우리디체 오르페오, 오르페오!

오르페오 에우리디체? 에우리디체!

에우리디체 뒤돌아보면 안돼요. 그럼 영영 못 만나요.

오르페오 에우리디체, 어디 있는 거야? (주변의 소란한 소리는 희미해진다)

에우리디체 (에우리디체의 음성만이 또렷이 들린다) 당신한테 가고 있어요. 보지 않고 들을 수만 있어도 사랑해요?

오르페오 에우리디체, 널 사랑해. 하지만 보고 싶어. 팔로 안고 싶어. 널 품에 안고 싶어.

에우리디체 안돼요! 돌아보면 날 잃어요.

오르페오 네가 날 잃으려는 거잖아.

에우리디체 안돼요!

오르페오 널 보고 싶어.

에우리디체 당신이 날 죽였어요.

오르페오 (뒤돌아보고 만다. 에우리디체의 말을 하고 있는 노파의 모습을 본다)

에우리디체 이제 당신은 날 잃었어요. (노파가 고개를 떨군다)

오르페오 거짓말 하는 거지? (노파의 몸을 흔들며 다그치듯이) 왜 그랬어? 다들 거짓말쟁이야. 다 거짓말이야. (자리를 떠나버린다. 휘청거리며 뛰어나가다가 쓰러진다)

신화의 서사가 이 부분에서 정확히 전복된다. 신화와 달리, 뒤돌아보겠다고 애원하는 사람은 오르페오인 것이다. 에우리디체는 보지 않고 들을 수만 있어도 사랑할 수 있느냐고 반문한다. 오히려 오르페오가 보기를 원한다. 삼바축제 현장의 현란한 시각적 요소들과 에우리디체의 이 대사는 완전히 대조된다.

영화 초반으로 되돌아 가보면, 에우리디체의 사랑은 오르페오를 '보면서' 이루어졌다기보다는 오르페오의 노래를 '들으면서' 싹트게 된 것이었다.

영화 《흑인 오르페》에서 에우리디체가 오르페오의 노랫소리를 들으며 춤을 추는 장면

앞서 얘기한 것처럼, 에우리디체의 들을 수만 있어도 사랑하냐는 질문에 오르페오는 "네가 날 잃으려는 거잖아"라 답한다. 신화의 서사와 정확히 대사가 바뀌어 있다. 오르페오는 에우리디체의 목소리를 듣는 것에 만족하지 못하고 그녀를 보고 만지고 느끼고 싶어 했다. 그에게는 보고 안을 수 있는 에우리디체의 실체가 중요했던 것이다. 밤새 그런 에우리디체의 실체를 찾아 도시를 헤매인다. 결국 오르페오는 시체보관소에서 그녀의 시신을 찾아 두 팔에 '안고' 도시를 가로질러 바빌로니아 언덕을 오르면서 죽은 에우리디체에게 이야기한다.

에우리디체, 다 잘 됐어

(에우리디체를 안을 수 있어서 이렇게 이야기 하는 것일까?)

내 가슴은 이슬방울을 쓴 새와 같아

에우리디체, 고마워

이 새로운 날을 위해

(광란의 축제의 밤은 지나가고 날이 서서히 밝는다)

(타악기 소리는 사라지고 기타소리와 새소리만이 들린다)

에우리디체, 네가 날 데려가는 거야

네 품에서 난 잠자는 아이야

네 가슴에 안긴 아기처럼

내가 가야 할 곳으로 날 데려가겠지

(가야 할 곳이 하늘이라는 듯 카메라는 언덕 위 하늘을 클로즈업한다)

에우리디체, 고마워

길은 꽃으로 뒤덮였어

우릴 환영하려고 태양이 떠오를 거야

에우리디체, 나와 같이 노래해

(그리고 노래한다)

내 행복은 취객처럼 멀리 가버리는 것

카니발의 위대한 환상이여!

결코 끝나지 않는 불행….

그리고 마을에 도착한 오르페오는 분노에 찬 약혼자 미라가 던지는 돌에 맞아 절벽 아래로 떨어져 죽고 만다. 그들은 죽음으로써 함께 하늘로 돌아간 것일까? 마지막 쇼트에서 아이들이 기타치고 노래하며 춤을 추는 장면이 나온다. 기타를 칠 때 태양이 다시 떠오른다. 저 멀리 대도시 리우데자네이루가 보인다. "라라라라…" 아이들은 즐겁게 노래하며 춤추지만, 여전히 슬픔이 남는다.

이 마지막 장면은 축제와 같이 짧게 그들의 사랑과 환희와 행복은 끝나버렸지만, 내일이면 다시 내일의 태양이 떠오르는 것처럼 다음 세대를 통해 그들의 사랑과 희망과 꿈은 지속될 것이라는 의미를 담고 있다. 오르페오를 소재로 한 20세기의 오페라와 영화들은 대부분 오르페오와 에우리디체의 죽음을 비극으로 여기지 않는다. 오히려 그들이 죽음으로 말미암아 고향으로 회귀했다는 암시를 주고 있다. 이승에서 보면 죽음은 슬픈 것이지만, 저승에서 보면 그들이 잠시 타향에 머물러 사랑을 하다가 다시 자신들의 고향으로 되돌아 온 것이기 때문이다. 그리고 이승에 사는 동안의 노래와 춤이 주는 예술의 힘은 그들이 죽은 이후에도 계속 순환되어 다음 세대로 이어진다. 오르페오와 에우리디체의 사랑은 바빌로니아 마을 사람들의 가난과 번민과 고통을 위로하는 '예술'을 상징하는 것이었다.

17세기의 오르페오 노래는 온갖 미사여구로 지옥의 신들을 감화 내지 현혹시키는 것이었다면, 그리고 18세기의 오르페오의 노래는 진실의 힘이 발현되는 것이었다면, 20세기의 오르페오의 노래는 삶의 고난과 고통 속에서 사랑과 희망이 지속되기를 바라는 염원이 담긴 찬가였던 것이다.

시대와 지역을 넘어 다양한 장르의 오르페오 신화를 통해 이야기하고 싶었던 것은 결국 사랑은 서로를 보는 것이 아니라 서로를 듣는 것이라는 의미를 전해주고자 함이었다. 돌아보지 말라는 것은 결국 보지 않고 듣고도 믿으라는 것! 보이는 것으로 인해 그 진실이 왜곡될 수 있음으로, 귀를 열고 듣기 시작하면 진실을 알게 될 것이라는 의미이다.

오르페오는 울부짖음, 놀라움, 기쁨, 슬픔 등의 감정들을 노래로 표현하는데 있어서, 들려주는데 있어서 탁월한 능력을 가지고 있었던 인물이다. 그런 오르페오의 노래를 듣고도 의심했던 에우리디체. 그것이 에우리디체가 다시 죽어야 하는 이유였을 것이다. 그리고 의심을 풀어주려고 보고야 마는 오르페오. 그들은 스스로 비극을 선택한 것이다.

《흑인 오르페》에서는 그 역이 서로 뒤바뀌어 있다. 에우리디체가 돌아보지 말라고 당부하고 있고, 이에 오르페오는 보고 싶다고, 안아보고 싶다고 투정을 부린다. 얼굴을 돌려 확인하려는 순간 둘은 영원히 헤어지게 된다. 그러나 그 둘은 죽음을 통해 하늘로 돌아가 다시 만났으리라. 그리고 그 곳에서는 서로를 들으며 지냈으리라.

오르페오 신화가 주는 메시지는 시대를 통해 여러 의미로 변주되지만, 서로를 들어야 한다는 공통의 메시지는 변주곡의 주제처럼 어느 시대의 작품에나 다 들어 있다. 우리의 생각을 노래할 때, 그리고 그것을 들을 때 세상은 진정한 소통의 시대로 나아가게 되는 것이 아닐까?

Codetta: 4장을 마무리하며

4장에서는 음악적 상상력으로 펼쳐낸 성경과 전설과 신화의 이야기를 다루었다. 이들은 판타지 소설이나 영화로도 많이 제작되는 소재들이다. 이 책에서는 영화나 연극과 같은 장르들이 보여주는 줄거리 중심의 시각적 요소보다는 그것을 강화시키는 음악적 효과에 좀 더 주력하였다. 더불어 성경과 전설과 신화의 이야기를 음악이 어떻게 풀어내고 있는지를 살펴보면서, 음악적 상상력을 통해 보지 못했던 그 세계를 청각적으로 확장시켜 보는 경험을 제공해 보고자 했다.

성경의 내용을 바탕으로 한 음악 장르로는 오라토리오, 칸타타, 수난곡 등이 있지만, 여기서는 이러한 장르 이외에 오페라와 기악곡도 함께 살펴보았다. 성경 속 모세의 기도와 모세의 기도만큼 중요한 미리암의 노래가 다양한 장르나 매체 속에서 어떻게 발현되었는지를 살펴보았다. 홍해 앞에 선 모세의 기도는 19세기 로시니의 오페라 《이집트의 모세》로부터 시작해 파가니니의 바이올린 연주곡 <로시니의 모세 주제에 의한 변주곡>을 통해 들어보았다. 음악을 통해 그들의 심정까지 전해지는 듯하다. 홍해를 건넌 모세와 미리암의 노래는 18세기 헨델의 《이집트의 이스라엘인》과 애니메이션 《이집트의 왕자》를 통해 엮어보았고, 광야에서의 목마름과 굶주림에 대한 백성들의 원망에도 불구하고 하나님께 그들을 보살펴 달라고 간구하는 모세의 진정어린 기도는 18세기 C. P. E. 바흐의 오라토리오 《광야의 이스라엘인》을 통해 조명해 보았다. 이처럼 모세의 노래는 시대를 넘나들며 다양한 장르로, 다양한 매체를 통해 울려 퍼지면서 오늘날까지 전해지고 있다.

로렐라이 이야기는 독일의 낭만주의 작가 클레멘스 브렌타노가 사이렌(Siren) 신화에 기원을 두고 만들어낸 창작전설이다. 이후 많은 시인들이 이 창작전설에서 소재를 잡아 로렐라이 이야기를 시로 지어냈다. 우리에게 가장 잘 알려져 있는 작품은 하이네의 시 <로렐라이>이며 이 시에 많은 작곡가들이 곡을 붙였다. 시가 리트로 재탄생되면서 <로렐라이>는 반짝이고 화려한 세계를 경계하라는 경고의 메시지로서의 역할을 하기도 했다. 로렐라이로 표상되는 꿈과 환상에 대한 심취는 현실을 인식하지 못하게 하고 종국에는 독일 민족을 몰락의 길로 인도할 것으로 보였기 때문이다. 이 슬픈 전설 하나가 시로, 노래로 재탄생되면서 다양한 사회적 기능을 수행하며 현실을 직시할 것을 독려하고 있다.

신화는 오페라 탄생 직후부터 오페라의 주요 주제로서 비극 오페라라는 장르로 주로 작곡되어 왔지만, 비극 오페라라는 범주를 넘어서서 풍자와 해학의 역할을 하는 희극 오페라 장르로 신화가 어떻게 읽히고 향유될 수 있는지도 파악해 보았다. 오르페오 신화는 오페라의 탄생과 맥을 같이 한다. 최초의 오페라는 1600년에 페리와 카치니가 각자 하나씩 쓴 《에우리디체》였다. 이후 수많은 오르페오 이야기가 오페라로 작곡됐다. 1607년 몬테베르디의 《오르페오》를 시작으로 오르페오 이야기는 각 세기에 걸쳐 여러 모습으로 변용되어 나타났다. 신화도 결국은 신들의 모습을 빌어 인간사를 다루고 있는 것이기 때문에, 어떤 점에 주안점을 두고 이야기를 펼쳐내는지, 그리고 그 이야기는 어떠한 방식으로 노래되는지를 통해 그 시대가 추구하고 있는 신념이 무엇인지를 도출해 낼 수 있었다.

17세기 몬테베르디의 오르페오 이야기를 통해서는 음악의 힘을, 18세기 오페라 개혁가 글루크의 오르페오를 통해서는 진실의 힘을 이해하게 되었다. 19세기 오펜바흐의 오르페오를 통해서는 여론의 힘이 정의로울 수도 있지만 권력에 이용당할 수도 있다는 사실과 함께 시대에 대한 풍자의 힘을 느낄 수 있었다. 20세기 흑인 오르페오를 통해서는 삶의 고단함에 위안과 쉼이 되어 주는 예술의 힘을 느낄 수 있었다. 이 상상의 오르페오들은 예술작품에서 활약하며 에우리디체들과 함께 이런 메시지를 전해주고 있었다. 세상은 '보는' 것이 아니라 '듣는' 것이라고.

Coda

보이지 않는 노래, 들리는 생각

오늘날 우리나라는 대체로 클래식 음악을 사회와 무관한 독립적이고 자율적인 예술로 바라보는 태도를 견지하고 있다. 이는 19세기에 이르러 등장한 '예술을 위한 예술'이라는 서구의 음악관이 구한말 근대화 과정에서 우리나라에 이식되었기 때문으로 그때의 영향이 오늘날에도 지속되고 있는 것이다. 따라서 클래식 음악에 관한 교양서들이 주로 작품해설로써 작곡가에 대한 소개와 곡에 대한 정보와 분석, 작품과 관련된 음반이나 연주가를 소개하는 경우로 주로 나타난다.

그러나 음악작품 한곡 한곡은 시대상황을 끊임없이 성찰해 나가는 과정을 통해 완성된 것으로 그 시대를 사는 사람들의 현실이 반영되어 있다. 따라서 필자는 이 책을 통해 서양음악에 대한 그 동안의 악보중심의 작품연구, 작곡가 연구, 장르사 연구에서 한걸음 더 나아가 소리현상으로서만이 아닌 문화로서의 의미도 드러내 보이고자 하였다. 또한 일상사의 견지에서 인간의 삶 속으로 들어가 음악이 어떤 사회적 콘텍스트에서 나온 것인지를 연구하고 그것이 현재에 어떤 의미를 갖는지를 탐구하며 저술하고자 하였다. 소리구조 분석을 중심으로 한 기존 음악학의 서구 중심, 작품 중심적 연구 경향을 반영하기보다는, 일상과 문화에 한 걸음 더 가까이 다가가는 음악서술을 시도하고자 한 것이다. 이를 통해 그동안 보이지 않고 말해지지 못한 의미들이 새롭게 들리게 되기를 기대한다.

이 책에 소개된 12개의 글은 보다 많은 사람들이 음악을 통해 말하고 듣고 느끼게 되기를 기대하며 쓴 글들로, 필자는 진심, 사랑, 시공간, 상상이라는 네 개의 카테고리 안에서 음악에 내재해 있는 숱한 삶의 정황들을 담아내고자 하였다. 이 책에서 클래식 음악의 범위는 무한대이다. 우리가 흔히 클래식 음악이라고 말할 때에는 공공연히 서양의 예술음악을 지칭하고 있고, 클래식시대(고전시대)의 음악만이 아니라 서양음악사의 전체 시기에서 어느 정도 모범이 되고 유행과 인기를 넘어 영속적인 가치를 지닌 음악이라고 판단될 때 사용한다. 그러나 이 책에서는 클래식이라는 의미를 '서양'의 '예술'음악이라는 의미를 넘어서서 국경과 시대와 장르를 초월하여 우리에게 굵직한 메시지를 전해주는, 그래서 끊임없이 불려 왔고 앞으로도 불릴, 내재된 의미들을 통해 그 시대의 현실을 읽을 수 있는 음악 등을 모두 클래식의 범주에 넣었다. 현재 클래식이라 불리는 음악들도 작곡 당시에는 그 반열에 오르지 못한 곡들도 있기 때문이다. 자유롭게 음악을 즐기자. 클래식 음악과 대중음악이라는 경계는 사실은 허구적인 것이었음을 이 책에 실려 있는 글들을 통해 은연중에 느끼게 될 것이다.

따라서 본 저서에서 다루고 있는 작품은 오페라, 오라토리오, 모테트, 리트, 소나타, 협주곡 등에서부터 가곡, 동요, 영화음악, 그리고 가요에 이르기까지 다양하다. 시대와 지역과 장르를 넘어서 비슷한 주제로 노래되던 음악들을 묶어 이야기로 엮어냈다. 예를 들면 "노래해야만 해요, 노래하고 싶지 않은 것을"로 시작하는 중세 디아의 백작부인인 베아트리츠의 노래에서, 과연 나에게 닥친 이별을 정작 노래로 부를 수 있을지에 대한 의문이 생기고 되었고, 이에 대한 답을 여러 시대에 걸친 다양한 장르의 노래들을 통해 찾아보려고 하였다. <할아버지 시계>, <형제별>에서부터 푸치니의 《토스카》에 나오는 카바라도시의 <별은 빛나고>, 바그너의 《탄호이저》에 나오는 볼프람의 <저녁별의 노래>, 김동률의 <잔향>, 그리고 필자의 자작곡 <혼자만의 대화>, 영화 《코코》의 주제곡 <리멤버 미> 등의 노래에 이르기까지 수많은 노래들이 이에 대한 저마다의 답을 해 주고 있었다. 이 노래들은 설령 이별을 노래로 부를 수는 없을지언정, 노래로 기억될 수 있다는 메세지를 강하게 전달해 주고 있었다.

이런 방식으로 각 챕터마다 주제에 맞는 곡을 선정하였다. 혹은 하나의 곡으로부터 시작하여 그 곡과 연관성이 있는 곡들을 연결시켜 가며 이야기를 엮어내기도 했다. 1장에서는 별, 달, 꽃과 연관된 가곡과 동요를 통해 이야기를 해나갔고, 2장에서는 사랑, 청춘, 이별과 연관된 노래들을 비슷한 정서를 표출하는 것으로 보이는 대중음악과 영화음악까지 연결시켜 이야기를 엮어보았다. 3장에서는 양식의 변화가 나타난 18세기 초반, 중반, 후반의 음악을 18세기 정원미학과 연관시켜 설명해 보았으며, 4장은 성경과 전설과 신화의 내용 가운데 모세와 로렐라이와 오르페오를 소재로 하는 작품들을 사건별로, 작곡가별로, 세기별로 선별하여 이야기를 엮어보았다.

역사적으로 음악은 종교적 제의이기도 했고, 어떤 즐거움이나 유쾌함을 주는 대상이기도 했다. 또한 진실, 사회비판 등 높은 가치를 추구하는 인식의 대상이기도 했다. 그러나 현대에는 이러한 구분이 극복되면서, 일상생활의 미학화라는 측면에서 음악을 감상하고 즐길 수 있게 되었고, 음악을 만들고 연주하는 일에도 다양한 방법으로 동참할 수 있게 되었다. 또한 그 대상을 고급, 저급으로 나누는 것이 아니라 그러한 한계를 넘어서서 자유롭게 접근할 수 있게 되었다. 따라서 이 책은 인간과 음악의 상호작용을 다양하게 읽어내는 저술로, 서로의 마음을 공감케 하는 소통 기능의 최상급의 형태로서의 음악을 소개함으로써 보다 많은 사람들이 음악을 통해 말하고 듣고 느끼게 하는 것을 목적으로 하였다.

늘 생각해 왔고, 전하고 싶었던 주제임에도 불구하고 글로 옮기는 어려움이 논문과는 또 다른 압박으로 다가왔다. 읽고 다듬고 모으고 헤치는 모든 과정에서 포함하고 싶은 여러 이야기들이 잘려 나갔다. 잘려나간 이야기들은 언젠가 다시 책으로 돌아올 것이다. 이 책은 음악에서의 배음렬과 같이 하나의 굵은 주제가 크게 울리고, 그 나머지는 주변에서 울리는 배음들이다. 인간의 삶 속에서, 인간의 일상 속에서 울리는 '진실'이 가장 큰 울림이라면, 나머지는 그 주변에 있는 크고 작은 감성의 파편들이다. 이 책에 실린 글들은 노래에 담기고, 작품에 담긴 이 파편 하나하나를 해석하고 공감하며 쓴 것이다. 세상의 수많은 노래들…. 이 노래들이 울리고 있는 이상 우리의 삶은 진행되며, 기억되며, 회자될 것이다.

참고문헌

1장 음악적 진심

강병창 외. 『감정의 코드, 감정의 해석』. 서울: 한국외국어대학교 출판부, 2013.

강준만. 『한국 근대사 산책』. 전10권. 서울: 인물과 사상사, 2008.

김경호. 『감성의 유학』. 광주: 전남대학교 출판부, 2014.

김광해·윤여탁·김만수. 『일제강점기 대중가요 연구』. 서울: 박이정, 1999.

김미옥 외. 『한국음악 20세기 1: 작곡의 시작』. 부산: 세종출판사, 2013.

김별아. 『민족을 노래한 작곡가: 김순남』. 서울: 사계절, 1994.

김양환. 『홍난파 평전: 일제강점기의 삶과 예술』. 서울: 남양문화, 2009.

김연숙. "근대 주체 형성과 '감정'의 서사: 애화 비화에 나타난 '슬픔'의 구조를 중심으로." 『현대문학이론연구』 29 (2006), 31-47.

김용직 편저. 『김소월 전집』. 서울: 서울대학교 출판부, 1996.

김용환. 『김성태의 음악세계』. 서울: 한국예술종합학교 한국예술연구소, 1998.

______. "한국 최초의 예술가곡에 대한 소고." 『음악과 민족』 20 (2000), 253-287.

김점덕. 『한국 가곡사』. 서울: 과학사, 1989.

김정수. "소월 시의 슬픔의 미학." 『국어국문학』 163 (2013), 347-374.

김지평. 『한국 가요 정신사』. 고양: 아름출판사, 2000.

김창욱. 『홍난파 음악연구』. 서울: 민속원, 2011.
김한호. 『슬픈 시인의 노래』. 서울: 문예마당, 2000.
나진규. 『한국가곡의 이해: 애창곡의 해설과 분석』. 서울: 가온음, 2015.
남기혁. 『근대에 맞선 경계인, 김소월』. 서울: 북페리타, 2014.
노동은. 『한국근대 음악사론』. 파주: 한국학술정보(주), 2010.
______. "한국근대 음악문헌 목록(1860년대~1945년간)." 『음악과 민족』 50 (2015), 83-170.
도종환. 『정순철 평전』. 옥천: 정순철기념사업회, [2011].
동래중앙교회 한국기독교선교박물관·안대영 (편). 『風琴에 唱歌 싣고』. 서울: 장로회신학대학교 출판부, 2014.
레나토 로살도/권숙인 역. 『문화와 진리: 사회분석의 새로운 지평을 위하여』 (*Culture and Truth*). 서울: 아카넷, 2000.
류덕희·고성휘. 『한국동요발달사』. 서울: 한성음악출판사, 1996.
민경찬. "한국 근대음악과 고향." 『한국문학연구』 30 (2006), 75-99.
______. 『청소년을 위한 한국음악사: 양악편』. 서울: 두리미디어, 2014.
박숙자. "'조선적 감정'이라는 역설." 『現代文學理論硏究』 29 (2006), 49-63.
박찬호/안동림 역. 『한국가요사 1』. 서울: 미지북스, 2011.
새문안교회 교회사료관 편. 『새문안교회와 근대음악』. 서울: 새문안교회 교회사료관, 2013.
소래섭. 『불온한 경성은 명랑하라』. 서울: 웅진 지식하우스, 2011.
______. "근대문학 형성 과정에 나타난 열정이라는 감정의 역할." 『한국현대문학연구』 37 (2012), 5-32.
손태룡. "박태준의 작곡집 고찰." 『음악문헌학』 3 (2012), 9-74.
______. 『박태준 악곡연구』. 경산: 영남대학교출판부, 2013.
송방송. 『한겨레음악인대사전』. 서울: 보고사, 2012.
신광호. "일제강점기 신민요의 문학정서 연구." 『한국학연구』 36 (2015), 251-287.
신혜승. "음악연구의 새로운 가능성, 음악문화콘텐츠 창작: 한국 근대가곡으로의 여행, <봉선화>를 찾아서." 『음악논단』 33 (2015), 133-158.

______. “1920년대 한국 근대가곡에 내재되어 있는 슬픔의 서사와 그 역설.” 『이화음악논집』 20/4 (2016), 1-36.
신혜승·정경영. 『슬픔 많은 이 세상도』. 서울: 이앤비플러스, 2016.
에마뉘엘 레비나스/강영안 역. 『시간과 타자』. 서울: 문예출판사, 1999.
오문석. “한국근대가곡의 성립과 그 성격.” 『현대문학의 연구』 46 (2012), 115-143.
오스카 와일드/임헌영 역. 『옥중기』. 서울: 범우사, 1996.
윤극영. “인간소파상.” 『소파방정환문집』. 하한출판사, 2000.
윤유석. 『역사이야기 스토리텔링』. 성남: 북코리아, 2014.
이강숙·김춘미·민경찬. 『우리 양악 100년』. 서울: 현암사, 2001.
이동순. “1920년대 동요운동의 전개양상.” 『한국문학이론과 비평』 53 (2011), 73-94.
이선이. “한국 근대시의 근대성과 탈식민성.” 『정신문화연구』 29/1 (2006), 29-53.
이정식. 『사랑의 시, 이별의 노래』. 서울: 한결미디어, 2011.
이향숙. 『가곡의 고향』. 서울: 한국문원, 2008.
임수만. “김소월 시에 나타난 ‘슬픔’의 윤리와 미학.” 『한국현대문학연구』 47 (2015), 191-219.
장사훈. 『여명의 양악계』. 서울: 세광음악출판사, 1991.
정경량. 『인문학, 노래로 쓰다』. 파주: 태학사, 2012.
정두수. 『노래따라 삼천리』. 서울: 미래를소유한사람들, 2013.
정명중 외. 『우리 시대의 슬픔』. 광주: 전남대학교출판부, 2013.
정영도. 『철학교수와 대중가요의 만남』. 서울: 화산문화, 2008.
정은경. “윤동주 시와 슬픔의 미학.” 『한국문학이론과 비평』 43 (2009), 103-135.
제니퍼 로빈슨/조선우 역. 『감정, 이성보다 깊은』. 성남: 북코리아, 2015.
지철민·심상곤. 『에피소드 한국가곡사: 한국 가곡에 얽힌 숨은 이야기들』. 서울: 가리온, 1980.
한국대중예술문화연구원 편. 『한국대중가요사』. 서울: 한국대중예술문화연구원, 2003.
한국예술종합학교 한국예술연구소 편. 『한국 작곡가 사전』. 서울: 시공사, 1999.
한국음악사학회 음악 학술대회. 『해방공간 및 그 전후의 음악사』. 서울: (사)한국

음악사학회, 2014.

한상우. 『기억하고 싶은 선구자들』. 서울: 지식산업사, 2003.

한양대학교 박물관. 『오선지에 흐르는 시: 가곡 한세기』. 서울: 한양대학교출판부, 2014.

〈작품집〉

김순남. 『김순남가곡전집』. 민경찬 (편). 서울: 삼호출판사, 1988.

안기영. 『안기영 작곡집 제1집』. 경성: 음악사, 1929.

______. 『안기영 작곡집 제3집』. 경성: 음악사, 1936.

이흥렬. 『이흥렬 작곡집』. 서울: 국민음악연구회, 1956.

홍난파. 『세계명작가곡선집』. 경성: 연악회, 1926.

______. 『조선동요백곡집 상권』. 경성: 연악회, 1929.

______. 『조선동요백곡집 하권』. 경성: 삼문사, 1933.

2장 음악의 상투적 주제

김기덕. "자료의 힘과 역사적 상상력: 역사학과 문화콘텐츠." 『인문학과 문화콘텐츠』. 서울: 다할미디어, 2006.

리처드 빌라데서/손호현 역. 『신학적 미학: 상상력, 아름다움, 그리고 예술 속의 하나님』. 서울: 한국신학연구소, 2001.

리처드 호핀/김광휘 역. 『중세음악: 그레고리안 성가와 단선율의 세속음악』. 서울: 삼호출판사, 1991.

손호현. 『아름다움과 악: 2권 아우구스티누스의 미학과 신정론』. 서울: 한들출판사, 2009.

신혜승. "Smart Education, Creating Music Education Contents: Songs that Express *How Beautiful You Are*." 『이화음악논집』 19/2 (2015), 93-105.

이경분. "현대음악과 나치즘 미학 그리고 <카르미나 부라나>." 『미학예술학연구』 29 (2009), 147-171.

이민양. "칼 오르프(Carl Orff)의 카르미나 부라나(Carmina Burana)의 분석연구."

울산대학교 석사학위논문, 2007.
정경영. “라멘트, 슬픔의 형식: 몬테베르디의 ‘아리아나의 라멘트’와 ‘님프의 라멘트’를 중심으로.” 『서양음악학』 8/1 (2005), 29-53.
졸탄 쾨벡세스/김동환·최영호 역. 『은유와 감정: 언어, 문화, 몸의 통섭』. 서울: 동문선, 2009.
클리퍼드 기어츠/문옥표 역. 『문화의 해석』(*The Interpretation of Cultures*). 서울: 까치글방, 2012.
폴 리쾨르/김한식 역. 『시간과 이야기 3』(*Temps et Récit III*). 서울: 문학과 지성사, 2015.
하워드 구달/장호연 역. 『다시 쓰는 음악이야기』(*The Story of Music*). 서울: 뮤진트리, 2015.
홍정수·오희숙. 『음악미학』. 서울: 음악세계, 1999.

3장 음악적 시공간

김홍기. 『그림이 된 건축, 건축이 된 그림 1』. 파주: 아트북스, 2007.
다니엘라 타라브라/노윤희 역. 『극적인 역동성과 우아한 세련미: 바로크와 로코코』. 파주: 마로니에북스, 2010.
도날드 J. 그라우트·C. V. 팔리스카·J. P. 부르크홀더/민은기외 역. 『그라우트의 서양음악사』 (*A History of Western Music*). 제7판. 서울: 이앤비플러스, 2007.
드니 디드로/황현산 역. 『라모의 조카』. 서울: 고려대학교 출판부, 2014.
뤼디거 자프란스키/임우영 외 역. 『낭만주의: 판타지의 뿌리』. 서울: 한국외국어대학교 출판부, 2012.
머레이 쉐이퍼/한명호 오양기 역. 『사운드스케이프: 세계의 조율』(*Soundscape the Tuning of the World*). 홍성: 그물코, 2008.
서현. 『건축, 음악처럼 듣고 미술처럼 보다』. 파주: 효형출판, 2016.
신혜승. “18세기 영국의 ‘랜드스케이프’와 ‘사운드스케이프’: 풍경식 정원과 기악음악의 연관성을 중심으로.” 『음.악.학』 18/1 (2010), 37-65.
______. “픽처레스크 미의 관점에서 바라본 18세기말의 음악: 하이든의 후기작품

을 중심으로." 『음악과 문화』 27 (2012), 35-76.
안자이 신이치/김용기·최종희 역. 『신의 정원: 에덴의 정치학』. 서울: 성균관대학교 출판부, 2005.
이남재·김용환. 『18세기 음악』. 서울: 음악세계, 2006.
이동렬. 『빛의 세기, 이성의 문학』. 서울: 문학과지성사, 2008.
이은주. 『디드로 소설과 아이러니』. 서울: 만남, 2006.
_____. "픽쳐레스크le pittoresque 미학의 형성과 프랑스 풍경식 정원." 『프랑스문화예술연구』 29 (2009), 253-284.
장용태·구영민. "영국의 18세기 풍경식 정원의 디자인 전략에 관한 연구." 『대한건축학회 학술대회 발표논문집』 18/2 (1998), 443-448.
장 자크 루소/이봉일 역. 『인간 언어 기원론』(*Essai sur L'origine des Langues*). 서울: 월인, 2001.
정지윤. "18세기 영국 윌리엄 길핀의 픽쳐레스크 庭園 理論에 관한 연구." 서울시립대학교 석사학위논문, 2006.
최유준. "음악의 예언자적 성격과 인문학적 상상력." 『음악과 민족』 45 (2013), 5-9.
헤르만 F. 폰 퓌클러무스카우/권영경 역. 『풍경식 정원』. 권터 바우펠 엮음. 서울: 나남, 2009.
황주영. "ut pictura hortus: 18세기 영국 풍경식 정원에 관한 연구." 『미술사학보』 26 (2006), 181-204.
Attali, Jacques. *Noise: The Political Economy of Music*. Minneapolis: University of Minnesota Press, 2009.
Copley, Stephen and Peter Garside (ed.). *The Politics of the Picturesque: Literature, Landscape and Aesthetics since 1770*. Cambridge: Cambridge University Press, 1994.
Downing, Sarah Jane. *The English Pleasure Garden 1660-1860*. Oxford: Shire Publications, 2009.
Ehrlich, Cyril. *The Music Profession in Britain Since the Eighteenth Century: a Social History*. Oxford: Clarendon Press, 1985.

Fubini, Enrico. *Music & Culture in Eighteenth-Century Europe: a Source Book*. trans. from the Original Sources by Wolfgang Freis, Lisa Gasbarrone, Michael Louis Leone; translation edited by Bonnie J. Blackburn. Chicago: The University of Chicago Press, 1994.

Gilpin, William. *Observations on the River Wye, and Several Parts of South Wales, &c*. London: A. Straban, 1782.

______. *Three Essays on Picturesque Beauty*. London: R. Blamire, 1792.

______. *Observations, on Several Parts of England, Particularly the Mountains and Lakes of Cumberland and Westmoreland*, 3rd ed. London: T. Cadell and W. Davies, 1808.

Hunt, John Dixon. *Gardens and the Picturesque*. Cambridge, Massachusetts: The MIT Press, 1992.

Knight, Richard Payne. *The Landscape, a Didactic Poem*, 2nd ed. London: W. Bulmer, 1795.

Landon, H. C. Robbins. *Haydn: Chronicle and Works*, Vols. 3-4. Bloomington: Indiana University Press, 1977.

McVeigh, Simon. *Concert Life in London from Mozart to Haydn*. Cambridge: Cambridge University Press, 1993.

Repton, Humphry. *Fragments on the Theory and Practice of Landscape Gardening*. London: T. Bensley and Son, 1816.

Richards, Annette. *The Free Fantasia and the Musical Picturesque*. Cambridge: Cambridge University Press, 2001.

Schroeder, David P. *Haydn and the Enlightenment: the Late Symphonies and their Audience*. Oxford: Clarendon Press, 1990.

Taruskin, Richard. *The Oxford History of Western Music,* Vol. 2. Oxford: Oxford University Press, 2010.

Youens, Susan. *Heinrich Heine and the Lied*. New York: Cambridge University Press, 2007.

Watkin, David. *The English Vision: The Picturesque in Architecture, Landscape and Garden Design*. New York: Harper & Row, 1982.

4장 음악적 상상력

강익모·한양수. "Offenbach 무대음악의 신화응용 기호연구." 『한국엔터테인먼트산업학회논문지』 6/1 (2012), 12-23.

김미성. "네르발의 『오렐리아』와 오펜바흐의 『지옥의 오르페우스』에 나타난 오르페우스신화." 『프랑스문화예술연구』 27 (2009), 1-26.

______. ""흑인 오르페우스 Orfeu Negro": 오르페우스 신화의 카니발적 변용." 『프랑스문화예술연구』 30 (2009), 91-118.

김종기. "영화 『흑인 오르페 Orfeu Negro』에 나타난 신화적 상징 해석." 『프랑스문화연구』 13 (2006), 65-91.

김진수. 『우리는 왜 지금 낭만주의를 이야기하는가』. 서울: 책세상, 2001.

박혜란. "<오르페, 지옥에 가다>, 오르페 신화의 패러디." 『지역사회』 45 (2003), 23-26.

변혜련. "몬테베르디의 오르페오, 율리시즈, 포페아: 궁정과 상업 오페라 비교연구." 『음악이론연구』 3 (1998), 29-55.

수잔 맥클러리/송화숙·이은진·윤인영 공역. 『페미닌 엔딩: 음악, 젠더, 섹슈얼리티』(*Feminine Endings: Music, Gender, and Sexuality*). 서울: 예솔, 2017.

신혜승. "'시가 노래하도록, 음악이 말하도록': 사회현상의 거울로서의 《로렐라이》를 중심으로." 『음악논단』 30 (2013), 23-50.

______. "오르페오 신화의 대항 음악서사, 자크 오펜바흐의 「지옥에 간 오르페」: 제2제정기의 프랑스 사회와의 연관성을 중심으로." 『음악과 민족』 58 (2019), 115-151.

오한진. 『하이네 硏究』. 서울: 文學과 知性社, 1990.

이남금. "몬테베르디의 궁정 오페라와 상업 오페라, 그리고 그 비교연구: 《오르페오》와 《포페아의 대관식》을 중심으로." 동덕여자대학교 박사학위논문, 2017.

이선영. "칼 필립 엠마누엘 바흐의 오라토리오에 대한 연구: 《광야에서의 이스라엘인》(Die Israeliten in der Wüste) Wq 238, H 775를 중심으로." 『서양음악학』 17/2 (2014), 11-64.

이신자. "시인의 시적 영상의 모험: 장 콕토의 영화 <오르페우스>를 중심으로." 『영상문화』 21 (2013), 269-307.

이홍경. "시와 음악의 이중주: 예술가곡에 나타난 문학과 음악의 상호매체성." 『독일어문학』 48 (2010), 85-108.

자크 오펜바흐/박해란 역. 『오르페, 지옥에 가다』. 서울: 금정, 2003.

장미영. 『문학의 영혼, 음악의 영감』. 서울: 이화여자대학교출판부, 2003.

정경영. "몬테베르디 음악에서 나타나는 '순환적' 공간과 '직선적' 공간: 《오르페오》 3막 "위대한 정령이여"(Possente Spirto)를 중심으로." 『음악이론연구』 26 (2016), 8-31.

차봉희. "(소리예술로서) 음악과 상상력 그리고 선(禪): R. Kassner의 관상학적 상상력이론을 중심으로." 『문학적 인식의 힘』 (서울: 와이겔리, 2006), 528-546.

______. "하이네의 로렐라이." 『문학적 인식의 힘』 (서울: 와이겔리, 2006), 164-173.

하인리히 하이네/정용환 역. 『낭만파』. 파주: 한길사, 2004.

허영한. 『헨델의 성경이야기: 오라토리오와 구약성경』. 서울: 심설당, 2010.

홍정표. "헨델의 오라토리오에 관한 연구." 『서울長神論壇』 14 (1998), 228-253.

황원희. "칼 필립 엠마누엘 바흐(C. P. E. Bach)의 오라토리오 《광야의 이스라엘 백성》(Die Israeliten in der Wüste)의 아리아에 나타난 가사와 음악과의 연관성 연구." 숙명여자대학교 박사학위논문, 2013.

Bowers, Jane M. and Judith Tick. *Women Making Music: the Western Art Tradition, 1150-1950*. London: Macmillan Press Music Division, 1986.

Kassner, Rudolf. *Die Mystik die Künstler und das Leben: Über Englische Dichter und Maler im 19. Jahrhundert.* Liepzig: Eugen Diederichs, 1900.

Kimball, Carol (ed.). *Women Composers: A Heritage of Song*. Milwaukee, Wis.: Hal Leonard, 2004.

Riethmüller, Albrecht. "Heine Lorelei in den Vertonungen von Silcher und Liszt." *in Archiv für Musikwissenschaft* 48 Jg. H. 3 (1991), 169-198.

〈웹자료〉

국립중앙도서관 원문정보 데이터베이스 http://www.dibrary.net

나운영기념사업회 http://www.launyung.co.kr

내 마음의 노래 http://krsong.com/

동국대학교한국음반아카이브연구소,한국유성기음반DB구축 http://www.sparchive.co.kr

동학농민혁명기념재단 http://www.1894.or.kr/main_kor/index.php

디지털 한국민족문화대백과사전 http://encykorea.aks.ac.kr/

문화포털 http://www.culture.go.kr/knowledge/encyclopediaList.do

세일음악문화재단 http://www.seilmcf.org/

옥천문화원 http://www.okcc.or.kr/html/kr/

한국예술디지털아카이브(DA-Arts) 창작음악아카이브 http://www.daarts.or.kr/creation-music

한국향토문화전자대전 http://www.grandculture.net/

호남학연구원 인문한국사업단. 감성 Data Base http://db.gamsung.org/hk_gamsungdb/

DIAMM (Digital Image Archive of Medieval Music) http://www.diamm.ac.uk/

Grove Music Online. http://www.oxfordmusiconline.com

IMSLP (International Music Score Library Project) http://imslp.org/

My Favorite Lyrics http://nafrang.tistory.com/

책과 음악의 평등한 경계
도서출판 모노폴리는 예술, 문화, 음악 전문 출판사입니다.
모노폴리 TEL.02-3272-6692 FAX.02-3272-6693 www.mpmusic.co.kr